埴谷雄高

tsurumi shunsuke
鶴見俊輔

講談社文芸文庫

目次

埴谷雄高

虚無主義の形成——埴谷雄高

一　転向によって見えてきたもの

埴谷雄高の転向は、転向について日本の国家権力の側から書かれた歴史、転向について反権力の立場に立って日本共産党の側から書かれた党史のいずれの記述・評価をも排除し、あくまでもある時点における一回かぎりの自己の転向に固執し、この転向を自己の立場によって記述し、評価することから、逆に日本の正史および前衛党史の転向観の中にふくまれる哲学を全面にわたって批判しようとする試みとして、重要である。ここには、転向観をいとぐちとして、認識論、社会哲学、歴史哲学、政治哲学、組織論、形而上学、美学、創作にむかってひらかれてゆく、単一の軸によってささえられる多面的な思想体系の構築が見られ、また、自己の実感の分析・評価をとおして普遍的な理論を生もうとするいわゆる実感主義の方法論の持続的展開が見られる。埴谷の転向は、昭和はじめの急激な革命化の可能性の信仰の挫折によって生じる一九三三年（昭和八年）前後の日本共産党員の転向として、西洋哲学の教養を中軸とする大正・昭和時代の日本の知識人の転向として典型的であり、この意味で埴谷の転向を考えることは日本共産党論および日本知識人論のいとぐちとなる。また埴谷が昭和八年の転向体験のうちにすわりつづけるという行為（あるいは無行為）によって、第二次世界大戦後の思想運動の視点を用意したことから、埴谷の転向について考えることは、戦後の日本思想について論じるいとぐちともなる。さらにまた、もっと長い思想史の枠組において、日本のニヒリズムの形成の一つの頂点としてこの転向を考えることもできる。(1)

埴谷雄高は、本名般若《はんにゃ》豊《ゆたか》、本籍は福島県。一九一〇年（明治四十三年）台湾の新竹《しんちく》に生れ中学一年まで台湾に育った。一九二八年（昭和三年）日大予科に入学。一九三〇年（昭和五年）退校。日本共産党農民部に所属、四・一六以後の労農同盟有志団の後身である全農戦闘化協議会の機関誌「農民闘争」内の日共フラクの責任者となる。「三一年テーゼ草案」（「赤旗」連載、主として、風間丈吉が書いたが農業問題の部分は岩田義道筆）の発表にさいして、党組織をそれまでの小作人組合よりもひろい農民層にひろげるために、農業綱領を「農民闘争」でひきうけ、農業綱領の起草に参加。この仕事は後に野呂栄太郎を中心にするようにきりかえられ、やがて資本主義発達史講座の中にくみいれられた。

一九三二年（昭和七年）三月検挙。不敬罪および治安維持法によって起訴。翌年転向。(2)一九三三年十一月出所。経済雑誌社に勤務、「新経済」を編集。一九三九年（昭和十四年）発行され、一九四〇年（昭和十五年）の七号までつづいた同人雑誌「構想」に参加。戦時に入ってから、レンギル著『ダニューブ』（一九四二年）、ウオルィンスキー著『偉大なる憤怒の書』（一九四三年）の翻訳を出版。また一九四四年（昭和十九年）に宇田川嘉彦という名で『フランドル画家論抄』を出版した。

一九四五年、終戦後ただちに荒正人、小田切秀雄、佐々木基一、埴谷雄高、平野謙、本多秋五、山室静の七名で同人雑誌を計画。十二月三十日「近代文学」創刊。同誌に小説「死霊」を連載。未完。(3)

転向にもっとも近く書かれたものは、「洞窟」（「構想」創刊号、二号、一九三九年）という小説と「Credo, quia absurdum.」（「構想」一―七号、一九三九―一九四〇年）の連作であって、これら二つが敗戦前の埴谷雄高の全作品である。これらをとおして、転向体験の中からうまれたヴィジョンの最初の定着を見よう。

それぞれの人にとって、独自の根源的比喩（ルート・メタフォー）があり、それらを操作することによってらくらくと空想をめぐらしてゆくことができる。根源的比喩の性格が、それぞれの人にとっての思想発展をあるていど方向づけるということもある。

埴谷雄高にとっての根源的比喩は「洞窟」と「Credo, quia absurdum.」にすでに出そろっている。これらのカタログをつくって見ると、

(1) 考える姿勢について

〈洞窟〉——考えるという行為についての自己表象は、人によってかなりちがうものである。呼吸をするという安らかな運動の意識を、思索のリズムそのものと混同して理解している人もあり、この見方をとる人にとっては、カントの自己意識とは実は自己の呼吸の意識ではないかという解釈がたてられ得る。その反対に、重大なことを考えるときには、一しゅん呼吸をとめるという人もあり、あとの人の場合には、「自分は呼吸をとめた——故に考えている」ということになろう。考えるときに、すわっていられないで歩く習慣のある人にとっては、「歩く」ということが考えるということであろう。映画館の群衆中でしかいきいきと考えられない人も、これからは出てこよう。埴谷雄高にとっては、考えるという行為は、群衆から隔離された小さな洞窟の中で坐っているということであり、壁にむかって坐り、壁をとおして外界を透視するという行為である。かくして彼の中に、〈洞窟〉の類語として〈蜘蛛の巣のかかった部屋〉、関連語として〈透視〉〈坐者の思想〉などがうまれる。

「幅が四尺五寸、奥行きが九尺ほどの灰色の壁に囲まれたその部屋にはいると、扉の掛金が冷たい鋼鉄の敲ち合う鋭い響きをたてて、背後に閉まつた。青い官給のお仕着せをきた私は、その薄ら寒い部屋のなかに敷かれた一枚の畳の上に、ゆつくりと坐つた。鉄棒がはめられた四角な窓から、青い空が見えた。これが牢獄なのだな、と私は思つた。

四角な窓から覗かれる青い爽やかな空に灰白色の光が拡がり、それが次第に薄鼠色の翳を帯びて暮れかかつてくるまで、数時間、私は凝然として端坐していた。そこへいれられたばかりの私は、読むべき本も、為すべき仕事も持つていなかつた。私は端坐したまま、眼を閉じて自身を覗きこみ、また、眼をあけて眼前の灰色の壁を凝視した。ときおり、頭上の四角な窓から白い光と目に見えぬ風が走つている遠い虚空を見上げた。薄闇が這い寄つてくる宵、この建物の広い区劃から離れた遠い何処かで、号外を知らせるらしく走つている鈴の金属的な響きが幾度か聞えた。五・一五事件の日であつた。

私の記憶には、この入所第一日目の印象は、色が褪せかかつてはいるもののなお輪郭を喪つていない一枚の古い絵のように、遠い向うに薄光をはなつて沈んでいる。(4)」

この豊多摩刑務所の未決囚の独房に二十二歳から二十三歳にかけての一年半をおくったこと、そこではじめて、本が数冊しかないままに、またそれまでよりどころとしていたマルクス・レーニン主義の文献のないままに、自分で考えることをまなんだことが、彼にとっての思考のスタイルを決定した。

もう一つ、加えておかなければならぬことがある。それは病気だ。未決監にいたときにも、肺結核で病室にいれられているが、釈放されて後にも、病室が彼にとっての想像力のはたらく孤独の場所となり、〈洞窟〉や〈蜘蛛の巣のかかった部屋〉となった。病気は、カリエス、心臓病、精神分裂質の症状と、さまざまの種目でおとずれる。

病室における思索は、独房における思索とちがって、「坐る」という行為よりも「寝る」、「横臥する」、「不眠」、「夜ひとりさめている」という行為の形をとり、独房における思索の成功が壁をこえての「透視」という形でえられるのに対して、病室における思索の成功は、「安静」、「ねむり」そして「ねはん」の形でえられる。このようにして思索の目標に何種類かができる。

病気にしんしょくされながら、じっとたえている状態は、次のような根源的比喩を生む。〈化石〉、〈石〉、〈風化作用〉、〈風〉。

「――圧された植物が化石となつた風貌を、窺はう。

……われ嘗てほのぐらき翳りのうちに、圧しおされし植物の化石となりし風貌をひそかにうかがひけるに、そこはかとなき呟きの畳句《ルフラン》となりて、あたりに木魂するを聞きたりき。

《わが死面もまた自然へあたへるかぼそき平手打ちなりしか。(5)》」

さまざまの病気のうち、精神分裂質の病状と心臓病とは重要である。分裂質の気質は、埴谷にとっての思索全体をひたすムードを規定しており、心臓病は、埴谷にとって思索へのいとぐちがどういうふうにひらかれるかをあらわしている。

「鼓動に微かな異常が起つたとき、彼はさつと耳を澄ます。その瞬間から、もはや彼は耳を傾けて、内部を窺う以外に何も出来ないのである。だが、何も出来ないのは、窺つている方ばかりではない。窺われている内部も、もはや鼓動を敲つ以外に何も出来ないのである。そこでは、私が真二つに裂けてしまう。私が耳を寄せて窺つている下には、単なる器械に過ぎない私が足をのばして横たわつているのである。

横たわつた自身の軀に寄りそつている精霊の図は、屢々、ブレークで見たことがある。けれども、精神である私が一つの器械である私とまつたく無縁であるという恐怖については、恐らく幻想的なブレークも知らなかつたと思われる。この不安と恐怖は、心臓に発作が起るものだけが知悉している世界である。皇帝ジョーンズは、薄暗い森の彼方で敲つている太鼓のリズミカルな響きに不安を覚える。これは、私達が一つの器械であることを予感する最初の不安であるが、心臓病の患者は、さらに進んで、一つの時計のぜんまいが切れた瞬間の恐怖、これをより大きく云えば、宇宙の運行を司さどる法則に一つの攪乱と混沌が起つたときの恐怖へまで踏みこんで、壊滅と暗黒に覆われたすべてを最後まで味わいつくさねばならないのである。(6)」

このような病苦を起点として思索という運動がはじまるということが、埴谷にとって、思想はつねに悪であるという根源的比喩を成立せしめる。存在はできれば、みずからを忘れさってしまい、意識をともなわない状態にかえりつきたい。そこに、「唖で白痴で美しい静かな娘」の根源的比喩がある。だが存在は未だ終極にゆきつかず、たえざる病苦を生み、われわれは存在の病である意識をもって、存在と対決せざるを得ない。そこに、悪による悪にたいするたえざる闘争がよぎなくされる。それが、思索である。

「——凡てが許されるとしても、意識のみは許されることはあるまい。この悪徳め！[7]」

「——地獄の槍に貫かれても意識はある筈であらう。それがありさへすれば。[8]」

(2) 存在について

〈啞で白痴で美しい静かな娘〉

「啞で白痴で美しい静かな娘——しかもそんな娘がすやすやと睡つてゐるやうな調和がそこにある。恐らく太古以来、自然はその本来的な流れによつて、そんな風に誘つてゐるのかも知れない。[9]」

そのさそいは自然のからくりによって生れる一種のまぼろしであり、このまぼろしを拒否することが、意識が自己に課する任務である。こうして意識は、自然に対立し、これを一ミリくるわせることをつねに指向することができる。

(3) 空間について

〈彷徨〉、〈遁走曲〉、〈ゆれる宇宙〉

「《酔へる身を広大なる空間にさまよはすものには、やがて宇宙の意識が意識されよう。》

さて、悪しき宇宙の遁走曲に聴きいるがよい。もてあませし自らへ遁れ行く宇宙の遁走曲に——。[10]」

心臓の故障からめまいが起り、めまいの中に宇宙の像がいくつにもだぶって感じられ、このとき、おなじ空間を占拠しながらも、幾種類もの宇宙がだぶって存在し彷徨しているのを感じたと言う。この感じ方は、やがて埴谷雄高の文明論の重要な発想源となる。

(4)　時間について

〈破局〉、〈円環〉

「云ひ得るなら、まるで放心してゐるときに、不意に、自分でも何をしてゐるのか知らず、思はず飛んでしまつたのであつた。足が地へついた時に、ぱんと予期してゐない程のすさまじい響きがして、その瞬間に足がをれた。（中略）倒れてしまつてからも、この行為について以前に目論んでゐたその考へなど少しも想ひ出さなかつた。それどころか、奇妙に幸福なことを考へてゐた。どんなことを考へてゐたかは憶えてゐない、然し、非常に幸福な気持の中に、凝つと耽つてゐたことは確かであつた。その幸福の気持と云ふものは、何んと云つて好いか、非常に平静で、円環のやうに無類に完成してゐたもののやうに憶えてゐる。驚き集つてきたかなり多くの友達たちが頭の上のあたりへ円くかぶさり、がやがや話したり、心配げに覗きこんだりしてゐるのに、凝つと動かないで仰向けに寝ながら、独りきりだと、はつきり感じたのであつた。それ以後に於いても、それほどの幸福を味はつたことがなかつた位なのであつた。(11)」

時間の流れの先に破局があり、その破局の瞬間（あるいは破局を予想する瞬間）の中に円環的な時間全体のイメージが完成する。このようにして、破局が同時に調和になるというとらえかた。

埴谷はやがて、共産党の組織を批判するしるべとして、「未来からさしてくる光」を語るようになるが、円環的時間のサイクルのなかでは未来も過去も同一のものとなる。現在の社会組織を批判する規準は、埴谷にとって、過去の自分の転向事実の意味をくみあげることにあるとともに、無限のかなたにおかれる未来の無階級社会のイメージの意味をおしはかることにもある。

(5) 論理について

転向体験――暴力による自分の志の屈服――は、被害妄想をうみだす。もうこれからあとは、バラ色の理想とかはったりのようなことは決して言うまい。確実なぎりぎりのことだけを言おうと思いさだめる。確実なものとは何か？　それは、自分から出発して自分にかえるという思索のサイクル。「自分は自分である」「自分の観念であるこのAは、自分の観念であるこのAである」こういう自同律によって正しさを保証される命題だけがのこるはずだ。だが、このように言いきること、それにさえ何かためらいを感じる。

「――薔薇、屈辱、自同律――つづめて云へば、俺はこれだけ。(12)」

「――私が《自同律の不快》と呼んでゐたもの、それをいまは語るべきか。(13)」

〈微光〉

しかし、自己同一律のたえざる確認の場所でしかない独房・未決監にも、あかりとりの空があり、間接に、外界からの光がさしこんでくる。この微光に仮託して、獄の外にしばらく出て見ることはできる。

考えるとき、語をえらぼうとして、主語と辞とのあいだでしばしためらうとき、やがてえらばれざるを得ないただ一つの語の他のひしめきあう無限の語群、同一律の論理的確証をぎせいにして、いっきょに、これらの語のどれかにとんでみるか。しかし、このようにして得られた一々の断定は、言い終ると同時に虚偽であることが、すぐさま自分に理解される。そこで、嘘は嘘として言いきってしまうという方法がうまれる。この考え方が、やがて『死霊』の創作をうながす根本の理念となる。

「さて、断定と同一瞬間に現はれる反対意識の強さを噛みしめつつ、自身へ見展くこのPersonatus の痛々しい瞳に見入るがよい。(14)」

完全なる懐疑主義は、論理的自己ムジュンをふくむと言われている。しかし、AはAであるということをうたがわしく思い、AはAであることをうたがわしく思うということをうたがわしく思う——という懐疑の無限の連鎖の形で、徹底的懐疑主義の立場は成立し得る。ある命題成立前の一瞬の感情の中に、停止した形で、このような徹底的懐疑主義が成立することがあり得る。埴谷雄高が、二十歳の青年共産党員としての完全な信仰主義への反動として、二十二歳の未決囚として徹底的な懐疑主義の論理と修辞に思いをひそめたということは興味がある。

「他に異なつた思惟形式がある筈だとは誰でも感ずるであらう。何処に？　その頭蓋をうちわつてゐる狂人を眺めてゐるかのやうな表象を私はつねにもつ。」

「――《動かしてみよ。その微光する影がわかるぞ。(15)》」

〈論理の涅槃〉

その微光をつとうて窓の外に出て、生れ得ざるあらゆる思惟の可能性と共にあるとき、〈論理の涅槃〉の状態が得られ、これが一つの美的、論理的目標となる。

(6) 倫理について

〈ぷふい〉

〈論理の涅槃〉はそれじしんが一つの倫理的なゴールとなる。つまり、あらゆる種類のたがいにムジュンする判断・行動・事件がたがいに交錯しておかれ、そのまま放っておかれる状態。これが、そのまま、悪いといえば悪く、善いといえば善いと、同時に二重の価値側面において評価される。何が起ってもおどろかず、「すべて善し、すべて悪し」と見る無敵戦法というものをあみだす。これをまた一言に要約すれば、〈ぷふい〉という言葉になる。

「――ほれ、展いたぞ。ぷふい！　それはそれだけで、既に意味がある。(16)」

非合法時代の共産党の中心部にあって「農業綱領」起草にあたった当時は、一日二十四時間を二十四時間として使ったこともあると言う。正しいと信じる一つの方向に最大速度で進むために、自分を各種のタガでしめて流線型の戦闘的行動者にしたてたが、今や独房にこもり行動の望みをたたれ、タガをといて自我の各部分を散乱するにまかせる。他人についてもまた、かぎりなく寛容な態度をとる。

「――《あんたみたいなとりとめのないひとはゐないわ。それがどちらにせよ、それぞれ理由があるんだもの[17]。》」

この態度がそのまま、東洋思想の正統につながっている。そこには、「愛」から区別されたものとしての〈慈悲〉、悪徳ではなく美徳としての無関心、脱却、悟りがある。

「――あのひとの云ふ慈悲はまるで違つたもので……愛は、せいぜい生命のあふれた所へまでですが、慈悲は、何んと云つて好いか、森羅万象、全宇宙に及んでゐるのでして。――空中にまで慈悲があります。（男は自身でもまごつき考へてゐるやうであつた。）あの山は何んと云ひましたか、霊鷲山でしたか、山の石段が自然のままで截りも加工もせずに置いてあると云ふ話です。つまり、自然のままなのです。破壊をしないのですね。よく仏画にあることですが、貴方、御覧になりませんか。釈迦は果物の下で掌を例の通りなにか捧げる風につき出してゐます。落ちるまで待つてゐる訳なのでせう。（男はさう信じこんでゐる風であつた。）わたしにはよく解らないけれども……空中にまで慈悲があると云ふところに気を牽かれました[18]。」

「――生と死と。pfui !」(19)

(7) 美学について

〈影〉、〈暈翳〉

マルクス主義の美学におけるように、言葉の意味を、その言葉の指示する対象との関連においてとらえず、言葉をわれわれが対象指示につかう時、言葉の意味にさまざまの影が生じる。その影に美しさと表現価値とを認める。このような美学、芸術観はマルクスおよびエンゲルスの主張とうらはらのものになる。この問題には埴谷の創作の哲学をのべるときにふれる。

「――《それ自身宇宙であるやうな賓辞の乱用。影に herumtappen する影。(20)》」

確実性ある論理(あるいは「正常論理」と埴谷がよぶもの)の構築になやみ、あき、あきらめて、論理を素材として美学的な目的のために転用する。

「反対と矛盾。私はその観念について考へ悩んだ。考へ悩んだあげく私はその観念を濫用した。謂はば私は絶望のアラベスクを織つたのである。(21)」

(8) 世界観

〈死霊〉

さまざまな可能性の中の一つとして現実がある。可能性の広大な組織の中でやや濃くうつっているものとして、可能性の海の中の一つの浮島として現実を見る。すると一個の現実に密着して、そのすぐ背後に、実現しなかったあまたの反事実があるいていて〈pfui〉といっていることになる。この私語がきこえてくる視点が、「こうなり得たかもしれぬ」という悔恨に夜ごとにさいなまれる転向者の視点である。

「魔の山の影を眺めよ。悪意と深淵の間に彷徨ひつつ宇宙のごとく私語する死霊達。[22]」それらの死霊たちは、自分たちを生かしてくれなかった宇宙を裁くプルーラルな視点を提供する。

「——宇宙の責任が追求されるとき、ひとは形而上学に或る意味を賦与し得るさ。[23]」転向体験の反省の中から生みだされたこれらの根源的比喩がいかに埴谷の思想と作品と行動との中に生かされたかを見るのが次の仕事である。

二　日本共産党批判の視点

埴谷雄高がかきのこした箴言は、一九三三年（昭和八年）の時点における埴谷に特殊の一回かぎりの体験に根をもつとともに、その後今日までまたおそらく今日以後の世界の動向にたいしても展望を可能にするような高い樹木に育ってゆき、多状況的な適用可能性を獲得する。

「薔薇、屈辱、自同律」——手裏剣をなげるようにして三つの単語で定着した体験は、まず第一にバラ色のイリュージョンとしての日本共産党参加、それからの屈辱的な脱落としての転向、バラ色の幻想から脱落した孤独な自我によって完全に自己同一律的に統制される行為としての思想、の三点によってかこまれている。埴谷は、この三点にかこまれた小さい場所にたちつづけ、まず日本共産党というバラが人工のバラにすぎなかったこと、そして日共のみならず、ソヴィエト共産党、さらに現実に存在するいかなる共産党もこの人工のバラ性を帯びやすい点を考える。

これら三箇のうち、「薔薇」と「自同律」とのあいだにはさまれた「屈辱」(転向)のうけとりかたを見よう。

(1) 転向事実について

「彼(取調官)は手早く仕事を進めると、私の調書をつくつてしまつた。それは、掌のなかの毬の糸をするするとほどいてしまうような渋滞もない、手際の好いやり方であつた。そして、それは、その後私が屢々心のなかで哄笑し、また、慨嘆した調書なるもののはじめであつた。私は、それまで、調書とは、係官が容疑者を取調べてゆく逐次的な経過の記録であつて、いつてみれば、たつた二人きりで部屋のなかに向いあつた対話の厳密な速記録という体裁をとつたものなのであろうと、漠然と推察していたのであつたが、さて、自分自身が調書のなかの登場人物となつてみて、あまりに想像とかけはなれているその独特の記録法に吃驚してしまつたのであつた。私がぶつかつた凡ての体験によれば、それは、取調官と容疑者のあいだに交わされる対話ではなしに、取調官自身の独語の記録なのである。取調官はこちらに質問を発し、そして、驚くべきことに、その質問そのままがこちら側の誠実な回答として、調書に記録されてしまうのであつた。恐らく、それは時間の経済として初め採用され、そして次第に固定化してしまつた方法なのであろうが、この取調法によると、取調官は彼にとつて既知であるところの事態のなかを前へ歩き進むのみであつて、決して、その枠から踏み出ることは出来ないのである。例えば、それはこんなふうに行われる。この君の書いたものは、天皇の尊厳を傷つけることになるが、勿論、君は本気で書いたのだね、なんとか返事をしたつて好いだろう。まさかひまつぶしに書いたのじやあるまいし、本気なのだろう。うん、すると、それを本心から書いたのである以上、天皇制の否定というのが君の目的になつているのだね……と、こんなふうに取調官は話しつづけるのである。取調べられる容疑者というものは、自分から話すことは絶対にないのであつて、たいていは返事もせず黙りがちで、やつと答えるときも、ええ、とか、いいや、とか低い声でひと言述べるのが普通である。そんな態度は、取調べられるという受身から必然に起る消極的な事態であるが、そこには同時に、出来るだけ言葉を少くして、相手の知つている範囲を測定し、相手の知らないところへは最後まで近づかぬように身を持そうとする防禦的な構えが含まれているのである。そして、相手が知らぬという気配はこちらにすぐ解るものであつて、例えば、私とともに逮捕された一人物は私と毎日顔を合わせていた親しい間柄であったにもかかわらず、その後、捜査官が私達の関係を問い質したというただそれだけの理由で、ついに私達は互いにまったく見知らぬ間柄ということになってしまい、調書にそう記録されるに至った事例があった。取調官にとっての問題は犯罪の成立にあって、事実の総体の認識ではないために、ただただ法に牴触する既知の部分だけを歪んだかたちでつなぎあわせ、そして、事件の核心をなしている重要な環を殆んどつねに脱落したまま進行してしまうこの調書なるものは、ひとたびこちらが取調べられる経験に遭ってみると、容易に信用しがたくなってしまうものである。(24)」

さらに調書ができあがると、次のようになる。

「ところでさて、長らくこちらと相対した取調官のお喋りが終了し、それまでの話を傍らの書記が調書に書きとめる段になると滑稽なことに、取調官のまとめあげる文章は次のようになってしまうのである。質問……その論文について申し述べよ。回答……はい、申し上げます。私は天皇の尊厳を傷つけるために、この論文を書きました。私はそれを本心から書いたのでありまして、その目的とするところは天皇制の否定なのでありますす。それは確かであります。……と、まあ、こんなふうに会話はまったく逆のかたちになつて書きとめられてしまうのである。習慣になつた事務的な表情でそんな文句を口述している係官とそれを記録している書記を正面から眺めていると、さて、その場がどんなに厳粛に装われていても、どうにも笑いを禁じきれないのである。私は対話するとき、なんという理由もなく微笑する癖があつたが、こういう記録法を目前にして、いくたびともなく、その皮肉そうな調査官と目を見合わせて微笑した。黙秘権が一方にあり、そして、また、速記方式になつた現在では、恐らく忘れられてしまつた気分なのであろうが、二言か三言しか喋らない容疑者をすぐ目の前に置いて、こんな風に記録をまとめることは、たとえ習慣化しているとはいえ、その当時の調査官にとつてはやはり精神を石のように保持しつづけなければ、出来がたいことに違いないのであつた。私と目を合わせても皮肉な落着きを失わぬ係官はついに調書を仕上げて、その最後の頁に容疑者たる私の署名を求めた。私が署名し終ると、そこでまつたく完成した調書の綴りを前に置いて、彼はこちらを正面から凝っと観察した。そして、机の上に置かれた筆を自身でとりあげると、調書の最後の欄へ、具申、として、太い文字を書きこみはじめた。私が机のこちらから眺めていると、彼は落着いてこう書いた。

改悛ノ情ナク、極刑ニ処セラレタシ。

そして、顔を上げた彼はまた私とゆつくり目を見合わせた。私の魂には、破局への情熱といつたものがあつて、極端なものへならなんでものめりこみたがる偏よつた性質があるので、そこに書かれた極刑という言葉は私の気にいつたのであつた。私は彼と目を見合わせたまま、こう聞いた。その極刑というのは、死刑ですか。凝つとこちらをみつめている相手の眼は、一瞬、習慣になつている皮肉な色にもどりかけ、こちらの気負つた無知を憫れむ深い気色をいつぱいにたたえると、不意に笑いだした。彼は私を前に置いたまま、長いあいだ憫れむように笑つていた。懐疑的で皮肉な人物が、不意に、憫笑と好奇をまじえた穿鑿に充ちた眼をこちらに向けるようになり、そして、そのとき、無感動な官僚の衣装のあいだから、経験を積んだひとりの年長者が一歩こちらに踏み出てきたのであつた。君達はテロリズムの手段に訴えないから、重罪になることはないよ、と、彼はゆつくり言つた。そうだ、軽過ぎるくらいだ。(25)」

ここに長く引用した文章は、一つには、われわれのこの転向研究全体に少しずつ引用した訊問調査が、いかにわりびきしてよまれなくてはならないかのいましめを含んでいるものであり、この意味で埴谷の仕事は転向研究の方法にたいする一つの手引きとなっている。もう一つには、転向調書がこのようなつくられかたをしたということから、意味をゆっくりとくみあげてゆくことによって、埴谷は、転向に関する正史ならびに党史の両方をわりびきし、自己によってしか知られることのない自己の体験の把握に多くの推定をくわえてふくらませることによって成立する、記述としての文学によってしか定着することのできない真実が社会に存在していることを主張する。

自己史とも言うべきものを軸として文学を構成し、それによって官史と党史の双方を裁断し得る拠点としようとする。このために埴谷の文学は、その根元に一回かぎりの転向という自己の特殊体験をもちながら、それに「自同律」的に分析を重ねつつ高い高い塔をきずき、毎年毎月つみかさねられるどのような形での（官史の側からの）大本営発表・警視庁報告にもひきずられず、（党史の側からの）コミンテルンのテーゼ・「赤旗」の記事にもひきずられずに、むしろ逆にこれら一切を裁断する規準が、論理的に正しく限定され、その限界内でひかえめにかつ徹底的に操作された自己分析の中から生れてくることを信じた。「赤旗」は、佐野学・鍋山貞親を帝国主義のスパイとして報道し、ソヴィエトの国際共産党はトロツキー、ジノヴィエフ、カーメネフ、ラデックの共産主義へのうらぎりを報道する。日本の知識人が、その共通の哲学としての事実主義にもとづいて、外の世界から次々におくりこまれる情報に思想的節操をほんろうされて右往左往する中で、埴谷は、一つの事実の中にたてこもり、自分の転向事実についての官史、党史の記述と評価がかくもまちがっているかぎり、官史、党史の記述を支える思想体系はともに重大な欠陥をふくんでいるに違いないという確信にたちつづけた。このたちつづけることを可能にした要因は、埴谷における精神分裂質の気質であったであろうが、同時に、二十五年にわたってこの視点から生み出された同時代批評の成果によって見るならば、この方法はわずかの正確な観測結果に固執して体系を構築した、ルネサンス期の近代科学の設計者ケプラーやガリレオの仮説演繹的方法と同一である。

(2)　転向の動機について

いつ、どこで、誰に、どうされてというような仕方での記述はとられていないが、転向の事実、転向時の処世方法、転向を支えた精神について、埴谷はかくすところなく、しかし、つねに抽象的に語っている。

埴谷が日本共産党の路線から転向した動機は、日本共産党に参加した彼の動機と対応し、日本共産党参加の動機はまた日本共産党参加以前に彼の参加していたアナキズム運動における彼の参加・離脱の動機と対応する。彼は早くマクス・スティルナーの『唯一者とその所有』を読み、石川三四郎の個人雑誌「ディナミック」の購読者となり、「革命と国家」という論文を書いていた。友人たちの多くがアナキズムからマルクス主義に籍をうつしてゆくのに反対して、マルクス主義の経典であるレーニンの『国家と革命』をかたわらにおき、ちょうどプルードンの『貧困の哲学』を形式的・内容的にひっくりかえしてマルクスが『哲学の貧困』をかいたとおなじく、今度はその逆にマルクス主義の経典を形式的・内容的にひっくりかえす仕事をしようとした。同時に彼は三部作の戯曲をかき、第一部はマフノのウクライナ・コムミュン、第二部はクロンシュタットの叛乱、第三部は第一回コミンテルン大会におけるエマ・ゴールドマンとアレクサンダー・ベルクマンの退場から第一次五ヵ年計画までというくみたてで、ロシア革命におけるアナキストの役割を描こうとした。ところが、アナキズムをとおしてマルクス主義を批判しようとした計画は、レーニンをよむ途上でレーニンによって説得されることで挫折し、結局、国家をなくするためのもっとも合理的な運動計画は、共産主義にあると考えられるようになった。このように、埴谷の共産主義への参加は、自我の自由な運動の条件を求めて無政府主義的理想の貫徹を目標としてなされた。このような目標とひきくらべるならば、現実の共産党は人工のバラにすぎず、このようなにせものに自分がまどわされたことからくる屈辱は、もう一度、自我の中における無政府状態に彼をひきもどさざるを得ない。

石川三四郎らのアナキズム運動の無理論性にあきたらず、日本共産党に参加した彼の出会ったものは、理論を看板とするということでアナキスト以上に偽善的な、しかも内容的にはほとんどアナキストとかわらぬ無理論性であった。ちょうどそのころ日本共産党は、国際共産党のひきまわし主義からはなれて独自のテーゼ草案をつくろうとして摸索しつつあった。この運動の中で埴谷は「農民闘争」の仲間の知力を結集して日本の農民運動のプログラムを自力でつくろうとして挫折した。検挙されて、彼は革命運動についての確信についてはむしろ逆転向して行ったとみてよく、ただし、日本の革命運動の必要とする理論は日本共産党の組織をとおしては生れることを期待し得なくなった。党の組織における階級構造、さらにまったくその時々の党内権力の移動にもとづいて発動される「敵を殺せ」式の理論干渉に、未来を託することができなくなった。理論にもとづく政治ではなく、政治にもとづいて改廃される理論の形態をそこに見て、さかのぼって、ソヴィエトにおける共産主義にたいしても疑惑をもつようになった。このとき、彼はふたたび、スティルナーの唯一者にかえり、自我の中にある無政府状態からもう一度、理論形成をやりなおすことを決意し、日本共産党をはなれ、既成の一切の共産主義からはなれた。むしろ自分の体験にそくして納得のゆくような新しい仕方での共産主義を考えてゆく道をめざした。他の節(「アナキスト」、「労働者作家」の節——『共同研究　転向』中巻)であつかわれる菊岡久利、壺井繁治などのアナキストが、アナキズムからマルクス主義へ、マルクス主義からファシズムへの道をとおって転向したのと対照的に、埴谷はアナキズムからマルクス主義へ、マルクス主義からアナキズムへともう一度もどって行った。戦争を終えて評論活動を再開した時に、埴谷は、アナキズムをとおしてマルクス主義を見るという仕方で、新しい解釈をマルクス主義にあたえる視点を定着した。もはや、マルクス主義は、彼にとっては実に多くの真理の中の一つの真理、多くの価値の中の一つの価値として、新しく意味づけられることとなる。

(3)　転向の体験のただなかから見た共産党

多くの転向者、水野成夫、浅野晃、林房雄、佐野学、鍋山貞親などをふくめてすべてが、転向のまっただなかにあっては実にすぐれたことをいっていることは、別の節(『転向』上巻)に見られるとおりである。かれらのするどい指摘は、日本共産党の欠陥を見事についており、国際共産党の欠陥をも見事についているのだが、そのするどくそして正しい意見が、やがて見忘れられ、たんに国家権力に身をすりよせる運動の中に姿を没してしまう。転向のまっただなかにおいては、直観のひらめきとして見事に手の中にとらえられていた新しい真理と正義が、転向のサイクルの完了、転向後の視点の形成と同時にわすれられてしまう。つまり、これらの人々の欠陥は、転向そのものから早く離脱してしまうという思考法に由来している。このことは、かれらの転向と埴谷の転向とを比較することによって、くっきりとでてくる。埴谷の思想的生産性は、かれが転向から早く離脱しようと努力せず、転向過程のまっただなかにすわりこむことをとおして、転向以前の思想〈共産主義〉にたいする批判を体系化するということにあった。ランボーとはややちがった意味で、埴谷もまた、一瞬のめまいの中にひそむ千万の可能性の一つ一つを定着し、箴言の形で、感性的形象におきかえて貯蔵し、その後の生涯をかけて一つ一つの形象の内部に貯えられている知恵をとりだして体系化して行ったのである。ここには〈ゆれる宇宙〉をその〈彷徨〉と〈遁走〉においてとらえる一つの手練があり、その早業は〈影〉と〈暈翳〉に関するマルクス主義的ならざる美学、〈論理の涅槃〉をとらえるマルクス主義的ならざる論理、よしあしをこえて世界を一挙に〈ぷふい〉とふきとばすマルクス主義的ならざる倫理を必要とした。ここには早業があると同時に転向後二十五年〈坐せる姿勢〉を〈洞窟〉の中にとりつづけるという持久力がある。時はすぎてゆき、ラジオは毎時間かわりゆく外界のニュースをつたえても、彼は自分を〈化石〉したものと見なし、〈石〉としてただじっと時代の〈風化作用〉にたえようとした。(26)

自分の転向が、自分の見ている前で係官によって意識的につくりかえられ、また党の機関紙によって意識的につくりかえられるのを見ること。官史と党史との二つの政治のあいだのみぞにおちこんだ仮死状態の体験は、これから類推して、政治の中における真実の死（粛清された人々）について考えさせる。こうして、自分を死者の立場において、政治を体系的に批判してゆく方法が、小説『死霊』の視点となる。この未完の長篇については、未来にゆずることとし、現代の政治に関する埴谷の視点を、「政治のなかの死」(27)というエッセイによって、簡単に要約してみよう。

政治は、その背後に強制力の体系をもつ思考のことであって、これを箴言の形になおしてみると、次のようになる。

「スローガンを与えよ。この獣は、さながら、自分でその思想を考えつめたかのごとく、そのスローガンをかついで歩いてゆく。」

この政治の論理は、言論の真理判定の規準をも、結局は、同一党派にぞくするかどうかできめてしまう。政治的思考がつねに巨大な数の他者に関する断定をふくんでいることからすれば、真偽正邪の判定は不可能であることが大部分であるにもかかわらず、政治的思考は単純にその思考のにないての党派的所属によって決定してしまう。こうして、政治的思考の表明は、次のような骨格をもつこととなる。

「やつは敵である。敵を殺せ。」

「いかなる指導者もそれ以上卓抜なことは言い得なかった」と彼は言う。

十九世紀の革命思想は、まったく新しい可能性を政治にたいしてうちひらいた。国家の強制力を必要とさせた階級対立そのものの除去。さらに唯物史観によって、敵、味方の固定性の迷信がうちやぶられ、どんな敵も条件がかわれば味方となりうるという新しい考え方が可能になった。しかし、この理論の応用によって成立したはずの実際の革命政権は、二十世紀前半に関するかぎり、完全にこの可能性をうらぎって、新しい階級制度と新しい敵味方の論理をあつかましく使いつづけている。

「古き政治のなかの目に見えぬ愚民化政策のかたちとまったく同じように、上部から出されたスローガンがそのまま巨大な流れ作業となって下部のあいだに復唱され、そしてそのことによってそれらの恥ずべき行為が、すべて《そのとき》は正当化されてしまうという事態のなかに直截に示される。そのためには、オットー・マヨール（ハンガリーの共産主義者）が言及したごとき大きな恥ずべき事柄は、日頃から小さな恥ずべき事柄を原型として、さながら条件反射の酷しい訓練のごとくあらかじめ周到に準備されているのであって、そして、ついにそこに、軍隊ふうな命令と服従、指導と被指導の固定的な関係が、一種身についた皮膚感覚にまで仕立てあげられてしまうのである。これらのことがつねに上部がただひたすら上部であろうとするひそかな意志のみから発して、ひとつの驚くべき流通の体系を強靱堅固に形成してしまうのを見れば、確かに、階級構造のもつ容易に遁れがたい怖ろしい力の幅が歯ぎしりするほど感ぜられるが、そこになお死と流血が加わるとき、私は、二十世紀の革命の本質を顧みて、魂の底まで襲われる名状しがたい不思議な無気味さとともに激しく足踏みするいらだたしさをも感ぜざるを得ない。なぜなら、これまでの政治のなかの死は、そのときの政治権力の勝利のいまわしい表明であったが、二十世紀に激しく転変した政治のなかの死は、本来可変的な相手をついに味方へ転化し得なかった、許しがたい無能の証明だからである。二十世紀の政治のなかの死は、未来への拒否であると極言することができる。」

一九三三年（昭和八年）以来埴谷の用意してきた視点は、同時代のラデック、ベーラ・クンらの裁判を批判し得るものであったのみならず、その後にくるスターリン主義批判そのものを批判する視点となり、ベリア粛清、ハンガリー叛乱弾圧をも批判し得る視点となった。それだけでなく一九三三年度の多くの転向者が、日共およびソヴィエトを批判する視点を獲得すると同時に、日本国家を批判し、満洲事変、日支事変、大東亜戦争開戦を批判する視点を喪失したのと対照的に、埴谷の視点は、ソヴィエトの小国家圧迫を批判するとともに、アメリカ、イギリス、フランスの植民地支配を同時に批判する位置を占めている。

共産党については、埴谷はその本質的部分についての正しさを信じており、ただ自覚の現在の指導部の消滅をも考慮にいれるような、遠い未来にてらして、現在の刻々の問題を考えることを提案する。一九三三年以来、彼は、つねに遠い未来からさしてくる〈微光〉にてらして目前のことを見るすべを学んでたえてきた。敗戦後の共産党再建にさいしても、これにはくわわらず、むしろ非政治性を共通の了解事項とする文学同人雑誌「近代文学」を、よく似た姿勢で同時代をたえてきた七人（埴谷をふくめて）の転向者によって組織した。政治的視点に対峙する文学的視点という位置のとりかたは、日本共産党に自分たちを政治的に結びつける新日本文学会の視点と対立し、両者のあいだに戦後の論争が活潑に起った。転向体験の中に日本共産党批判の視点を確立した埴谷が、戦後も日共にたいしてこの視点をゆずらず、この考え方が「近代文学」の組織力・持久力の重要な条件となった。無目的にただあるきまわる「歩行者」としての革命運動家だけでなく、遠い未来をおくせず見つづける〈坐者〉としての革命的理論家の必要を、彼は、昔にかわらずときつづけた。これは、一九五二年当時、火エンビン闘争を指導した日共の「歩行者」革命家の方針にたいして、適切な批判の視点であった。

戦後、コミンフォルムの批判をうけ、主流派、国際派の二分派にわかれて無用の対立抗争状態におちいったとき、党に幻滅した多くの年若い共産主義者たち（たとえば井上光晴）が改めて埴谷雄高の文章をよみはじめた。この分裂抗争は、ソ連におけるスターリン主義批判、フルシチョフ政権の成立に影響されて大同団結をもって終り、六全協によって日本共産党は新しい一歩をふみだすのだが、現状についても、埴谷は次のように批判する。

「そして、この組織のなかの階級性は、闘争のなかで洗いおとされずに次第に固定化するにつれて、上部組織の下部組織に対する防衛という不可思議な措置を生みだすのが通例である。例えば、日本共産党の『党章草案』を読むと、中央委員は十年以上、都道府県委員長は五年以上、同委員は三年以上、地区委員長は三年以上、地区委員は二年以上の党歴をもたねばならないという形式的な規定や、また、全国的な問題は中央委員会、地方的な問題は地方組織で処理するという機械的な区別にうちあたつて、そのあまりに露骨な防衛意図に驚かされるが、このような硬化現象は階級性の徽章をもつて出発したどこの組織にも多かれ少かれあり、そして、それらは恐らく長期にわたる党内討議によつて、さらにまた、厳しい運動の成果によつて強く批判されるだろう。(28)」

こうした階級構造と敵味方の論理とをもとのままにしておきながら、まさにスターリン主義的な方法によってスターリン主義批判に追随している日本共産党同調者間で、埴谷の日本共産党批判は、これまでの二十五年以上によくきかれるであろうか。

三　埴谷雄高の哲学

革命理論家としての関心は、転向をさかいとして埴谷雄高にとっての第一の関心ではなくなった。現実に関心をもち、現実を変革することに関心をもつ以上に、彼は現実について考える考え方に関心をもつようになり、この考え方のあたうかぎりの可能性に目ざめ、それを表現したいという関心をもつようになった。これは政治および科学から、哲学および文学への関心の移動であり、埴谷は、政治に関心をもったときに政治についての科学的理論をつくることをめざしたとおなじように、哲学に関心をもったときにこれについての文学的表現の道をもとめた。

「魔の山の影を眺めよ。悪意と深淵の間に彷徨ひつつ宇宙のごとく私語する死霊達」という二十歳のころの箴言にとらえられた〈死霊〉の視点とは、政治哲学においては、二に説いたように一種の永久革命の理論を生むこととなった。だが、生きている今日の人間としてでなく、死んだ人間という架空の立場から宇宙を描き、宇宙をさばくという視点は、とうぜんに、政治哲学をふくめてより包括的な哲学問題についての考察へとみちびく。

政治から哲学へ、(政治の基礎理論としての) 社会科学から (哲学の最適の表現方法としての) 文学へという関心のきりかえは、転向の過程において豊多摩刑務所内でおこった。T・S・エリオットは読書が人間の感性をかえてゆくことをのべ、人間のありかたを底のほうからかえてゆくものは生活体験や政治的実践だけではないことを指摘した。読書にたいするこうした打ちこみ方は、サラリーマン化した今日の大学の哲学者たちには見られないが、埴谷雄高が豊多摩の刑務所でカントをよんだのは、まさにエリオットの言う意味での本格的な読み方をもってであった。

ヒュームはカントによってのりこえられ、カントはヘーゲルによって止揚され、ヘーゲルはマルクスによって止揚され、マルクスはレーニンによって現代的段階にたかめられ、……こうした日本知識層の思想史の常識によりかかって、最高の経典としてレーニンをよんでいた埴谷は、牢獄に入って語学勉強用にとりよせたカントを読むことで、数段階以前のすでに脱皮されたもぬけのからのはずの皮の中に依然として生きてうごめいているものがあるのにびっくりした。この時、転向によって、埴谷は、明治以来の日本の知識人の常識となっていた思想の進化説の呪縛からときはなたれた。

「人間の理性はその認識の一種類に於て特殊な運命をもつている——理性は斥けんと欲して斥けることができず、さればといつて、それを解答することも出来ぬ問題によつて悩まされるという運命をもつているのである。斥けることが出来ぬというのは問題が理性そのものの本性によつて理性に課せられたものであるからで、解答できぬというのは、それが人間の理性のあらゆる能力を超えているからである。(29)」

こうして理性によってとくことのできない問題を次々と理性がつくるという領域を、カントは先験的弁証論となづけた。今日の論理実証主義におきかえて考えるならば、これは主として「偽問題」(pseudo problem) を思いつく能力といえるであろう。しかし、百も思いつかれた「偽問題」の中の一つは、独創的な真問題を新しく構成するきっかけとなるかもしれない。「偽問題」を排除することによって、論理実証主義はかえって思想的創造性をはばんだと言える。埴谷の科学から文学への跳躍は、この「偽問題」をつくる領域を描きつづけることを自分のライフ・ワークとしてえらびなおすことによってなされた。

「仮象の論理学とカント自らに呼ばれるこの先験的弁証論は、まず心理学、つぎに宇宙論、最後に神学を扱つているが、そのどれもひとたびのめりこんだらもはや出てこられぬ領域である。その頃私は自同律について私流に思い悩んでいたが、まず自我の誤謬推理を論じた章にぶつかつたときこうした推論法もあるのかとただ呆然となつた。そこには人間精神の怖ろしい自己格闘が冷厳に語られている。それは、宇宙と人間精神の壮大な格闘を見るような宇宙論に於ても、神の現存在の不可能性を証明する章に於ても、同様であつた。そこに扱われるのは、誤謬の、矛盾の、不可能性の証明なのであつて、これはこうである、その理由はかくかくという証明法に慣れていた私はただただ眼を瞠つたのである。それはこう考えられる、またこうも考えられる、さらにまたこうも考えられる、ところで、これも誤り、それも誤り、あれも誤り。こうした謂わば無限の可能性を考えつくしたあげくでなければ出来ない不可能性の証明法は、やがて私の精神にも根をおろし、私もまたものごとを無限判断の枠で考えるようになつたのである。そして、そこに煩瑣なスコラ哲学的な匂いがあるとはいえやはり否定の論理を無限におし進める仏教書を読みあさつたのも同じ理由からである。このような推論式はまたそれまで私が考えていた単純な弁証法ともかなり違っていた。そして、私はすでにカントがその誤謬を、その矛盾を、その不可能性を証明しつくした問題へこと新しくのめりこんでしまったのである。さながらそこにいまだ彼が考えつくし得なかつたなんらかの可能性がのこつていて、そして、さらに私がそこでそのなにかを考え得るかのように。(30)」

なぜ、こういう無駄な作業を生涯の主な事業としてえらぶか。それは、スティルネリアンである埴谷にとって生きることの根本的な衝動が、自我の自由な活動を極限までおしすすめてみることだったからであり、このような自我の自由な活動をゆるす領域が形而上学（あるいは哲学）だからである。しかも、すでにカントが『純粋理性批判』の中で理解したように、これらの形而上学的問題はつくることができ、考えることができるが、解くことはできない。それらについて科学的な解答を求める道は、袋小路である。この故に、埴谷は、これらの「偽問題」を次々につくり、それらと格闘するドラマをかく様式として、創作（あるいは文学）をえらんだ。

同時代の代表的哲学者西田幾多郎は、カントが「袋小路」と立札を出したその小路の中にまた独創的な迷路をうがち、その中を歩いて見せて日本特産の哲学をつくった。埴谷と同じ一九三三年（昭和八年）前後に転向した多くの左派哲学者は、たとえば三木清におけるようにマルクス主義をはなれてふたたび西田哲学にかえって行った。かくしてかれらは西田哲学ぐるみ、もう一度、一九四〇年（昭和十五年）以後の翼賛時代に超国家主義に転向せざるを得なくなる。埴谷は、西田哲学への道をとることなく、まず自分を二つにわり、半身はマルクス主義の革命理論にしがみつかせてたたせておき、半身は西田哲学が問題とした形而上学的問題を、西田哲学とは対照的にまったくの創作の意識をもって、創造し変形することにたずさわらせた。

西田幾多郎の著作『自覚に於ける直観と反省』を読んだときの感想を、埴谷はその分身である「くねくね入道」のボイグと次のように語りあう。

「ボイグ——そして、このひと（西田）のは、意識せざる、善良なハッタリなのですね。

わたくし——そう、真面目だ。

ボイグ——どうも淋し過ぎるなあ。

わたくし——そう、淋し過ぎる。

ボイグ——ええい、どうです？　ここでひとつ、意識せる、非善良なハッタリをこのわたし達がおっぱじめてみたら、どうでしょう？」(31)

こうして、意識せる、非善良なハッタリとして、創作としての哲学『死霊』が計画される。

こうした創作の哲学の原動力となった自我の自由への衝動を、もうすこし考えてみよう。自由とは認識せられたる必然であるという唯物論の公式を固く信じて、現代史の発展方向についての必然性をみきわめて理論化し、さらにその理論の命ずるままに自己の毎日の一挙手一投足を必然的にすなわち自由に動かそうとした青年革命家の時代をはなれると、まず、マルクス主義者の理解するような意味での必然性が今日から未来にかけての人間の歴史の中にあるかどうかがうたがわれた。さらに、そのような必然性があるとしても、その必然性を日本の青年マルクス主義者たちが、そのとぼしい経験と推論能力をとおして完全に洞察し得るかどうかがうたがわれてきた。さらにまた、いったい自由とは、必然性の認識そのものなのだろうか？　むしろ、必然というものがあるとして、それをもくるわせてみたいと水車にむかうドン・キホーテのようにつきかかって行く衝動が、われわれ人間のもつ自由への衝動なのではないか。外部の現実の中に必然性があるかどうかは、うたがわしいから別にするとして、内部の必然性、つまりわれわれの思考を規制している形式論理のワクはどうであろうか？　この必然性をも、漸進的にくりかえしうたがうことによって、くるわせてゆこうとすることが人間各個人にできるのではないか。必然に屈服するのが、気にくわない。外部の現実をつらぬく必然性は、外部の現実よりもさらにひろいワクでの可能性の領域をつねに思っていることと、それら可能性のくみあわせをとおして現実にあること以外の事件を創作することによって離脱できる。だが、もう一つ、内部の必然性（論理的必然性）は？　しかしこれも言語のルールそのものをうたがい、うちこわすことによって、刻々、ルールをうちこわすごとに一時ずつ、離脱への身ぶりを示すことはできる。これを埴谷は「繋辞《コプラ》の暴力的な使用法[32]」と呼んだ。

かつて「自同律の不快」という箴言で言葉すくなくいわれていた内容が、もう一度、長篇『死霊』の中で、次のように述べられる。

「彼が少年から青年へ成長するにつれて、少年期の彼を襲つたその異常感覚は次第に論理的な形をとつてきた。彼にとつて、あらゆる知識の吸収は彼自身の異常感覚に適応する説明を索める過程に他ならなかつた。それは一般的に云つて愚かしいことに違ひなかつたが、《俺は——》と呟きはじめた彼は、《——俺である》と呟きつづけることがどうしても出来なかつたのである。敢へてさう呟くことは名状しがたい不快なのであつた。誰からも離れた孤独のなかで、胸の裡にさう呟くことは何ら困難なことではない——さういくら自分に思ひきかせても、敢へて呟きつづけることは彼に不可能であつた。主辞と賓辞の間に跨ぎ越せぬほどの怖ろしい不快の深淵が亀裂を拡げてゐて、その不快の感覚は少年期に彼を襲つてきた異常な気配への怯えに似てゐた。それらは同一の性質を持つてゐて、同一の本源から発するものと思はれた。彼が敢へてそれを為し得るためには、彼の肉体の或る部分を、がむしやらにひつつかんで他の部分へくつつけられるほどの粗暴な力を備へるか、それとも、或ひは、不意にそれがさうなつてしまつたやうな、そんな風に出来上つてしまふ異常な瞬間かが必要であつた。

俺は俺だ、と荒々しく云ひ切りたいのだ。そして、云ひきつてしまへば、この責苦。[33]」

断言するということが、その断言にたいしてどれだけの責任を負わすものなのかは青年革命家として彼のうけた責苦でわかっている。このためにおちいった被害妄想の症状のために、彼はあらゆることに断言をさけたくなる衝動をもち、主語だけしか発声できなくなってしまった。「おれは……」と言いかけると、そのあとに「おれはAである」「おれは非Aである」「おれはAであり、非Aである」その他あらゆる可想的な命題がひしめきあって口もとにあふれ、絶句してしまうほかなくなる。つまり、命題の構成途上でたちどまり、無限にさかのぼってうたがうというゼノン以来の徹底的懐疑主義の病（異常論理病）にとりつかれたのである。

「この名状しがたい不快は、彼にとつて、思惟の法則自体に潜んでゐる或る避けがたい宿命のやうに思はれた。[34]」

「一つの想念と云ふより、若し再びさう云つて好ければ、一種論理的な感覚だつたのである。

《不快が、俺の原理だ》と、深夜まで起きつづけてゐる彼は絶えず自身に呟きつづけた。《他の領域に於ける原理が何であれ、自身を自身と云ひきつてしまひたい思惟に関する限り、この原理に誤りはない。おお、私は私である、といふ表白は、如何に怖ろしく忌まはしい不快に支へられてゐることだらう！（中略）その裂目を跨ぎ、跳躍する力は、宇宙を動かす槓杆を手にとるほどの力を要するのだ》。[35]」

つまり、徹底的懐疑とは、われわれの思索に内在する倍音のようなものであり、言表される論理の一コマ一コマに対応する言表されざる論理感覚なのである。この内在的な論理感覚の瞬間的微粒子の中へひそみいって、そこから世界を書こうというのが『死霊』の構想であり、このために、論理の情緒的等価物が徹底的に探し求められ、メタフォーによって指さされるのである。

こうした創作の方法が、模写説、典型論、上部構造論を三つの柱としたマルクス主義美学からはるかにはなれた美学に支えられていることは明らかであろう。これは、模写説と上部構造論とは対照的に、物をよそにしてその「影」と「暈翳」を独立に追求する方法であり、典型理論とは対照的に、それぞれの対象をその対象に固有なる非典型性、法則逸脱性（ドゥンス・スコトゥスの言う「これ性」）において描くことを主なる目的とする方法である。

埴谷は自分の創作方法を水晶凝視の方法として説明している。一つのものをじっと見ていると、そのモノが未来永劫にわたってとりうるさまざまの形が見えて来て、誕生以前から滅亡までの極と極の間にならぶ。そのような空想の展開を取捨選択、再構成することから彼の創作が生れる。これを、還元的リアリズムと呼んでいる。このように作家の関心を見るモノの中に投入することによってそのモノの意味の核をつくり、それを変形させ極に達するまで見守るという方法を、埴谷はドストエフスキーとポウからまなんだと言う。

『死霊』は、論理をつくる論理を問題にし、論理以前の論理を問題にするという意味で、メタロジックの書と言える。そしてこうしたメタロジカルな角度から人間の論理に光をあててみるという埴谷の根本的な関心が、美学的な方法をも決定し、倫理的な方法をも決定することとなる。

倫理的な理想として、ここには二つの方向が設けられる。一つの方向は、必然からの逸脱ということ。〈自同律〉からの逸脱衝動としての不快感については、前にふれたが、歴史的必然性からの逸脱について引いて見よう。

「——さうです。私には、見えます。歴史の幅からよろめき出るその姿のみが、見えるのです。さうです。歴史の幅から見事に、また、とりかへしもつかずはみ出してしまつたもののみが、私達の先人として認められるのです——。私達の眼の前に姿を現はし、話しかけるのは、本来さうあつてはならないやうな無限の場所へまで踏みこみ、逸脱してしまつた怖ろしいひとびとに限られてゐる。その他には、誓つて、何もありはしないんです。」

歴史の外によろめき出た人々というのは、つまり、死んでしまった人々が現実の法則のもとには生かすことのできなかった生涯を生きぬいた場合のことと考えてよく、〈死霊〉という言葉にこめられた意味とおなじである。ここで作者は、現実の歴史の中に生かされなかった可能性を記述した反事実的条件命題についてふれているのである。この反事実的条件命題とは、「もしレーニンが死なずに今日まで生きてゐるとしたら、ロシア革命は……」というように厳密な意味での科学としての歴史学の一部分となり得ないのだが、しかし現実の歴史をうごかしそのコースをかえてゆく力は、政治力をふくめて、この（刻々の同時代点において可能な）反事実的条件命題をたくみに計量する思考能力によりかかっている。それらを記述することが歴史学においてできないとすれば、この種の仕事は文学あるいは哲学にゆだねられざるを得ない。ここに埴谷の方法の設定があり、このような文学的・哲学的方法に科学的方法からきりかわることによって、彼はかえって独自の仕方で政治問題に接近することができるようになった。こうした考え方が政治問題にどんな影響をもたらすかを見よう。

「私――いや、いや。戦争の重味をとめるのは、本当に、死者しかいないのですよ。そして、それをとめる訴えをしているのがただ死者しかないことが、また、やがてそれが歩一歩と生者のあいだに出現してくる唯一の理由になつてるんです。何故つて、あらゆる生者はすぐ死者を忘れてしまい、生の秩序のなかにどんな戦争をもはめこんで意味づけてしまうんですからね。だから、私は敢えて云いたいですね。本当の戦争は、生者と死者のあいだではじまる、と。

彼――ふーむ、それは、最後の死者が忘れられたとき、そのとき、すでに第一発の砲火が大空高く打ちだされている、ということですか。
私——まあ、そうですね。死者はつねに見捨てられた歴史の彼方で、生者を呼んでいるのです。彼は生者に向つて、ぐれーつ、と呼びかけているのです。
彼——なんと呼びかけているんですつて。
私——ぐれーつ、です。
彼——そして、生者にはそれが聞えないのですね。
私——そうなのですよ。私にはそれが解ります。
彼——ほう、どうして、貴方にはそれが聞えると主張できるのですか。
私——それは、まあ、長年、私が死んでる真似をしてるからでしょうね。[36]」

戦争のみならず、革命政権の粛清裁判の犠牲者の声、ヨーロッパ諸国によるアフリカ解放運動の犠牲者の声、ハンガリー叛乱鎮圧の犠牲者の声をも同時にきく。歴史がはじまって以来の死者の声の一々にきいることをとおして、人類を裁くということが倫理の目標となる。

もう一つの倫理の目標が、ここにダブって姿をあらわす。歴史の中を一人、また一人とよろめいて出て行く逸脱者を先達として、歴史離脱後のメッセージをたどりたいという考えは、さらに進んで、それらをその個別性の総和としてうけとめようという考えをもたらす。前者は、さまざまの実現されなかった宇宙と比較して、実現されたこの一個の宇宙を裁き、「宇宙の責任を追求」するという箴言とむすびつくが、後者は、「空中にまで慈悲がありま す」とばかりにあらゆることを追求する結果、とりとめなくすべての善悪を「ぷふぃ」とゆるしてしまうという箴言とむすびつく。つまり、あらゆる反対命題を同時に考えることで、何事をも断定できないという「論理の涅槃」に対応する「慈悲の倫理」、「ぷふぃの倫理」、「すべて善し、すべて悪しの無敵戦法の人生観」である。

宇宙の責任を追求する倫理とぷふぃの倫理との二つの倫理的目標は関連するが、同時に相反するものである。しかし、あとの慈悲の精神がより多くからまってくることによって、人間の政治行動は非政治化し、倫理の域にまで高められる。政治の方法が、敵味方の区分によって、善悪を裁定するのにたいして、慈悲の精神は、敵味方の対立を越えてはたらき、敵を味方に転化する条件をたゆみなくさがす。具体的な例を、ソヴィエトがハンガリー叛乱鎮圧事後処理のためにハンガリー元首相ナジを処刑したことにふれたエッセイに見よう。

「歴史の断崖へと徐々に追いつめられつつ最後まで自己の位地を防衛しようと試みる彼等(ソヴィエト政権の指導者)は、その欠陥をもつた個人をさらに数歩進めて『敵』に仕立てあげる。そして敵は殺されるのは当然であるという謂わば指弾の代行物をそこにこしらえあげる。しかも、その場合本来、糾弾さるべき彼等に代つて標的となるのであるから、その人形はできうるかぎり背後が見えないほど大きいのがいいのである。そして、標的として処刑されるナジは、背後に彼等（ソヴィエト政権を指導する共産主義者）と、そして、労働者評議会（ソヴィエトの支配を批判する共産主義者）のひとびとの二組を隠してしまつた。すでに遠い以前、労働者評議会の多くのひとびとは処刑されている。彼等指導者達がほんとうに怖れているのは、着実な緩やかさをもつてせり上つてくるこの労働者評議会のひとびとであつたから、その死刑の十字架の列をナジの死刑の背後に小さく隠しておきたかつたのである。

けれども、吾々はすでに一方で『敵』を味方にする本来の革命のかたちが歴史のなかで静かな足取りとなつて進行しはじめているのを聞いているのであるから、味方をも『敵』に仕立てあげて、その血ぬられた標的の背後に巧妙に隠れようとする旧態維持のこの政治的指導者達ももはやこれからさき長くはその卑劣な姿を隠しつづけることはできないであろうと予感せざるを得ない。その意味で、ナジ処刑はひとつの暗い楯の表を示しているに過ぎないけれども、その背後の意味は深く、また、大きいといわねばならない。(37)」

敵を味方に転化することが革命運動家の能力であり、このことなくしては革命はあり得ない。かつて毛沢東はこの方法によって「持久戦論」をかいて中国の民衆を味方に獲得して日本をうちまかし、今はアルジェリアの民族解放運動のにない手たちはこの方法によってフランスの中にさえ、新しい味方をつくりつつある。これらと比較することによって、埴谷は日本共産党の無能を責め、かれらが前衛党内部の結束の必要をとくことに託して自分たち幹部の位置の防衛と固定化を計っていることをなじり、こんなことよりもむしろ知恵をあつめて、日本の現在の条件の中で今まで敵であったものを味方に転化する方式を研究することをすすめる。こうした提案において、埴谷の先験的弁証論は、かならずしも現実とつねに無関係なのではなく、精神の屈伸体操としては無類の役を果し、さらに、現実との接点を正しく見つけられさえすれば、現実に適合することとさえあるのだ。

先験的弁証論は、精神のシャドウ・ボクシングであり、よくこの訓練にたえたものは、試合にのぞんで現実の相手をむこうにまわした場合、ある時には公式どおりに、ある時には公式からはずれた意想外の動きをとおして相手のすきまにつきいることができる。このような、公式的体系精神としての自我と、およそ公式とはかけはなれた逸脱精神としての自我との複合として、あらたに自我を合成して、転向点から埴谷は一九三三年以後の日本の同時代にのぞむ。このころの埴谷の人柄について、友人はこう語っている。

「おそらく彼はこの独房生活の間に、自分のなかに渦巻く情熱をふたつの極に吹き分け、現実世界と接触する外的生活を、つかまえても、圧しても、切っても、生命に別状ない、トカゲの尾のようなものにしてしまった。彼の奥深い『性癖』をまもるために。(38)」

「このアフォリズム（不合理ゆえに吾信ず）や、おなじく『構想』に連載した長篇『洞窟』以来、彼は一方で他人の理解を峻拒するような難解な作品を書きつづけながら、他方ではビジネスマンとして抜群の才能を発揮し、ダンス・麻雀・野球・映画・探偵小説から国際情勢にいたるまで、居ながらにして知らぬということがなく、誰とでも、何事においても、どこまでも、つき合うことのできる人間である。彼の人格は完全に二重構造である。[39]」

カントの先験的弁証論で屈伸体操の訓練をうけた彼が、自分の分身を「くねくね入道のボイグ」と呼ぶのは、このような事情による。彼は一方では〈化石〉であり、〈石〉であり、もう一方では〈凪〉であり〈くねくね入道〉であろうとした。これらの分身は、箴言にみられる二つの時間意識「破局」的時間と「円環」的時間とに対応する。自己の教条を守って破局に直面して以後化石するという分身。自己を宇宙の歴史全体と同じものと考えてみることによって、もはや目前の何事に出あってもうけいれることにした「くねくね入道」としての分身。それらはまた自然にさいごのぎりぎりのところまでゆずらずに対立する「悪の意識」としての自己と、自然によりそって「啞で白痴で美しい静かな娘」の夢を見る自己との二つに対応する。

坐ったなりでする精神の屈伸体操が、結局は、歩行者にとっても役にたつことになる。というのは、歩行者はくたびれればくたびれるほど、心身硬直し、自分の眼の前の物のその姿しか見られなくなり、その物あるいはその他の物のもつ可能性にたいして、ただ壁にむかって坐っている者ほどの想像力ももち得なくなるからだ。こうして、偉大なる歩行者の思想に出会うことを待っている坐者の思想として、埴谷の思想は、日本の思想史の中に今日も孤独の位置を占めている。

四　虚無主義の系譜

埴谷の哲学と、伝統とのむすびつきを最後に考えよう。

転向時の一連の箴言は、ほとんどすべて、伝統を参照ワクとせず、自己のみを参照ワクとしてつくられている。埴谷は、自分の外にある日本共産党信仰の柱からきりはなされた時、他の柱によることなく、自我の中におちこみ、自我の要素の新しいくみあわせによって新しい柱をつくろうとしている。民族の伝統にたいする呼びかけをまったくしないことが、特徴的である。こういう点が、埴谷の転向を、「日本浪曼派」の亀井勝一郎、保田與重郎、太宰治らと区別する。「日本浪曼派」におけるように、むりやりに日本の伝統を美化して考えようという動機は、転向の前にも、後にも働かない。転向後はかえって、よりみにくいものとして日本の文化をとらえ、よりするどく日本の伝統から切れている。そのために、まったく自分の底のほうまでさらってみて根源的比喩をさがしだし、それらをくみあわせることによって、自己の創世神話をつくる道をとった。

むしろ、日本の伝統とはむすびつかぬままに、西洋および東洋のニヒリズムの伝統とむすびついている。西洋のニヒリズムの系譜の上では、スティルナー、カント（これは先験的弁証論の部分だけがニヒリズムと言える）、ドストエフスキー、キェルケゴール、ランボー、マラルメ、ポウ、ニイチェ。東洋のニヒリズムの系譜では印度教、ジャイナ教、仏教、老子、荘子。東洋の宗教的伝統が深く入っているという意味では、埴谷の転向は日本への回帰なしの東洋への回帰と考えてよく、同時代の萩原朔太郎、室生犀星、志賀直哉、佐藤春夫らのような日本への回帰を主とした東洋への回帰とはちがう転向の系譜にぞくする。むしろ、明治末期の木下尚江の転向の経路に近いものではないだろうか。木下尚江はキリスト教社会主義者としての実践運動を明治末にしりぞき、それ以後も日本の天皇制権力に反対の姿勢をとったまま、一種の虚無主義者となって静坐生活を昭和に入るまで続けた。軍国主義の進行を前にして、もう一度社会運動に参加する志をもちながら死んだ。同時代の人では、村山知義、三好十郎、坂口安吾、武田泰淳、椎名麟三が、転向をとおしてニヒリズムに達しているということでは埴谷に近い。とくに、椎名は労働者出身であり、埴谷より少しはやく一九三一年にやはり積極的な共産党員として検挙され、転向するのであるが、転向後の彼の思想は、埴谷におけるよりもより多く日本の庶民的な生活感情の中からニヒリズムの素材をとっている。古くは木下尚江もそうだが、村山、三好、武田、（敗戦までの）椎名はいずれも、日本共産党とかコミンテルンとか日本の無産者階級などの目前現存の人間集団とは別に、神を措定せずに普遍的な原理を措定し、このような普遍的な原理にてらして転向以後の自分の行動を律することを試みている。このことが、江戸時代以来の浮世思想、その時その時のなりゆきにまかせる日本の伝統的な虚無主義とはちがった傾向をこれらの人々の中につくった。

埴谷は、日本の伝統的な思想の流れの中では、立川流にたいして興味を示しているのにすぎない。立川流というのは、真言宗の別派で男女の最初の合体において涅槃にいり、即身成仏するという教理であり、駿河地方にひろがったが、やがて徳川政府にほろぼされたと言う。この場合にも、埴谷がこの立川流に興味をもつのは、「人間は色と欲さ」という感情的傾向を原理にまで高めたということについてなのである。

「こんなちやちなものであれ、とにかく一つの観念の極端化をこのわが国に発見したのが無性にうれしく、わたくしとボイグはその当時さかんにこの教義を振りまわしていましたところ、或るバアのマダムについに『立川流中興の祖』と命名されたのでありますが、すると、わたくしもボイグも悲しげに顔を見合わせたのであります。もし観念の観念化といつたようなおれ達のデエモンを発見したのなら――そうボイグは、そのとき、憮然と呟いたのであります。(40)」

数百年以前にほろぼされた立川流以外には、日本の伝統には埴谷の興味をひくものはなかったように見える。こうして、この国の文化の先人にも同時代人にもむすびつくことなしに、十数年間も一つの点として自分をおいておくということは、文学者としても市民としても、稀有の難事業である。これは、埴谷の精神分裂病的気質をよそにしては考えられない。健康であり正常であるものがことごとく翼賛体制の状況に衛生的に適応して行った時代に、適応せずにおしとおしたのである。近ごろフロムやフォイヤーなどの精神分析学者の影響で、日本でも衛生・健康を原理として思想を律しようという考え方が強くなってきた。この原理をまっすぐに適用するならば、「いつも変らず健康ならんをねがはば、頸の運動を怠るべからず、頸の運動は即ちおじぎ也」という明治の文士斎藤緑雨ののべた意味での健康のすすめになることがしぜんであり、こうした考え方から言うならば、転向しないことは衛生上よくないことである。翼賛運動時代の日本に「錬成」また「錬成」で、どれほど衛生思想が盛んであったかをふりかえり、この種の衛生思想がどれほど思想の自主性をはばんだかを考えてみる時、埴谷雄高の位置がはっきりしてくる。

二十五年前、青年時代の箴言の中に宇宙の遁走と彷徨と破局と円環にふれた彼は、これらの可能性が具体化したものとしての原子爆弾、人工衛星を前にして、次のように考えた。これは、敗戦直後の渡辺慧の「原子党宣言」(今や人間社会の推進力が労働者階級から科学技術者の手にうつったことを説いた)にかなり似ているが、マルクス主義との対決の仕方が、さらに微妙であり、二十世紀文明論として独自の展望をなしている。

「(人工衛星がとびたったというニュースをきいて)はじめの印象はだれでも同じだと思いますが、非常に偉大な世紀が始まったという感じでしたね。長い目でみると、これは大へん喜ばしいことですが、少し水をかけることを初めにいいますと、近視的に見ればば喜びでない面もある。最初の人工衛星が飛び立ったのは十月四日ですが、その後、ソ連の革命四十周年記念日に新しく何かが発表されるということがいい始められました。ぼくは、これは実によいことになったと思いました。新聞には労働時間短縮とか、月世界へのロケット発射とかいわれていたが、ぼくはこう考えたんです。四十年たって階級対立が止揚され、遂に人類という一つの概念に達した、そういう一種の人類の宣言が人工衛星の上に立ってなされるんじゃないか、と考え、またしてほしいと希望をもったのです。そのときにもちろんこれまでの科学的な苦心談を入れて、今後の成り行き、月世界旅行、火星旅行はこうなるだろう、階級社会は地球上の三分の二に残っているけれども、ついに止揚をされる段階にある、そういうことを述べると同時に技術の公開と軍事目的からの絶縁を宣言する。ところが、それはぼく一人の考えになってしまった。それどころか、人工衛星の意味を受けとる方でもソヴィエト側でも軍事的な面を強調している。人工衛星は大陸間弾道弾と同一基礎にあるというわけです。こういうふうに軍事が強調されると、ピラミッド建設時代のエジプトと同じようになる。要するに秘密というものが第一の聖なる秘儀となり、古代のファラオと僧侶が一体化したごとく、政治指導者と科学者が第一階級と第二階級として合体して、その神権時代には人民は秘密にあずかりえないという段階が続かざるをえない。そして、他方、必然的に社会主義社会圏においても優越国家と劣敗国家ができる。

こんなことを考えてちょっと、さびしい気がした。大きい見通しからいえばそれはやがて克服されてしまうことであるけれども、近視的にいえばそういうことになる。(41)」

転向が近代日本思想の底にある特徴的な主題であるとするならば、この主題ともっともねばり強くとりくんでここから一つの思想体系をつくった埴谷雄高は、日本の伝統からほとんどその思想の素材を借りていないように見えるとしても、やはり、近代日本のもっとも代表的な思想家と言えるのではないだろうか。

(1) 日本共産党では風間丈吉、伊東三郎、守屋典郎、伊達信らと一緒に仕事をした。
(2) 佐野学・鍋山貞親の転向に続く、集団的転向の中の一つの例とみられる。
(3) 自伝の資料は主として、埴谷雄高『濠渠と風車』(未来社、一九五七年)、『鞭と独楽』(未来社、一九五七年)から取った。他に埴谷雄高「戦争の時代の進行」(「日本読書新聞」一九五八年三月三十一日、四月七日号)が、日中戦争当時の埴谷の記者生活にふれている。
(4) 「あまりに近代文学的な」「文学界」一九五二年七月号、『濠渠と風車』七六頁。
(5) 『Credo, quia absurdum. 不合理ゆえに吾信ず』一九五〇年、月曜書房、四六頁。
(6) 「心臓病について」「近代文学」一九五一年一月号、『濠渠と風車』二二八―二二九頁。
(7) 『Credo, quia absurdum. 不合理ゆえに吾信ず』二四頁。

(8) 同書二四頁。
(9) 同書一四—一五頁。
(10) 同書七八頁。
(11) 「洞窟」、同書一〇五—一〇六頁。
(12) 『Credo, quia absurdum. 不合理ゆえに吾信ず』一三頁。
(13) 同書一二頁。
(14) 同書八四—八五頁。
(15) 同書一八頁。
(16) 同書四八頁。
(17) 同書六頁。
(18) 「洞窟」、同書一二八頁。
(19) 『Credo, quia absurdum. 不合理ゆえに吾信ず』七三頁。
(20) 同書七二頁。
(21) 同書七九頁。
(22) 同書七三頁。
(23) 同書六二頁。
(24) 『鞭と独楽』九八—一〇〇頁。

(25) 同書一〇〇―一〇二頁。
(26) 戦争末期まで、埴谷は経済雑誌の編集者、翻訳などによって生活を支えた。戦後の病中の生活は、夫人が働くことによって支えられたと言う。
(27) 「政治のなかの死」「中央公論」一九五八年十一月号。
(28) 「指導者の死滅」「中央公論」一九五八年七月号。
(29) カント『純粋理性批判』、埴谷「ドストエフスキーの方法」(『濠渠と風車』一三一頁)に引用されている。
(30) 「何故書くか」「群像」一九四九年三月号、『濠渠と風車』七二―七三頁。
(31) 埴谷雄高「即席演説」「綜合文化」一九四八年三月号、『濠渠と風車』六一―六二頁。
(32) 同書五七頁。
(33) 『死霊』近代生活社、一九五六年、一四五頁。
(34) 同書一四六頁。
(35) 同書一四七頁。
(36) 「平和投票」「群像」一九五一年六月号、『濠渠と風車』五二頁。
(37) 「指導者の恐怖――ナジ処刑背後の意味」「日本読書新聞」一九五八年七月七日号。
(38) 本多秋五「物語戦後文学史」第六回、「週刊読書人」一九五八年十一月二十四日号。
(39) 同右。

(40)「即席演説」「綜合文化」一九四八年三月号、『濠渠と風車』六三—六四頁。
(41) 荒正人、埴谷雄高、安部公房、武田泰淳の座談会「科学から空想へ——人工衛星・人間・芸術——」「世界」一九五八年一月号。

原子力の意味、宇宙文明の意味を戦後エネルギッシュに説いてきたのは荒正人である。その著書『負け犬』、『雪どけを越えて』、『宇宙文明論』にもふれたいし、もともとこの節では「近代文学」の創立同人の全体、さらに戦後の「近代文学」に登場した文学者をグループとして書きたいと思ったが、それだけ複雑な構成をとる用意ができなかった。

一九三三年前後の日本の転向作家にとって、世界文学史上の最大の転向文学を生んだドストエフスキーがどれほどの影響をもったかは埴谷雄高論においても追求すべきもう一つの重要な主題である。

埴谷雄高の政治観

一

埴谷雄高の政治思想は、ハッピー・エンドへの期待をもたない。そのことが、明治以来の日本の政治思想史の中で、この人の政治評論を、独特のものにしている。

映画が日本のおもな大衆娯楽だったころ、映画の多くはハッピー・エンドにおわるものだった。映画を見に行ってその映画がハッピー・エンドでおわらないと金かえせと言いたくなるというのは、伊東静雄についてつたえられる逸話である。悲劇的な美しさを主題とする詩を書いていた伊東静雄が映画についてこういうことを言うところに、ハッピー・エンドへの期待が、どれほどわれわれにとって根ぶかいものかがうかがわれる。

学者は、もともと、ハッピー・エンドへの期待から自由な場所に自分をおいて、政治についての研究をすべきだが、なかなかそういうふうにはゆかない。明治以後の日本の学者のおもなよりどころとなった帝国大学は、日本の国家のかがやかしい未来をつくるための制度であって、何らかの希望を国家の未来に託することがなければ、ここで学問をすることはむずかしかった。大学からはなれて民間で学問をする場合には、もうすこし自由があったが、それでも、ある種のアジテーションを評論をとおしておこなう時には、運動の必要上何かの希望を託するにたる未来の姿をつくってそれを論文の末におくことがならわしとなった。だから、新聞雑誌の片隅のいくらかめだたないところにおかれる、傍系の評論家の文章、あるいは私小説家の随筆にだけ、ハッピー・エンドへの期待なしの政治思想が顔を出した。

大正年間の生物学者・丘浅次郎の社会評論などは、ばら色の未来をえがくものではなかったが、彼の論文は、政治の領域にかかわることはすくなかった。田岡嶺雲とか石川啄木の最晩年のエッセイにペシミズムがあらわれたことはあるが、政治評論を公然と書きつづけた人ではほとんど思いあたらない。

戦争中、私がシンガポールの海軍通信隊にいたころ、そこで一緒になった同僚から、その中学校の友人で、「わが国の前途暗澹たるものあり」という演説をして、中学校の校長からしかられた男のことをきいた。昭和十年ころの話だっただろう。日本の未来が暗いというだけで、指弾さるべきものとみなされるのが、日本の社会をつらぬく思想の流れだった。

激越なまでに暗さを強調する主張さえも、だいたいは、だからこの暗黒にたいして全力をつくしてたたかわねばならないというよびかけとなり、そのよびかけにこたえて行動すれば、光明がさしこんでくるという約束になる。

埴谷雄高もひとりの人間として生きている以上、彼としては、自分の日常の人生に幸福な結末を期待する習慣をまったくもたなかったということもないだろうが、書かれたものの上では、ハッピー・エンドへの期待に自分をゆだねたことがない。実人生の上ではあり得ない架空の場所をつくって、そこから人間社会を見ることを、一貫してつづけて来た人である。

その持久力は、私が読むことのできた範囲では、日本の思想史においてめずらしい。ことに、政治思想の歴史の上ではめずらしい。

埴谷雄高の思想は、多くのところで、西田幾多郎の思想に似ている。西田幾多郎は、処女作『善の研究』で、人間の思想形成以前の純粋経験の領域にまでふみこんでいながら、その彼の長い哲学的著作のはてに、もう一度、日本国家の思想のわくにとりこまれて大東亜戦争の思想宣言を起草するところまで行きついた。ここのところが、埴谷雄高とちがう。埴谷もまた、青年西田とおなじく打坐して、自分をとりかこむ思想より下のところまで、ほりぬいた。そしてそのようにしてほりぬいた思想以前の場所を、日中戦争がおころうと、大政翼賛運動がおころうと、大東亜戦争がおころうと、また敗戦後の米軍による日本占領がはじまろうとも、てばなすことがなかった。

埴谷のとらえたものは、西田幾多郎のとらえた絶対無にちかいものだったのかもしれない。私には埴谷雄高は西田幾多郎と双生児のように見える。しかし埴谷のほりおこした虚無は、日本政府の国家主義のわくにとりこまれるようなものではなかった。アメリカ政府の民主主義やソヴィエト政府の共産主義にもとりこまれないほどの弾力性をもつ虚無だった。

絶望は、好景気の時代にさかえる思想傾向だといわれる。たしかに、大正の成金時代、満洲事変以後の侵略成功の時代、昭和三十年代の経済大国時代に、絶望の思想はひろくむかえられた。だが、埴谷の政治思想の特色は、敗色濃い戦争末期にも、敗戦後の欠乏時代にも、ハッピー・エンドを約束する姿勢を自分に許さなかったことにある。

彼は生涯に二度、選挙に行ったことがあるそうだ。むろんそれは敗戦前のことで、一度はニコライ・スタヴローギンに、二度目は救世観音に投票したという。

「あなたの主な美点は?」という雑誌からの質問にたいして、彼は、「あきらめ、そして、やけくそなことをあまり見せずに生きている」(「文芸」昭和三十八年十月号)と答えた。

二

幸福な結末への期待をもたないことは、埴谷雄高の精神の故郷ともいうべきもので、おさない時から、彼は自分が自分であることのおちつかなさを感じていた。自分が自分としてここにあるということが、何としてもおちつかないことだという肉体的直観があった。だから、この仮の状態をすてて、真の自分になることを考えたことも、あったかもしれない。しかし、そういう時は、しばらくの逸脱として終ったようである。やがて彼は自分の本来のエレメントにかえった。その本来のエレメントというのが、「真の自分」などというものではなくて、「自分」というものの中ではおちつきがわるいという自覚である。

埴谷雄高の政治思想は、このところを考えると、個人主義ということでは、言いつくせない。確固とした個人があって、その個人の権利を守ろうという考え方とちがうものだ。むしろ、個人という座をかりて、そこにあらわれる思念の側から、自分個人をも一種の夾雑物として見る。

そういう考え方は、埴谷にとって、彼の存在のはじまりからあった。だが、自覚的にそれを一つの思想的方法として、政治思想の領域までふくめて系統的に用いるようになったのは、昭和七年―八年に彼が豊多摩刑務所の独房にいれられてからのことである。

そのころ彼はレーニンの思想の信奉者だった。独房の中で、はじめはドイツ語の学習のためにと思って読みはじめたカントの『純粋理性批判』が、彼に新しい世界を示した。それは、結果から言えば、彼の故郷への回帰だったのだが。

レーニンがすでに完全に克服したかのように言うカントでさえ、これだけ広大な思想領域をもっていた。とくに、経験にたいしてくわえられる先験的図式についての考察は、彼の心をとらえた。経験によってうらうちされないことについて考えをめぐらす時、どちらとも決断のつかないアンティノミー（二律背反）に人間の精神はであう。このような形而上学の領域に、普遍妥当の学をたてることは不可能である。そうとすれば、そのアンティノミーを、アンティノミーとして表現する方法を、科学としてではなく、文学として追求する道がひらかれている、と彼は考えた。こうして、思想を思想ならしめる以前のものにさかのぼって、そこで思想をとらえる方法を、彼は、文学として追求するようになる。この方法をとる時に見えてきたものは、日本共産党が、（というよりは埴谷自身の仲間が）薄弱な理由でくりかえし事実をつくって来たことだった。とりしらべにあたる検察官は、自分の信奉する理論によって、事実をつくる。自分たちの党は、みずからの理論によって事実をつくる。どちらの公式資料においても、事実とは、つくられた事実に過ぎぬ。自分自身は、二系統のさまざまの事実のあいだにはさまれ、うずもれてしまう。理論をつくる以前の条件にもどって、そこから理論を見ることをカントからまなんだ埴谷にとって、理論は、とりうるさまざまの理論の中の一つにすぎず、その理論が事実と混同されることは、もうなかった。理論にあわせてつくられた事実を、事実としてうけいれることは、もうできなかった。

理論の下で事実としての自分がうもれてゆくことの発見は、やがて、埴谷の批判を、日本共産党の運動にたいしてだけでなく、国際共産党の運動にたいしても、むかわせる。とざされた少数の人間の集団がきめた政治的決断を、ただ一つのあり得る理論と称して、下部の組織につたえ、やがてその組織につらなる大衆におしつけるソヴィエト共産党、これに支配される国際共産党は、もはや唯一の理論的権威とは考えられなくなる。

少年時代の埴谷はイプセンが好きで、やがてスティルナーにひかれて、無政府主義に達した。石川三四郎の小雑誌などもとっていたそうだ。ソヴィエトの革命については、革命政府がアナキスト系のクロンシュタットの反乱を弾圧し、マフノの農民自治区を討伐したことに欠点をみとめており、論破するつもりでレーニンの『国家と革命』を読みはじめたそうだが、その中にかかげられた国家の死滅の理想にひかれて、マルクス主義の側に移った。彼がマルクス主義の側に移ったのは、あくまでも、国家の死滅を約束するものとしてのマルクス主義であったことに注目する必要がある。というのは、彼がソヴィエト共産党の流儀のマルクス主義から自分を区別するようになった理由の一つも、カントの衝撃ということはあったとしても、やはりこの国家の死滅の約束を反古にするソヴィエト政府のやりかたにたいする反対にあったからだ。

彼の政治思想に理論的影響をあたえた書物をたどれば、(1)イプセン、スティルナー、石川三四郎、(2)レーニン、マルクス、(3)カント、ポウ、ドストエフスキーというふうに三つの段階にわかれる。ポウ、ドストエフスキーの系列はやがて、ジャイナ教のような東洋思想の伝統につらなる。しかし、埴谷の文学思想とちがって、その政治思想には、東洋思想の渾沌とした性格はあまり影響をのこしていない。

埴谷はつねに、「社会主義とは何か」、「革命とは何か」についての定義を構築することに自分の作業を限定し、みずからの定義の論理的延長から何がうまれるかを示唆するにとどめる。この方法には、決定論のしっぽがくっついている。現実の諸力がたがいにぶつかりあう時の偶然の役割、その時に生じる意外なものの出現について、埴谷は自分の領分ではないとして、あまり関心を示さない。それは、埴谷の政治思想が、独房での思索にその起源をもつことと深いかかわりがあろう。彼の政治学は、可能性の政治学にみずからを方法的に限定するものである。

ここには、たえざる原則の指摘があり、現状分析とか実証的調査をさける傾向がある。実証的調査をさける傾向は、埴谷が若い左翼運動家として、自分で事実をつくってきたことの自覚から来るものでもあり、また刑務所に入ってから検事が埴谷個人についての事実をつくってゆくのを目撃したことからも来るものだろう。彼は、経済情報の雑誌の編集者としてくらしをたてていたのであり、おそらく、統計にもあかるかっただろう。しかし、もともとスタティスティク（統計）などというものは、ステート（国家）のつくりだしたもので、その数字をつくりなおすことは政府の意のままであることを知って、彼の政治思想をのべた論文では、統計資料などを一貫して無視する態度をとったのであろう。

埴谷雄高が、チャンスを見てとる力をもっていないとは、思えない。武田泰淳の伏し目と梅崎春生の伏し目とを比較して、武田のほうは始終伏し目がちでいてただ一瞬相手をまっすぐに見てその本質をとらえると言い、梅崎のほうは伏し目でとおしながらも伏し目のままに自分の視野の一部に相手をいれて相手を端のほうからとらえているという。このように文学者の日常にたいしてくわえられた観察が政治評論にあまりあらわれてこないのは、政治が彼の青年時代の数年を食いつくしてしまった巨大な敵であるために、これにたいして論評をくわえるには、慎重を期して、抽象的原理とメタフォーによる暗示とに頼る他ないと考えたのかもしれない。

現実についての観察が、埴谷の評論にあらわれてくるのは、昭和三十五年の安保闘争以後である。

昭和四十五年のソヴィエト・東欧紀行『姿なき司祭』においてはつい最近の見聞にもとづく政治評論があらわれる。

埴谷は、自分の政治思想の基本用語を次のように定義する。

政治を考える方法——「すべてを、上下関係のない宇宙空間へひきゆく未来から見よ。……たとえそれが現在如何に激烈に思われようと、それらが未来から見て愚劣と看做されるものは、すべて、必ず変革されると、私は断言する。いま眼前にあるものは革命家の心のなかに棲みついていた権力への意志であり、革命の組織のなかに置かれた八十八の階段である故に、その顚覆は容易ではない。だが、未来の歴史から出現してくる新しい世代は、支配と服従を巧みに温存して置こうとするあらゆるからくりを必ず受けつけやしないのだ。」(「永久革命者の悲哀」)

この場合、未来とは、過去から現在にいたる時間の流れをさらにまっすぐにのばした先に一点としてあらわれるものか。そうではなく、現在においていだかれている夢であり、時間の外に逸脱しているもう一つの時間であろう。

政治——「政治の幅はつねに生活の幅より狭い。本来生活に支えられているところの政治が、にもかかわらず、屢々、生活を支配しているとひとびとから錯覚されるのは、それが黒い死をもたらす権力をもつているからにほかならない。一瞬の死が百年の生を脅し得る秘密を知つて以来、数千年にわたつて、嘗て一度たりとも、政治がその掌のなかから死を手放したことはない。政治の裸かにされた原理は、敵を殺せ、の一語につきる……」(「権力について」)

殺すことによっておどすというこの政治は、革命運動の政治においてもかわっていない。だが、革命運動は、もともとは、敵はかわり得るという認識の上になりたつものだから、殺すことによっておどす以外の方法をあみだすべきものである。しかし現実には、まだあみだしていないのだ。もし革命運動がその方法をあみだすならば、その時には、埴谷が定義したかぎりにおいての政治はなくなる。
革命――「ロシヤ革命より隔たること百二十年前、フランス革命より七年後、革命の不幸な結果について煩悶した深い全心情を法廷に激しく吐露したバブーフは、さらにマブリの言葉を引いてこう述べた。『もし君が吾々の悪徳の鎖を追ってゆくならば、その最初の環が富の不平等に結びつけられていることを見出すだろう。』革命の逆説の最初の認識者であるバブーフが引用したこの弾劾は、この現在のいま、僅か一語だけ次のごとく訂正すれば、それで足りる。――もし君が吾々の悪徳の鎖を追ってゆくならば、その最初の環が権力の不平等に結びつけられていることを見出すだろう、と。」（「革命の意味」）
ここで革命はまず人間の悪徳の鎖を追うて行く行動としてとらえられており、人間の自己浄化と結びつけられている。このような革命の定義は、マルクス主義が主として経済をもとに革命を考えたのにたいして、政治をもとに革命を考えることに導く。そして、レーニンの約束した国家の死滅が、革命の開始とともに、サボタージュされることなく革命家自身によってすすめられることが、革命の理念の中に定義によって入っていると主張する。
革命の革命――「さて、この革命の革命という純粋革命家の叛乱に屢々脅かされる波のような激動の過程を辿り行つた果て、革命のなかにおける党はいかになりゆくか、という最後の言葉をここにユーモラスで、しかも、厳粛な調子をもつたひとつのヴィジョンのかたちで述べておこうと思う。

もしバブーフが最後の『叛乱指令』を出すとしたら、革命のその段階ではいかなる例外も許されぬことをまず荘重に述べて、すでに権力から離れて同盟となつている党につぎのような穏和な勧告をするはずである。

——もはや革命が革命として意識されることなく自らを貫徹しつつあるいま、社会の事物の解明者としての性質をいまなお失わぬ君たちは、ひとりのこらずつつましき寄生者として小学校の教師の任を負われたし。君たちすべてに委託されるのは、さて、この世界全体の子供たちの未来である。」(「革命の意味」)

共産党は、そういう決断をなし得ないだろうという予想が埴谷にはあるので、だからなおさら、共産党のすぐわきにとどまってこのような呼びかけを永久につづけてゆこうという執念を彼はもっている。

革命家——「だが、たとえ彼の労苦が如何に深く苦痛が如何に酷しくとも、彼が彼自身の手足を用いているかぎり、彼は暴動者たり得るに過ぎない。彼は、革命家ではないのだ。革命家は、法則の把握者でなければならない。私は百も千も繰り返して言うが、理論をもたぬ革命家なるものを、絶対に認めない。そして、さらに言うが、自己の理論的無能及び理論的不足を補うに権力をもってする革命家なるものを、私は、革命家と認めないのだ。」(「永久革命者の悲哀」)

ここでは、理論にかえるに権力をもってするものを革命家と認めないというつよい主張があって、これは、これまでの革命運動への勇気ある批判となっている。しかし、手足の位置を低く考えすぎはしないかと思う。いくらか寓話めいてくるが、後年の埴谷がロシア人の通訳とともにクレムリンを見て歩いているうちにすっかりつかれてしまい、「貴方はもっと強い足をもっていなければならない」と言われるところがある(『姿なき司祭』)。そこを読むと、埴谷の政治理論が、わざときりすててきたところが、自然に復権されているように感じる。いかにして目標にむかって歩いてゆくかという問題は、政治思想として、やはりおとすわけにはゆかない。

三

埴谷雄高が何を言おうとしているのか、はじめは読者にはっきりしなかっただろうと思う。『不合理ゆえに吾信ず』という最初の思想表白は、どれほど理解されたかうたがわしい。しかし、時代は埴谷に追いついた。埴谷のとりくんだ問題が、時代の問題として、ひろく人びとの前におかれるようになった。

一九五六年のスターリン批判、同じ年のハンガリー叛乱とその弾圧は、埴谷の出してきた原則上の問題に、適切な例解をあたえた。このころから、埴谷の文章は、初期の『不合理ゆえに吾信ず』に見られるような激越なわかりにくさをぬぎすてて、おだやかでやさしいものになる。

ハンガリーの叛乱がソヴィエトの軍隊に弾圧されたあとで、埴谷は、江口朴郎、竹内好、丸山眞男などの学者に次のようにこの事件についての解釈をのべている。

「私はハンガリー問題の必然性——遠因といえるかもしれない——について考えてみたい。というのは、事実問題がはっきりしないからでもあるわけです。

これは非常に大きな問題になるけれども、ロシア革命が起ったことは、決定的な意味をもっています。まず帝国主義と社会主義との矛盾が世界の基本的矛盾になったということが一つ、これは国内の階級対立が国際化されたわけですが、その上、まったく新しい矛盾がほかにもう一つ生じた。それは社会主義社会の建設が進めば進むほど、党ならびに国家は、自己否定——つまり自己の死滅の方向に向って進まなければならないという矛盾です。これはぼく自身の考えで、あまり検証されていませんけれども、第二の矛盾である国家権力の死滅の問題はまだまだ萌芽的な問題であるにもかかわらず、その決定的な新しさの点でたいへんに困難な、そしていくら強調しても強調しすぎることがないほど重要な問題をはらんでいると思います。その点、レーニンが革命のさなかで、『国家と革命』という著作をなしたということは驚くべきほど象徴的なことだと思います。この著作に示されている見解が、その後の社会主義建設の段階で当然発展された形で書かれるべきであったのに、そういうものが遂に現われなかったというところに現在の悲劇の根拠が潜んでいるのだと思う。すこし、ふえんして申しましょう。ロシア革命の出発点では、生産手段の社会化と政治権力の社会化が目ざされていた。あらゆる権力をソヴェトへというスローガンは、それを表わしていると思う。これは、ロシア革命の正当性を証明する事実です。にもかかわらず、その後の進展はどうであったか。これは第一の基本的な矛盾である、帝国主義諸国に包囲されているという困難な条件と関連しているけれども、しかし、最初の出発点で足ぶみしているどころか、ある面ではあと戻りしている状況すらある。しかし、国家権力の死滅はまだ未来のこととしても、生産力の発展につれて、社会主義の全般的な前進につれて、それの自己否定的な要素は必然的に現われてこざるを得ない。そして、その現われかたに、いまのところ三つの部面があると思う。第一には政治体制としての中央集権的民主主義の問題。第二に、国家機構及び党の組織の問題。第三には、一般的にいって、指導者と大衆という問題です。これらの社会主義にとって核心となる問題が自覚的に発展的に解決されようとしていなかったと、私は見る。レーニンが予言的に説いているにもかかわらず、上部構造の面で、現象的にも、理論的にも解決されようとせず、遅れたままのかたちで現在にまで至ってしまった。スターリンは『ソ同盟における社会主義の経済的諸問題』で、ソ同盟が共産主義に入ったかどうかという愚かしい論争が行われたとき、ややこの問題に触れていますけれども、生産力の飛躍的発展に比して遅れている政治体制のなかで矛盾が激成していることを階級闘争の激化というふうにとっているので、事態の本質はとりあげられない。これらのことが問題の根本だと思う。ところで、戦後東欧諸国が共産圏に入り、またその数年後には中国革命の勝利が達成された現在、帝国主義包囲下の一国社会主義の段階ではなく、帝国主義対社会主義の力のバランスがロシア革命当時とは変っている現在、そういう遅れた政治体制がなお適用されれば、社会主義圏全体のなかにいろいろな矛盾のかたちとして現われざるを得ない。そして、個々の現象として矛盾が絶えず現われているにもかかわらず、自覚的に問題をとらえ得ないとすると、その矛盾は何処かで爆発的な現われ方をする。チトー問題も、スターリン批判も、ハンガリーの悲劇も、同じ根から生れた多面的な現象だと思う。この自覚的に発展的に問題をとらえ得ないということは、ぼくの考えでは決定的なことであって、そんなふうなままで、個々の現象を、これはいいとか、わるいとかいっても、人類史のなかで社会主義の向う基本的な方向は示せないんです。人民日報の『再びプロレタリアート独裁の歴史的経験について』でも、私の感じとしては、党というものはいかにあらねばならぬか、あるいは、権力というものはいかにあらねばならぬか、という問題についての論理的な出発点は整理されているのに、社会主義における政治体制の矛盾のかたちを見出し得ないために、矛盾はスターリン個人の性格と頭脳に負わされてしまって、そのスターリンを支えていた根本的な矛盾は行方不明になっている。ところで、そういうコンミュニストの全体的に遅れた現状が集中的にハンガリーの悲劇に現われていると思います。ハンガリーではその最も悪い形が、党の指導者の中にあったわけです。包囲している帝国主義からの攻撃の条件は常にあるのだから、問題の基本は、社会主義を支えるプロレタリアートの強固な力は何によって裏打ちされるかを洞察しない共産主義者の想像力の貧困にあると思う。社会主義体制と帝国主義勢力との間に一応のバランスがとれ、平和的共存という言葉さえ漸く流行する段階に至って、レーニンの段階どころか、さらにそれより後退した地点に共産主義者が立っているということが、ハンガリーの悲劇から、さらにハンガリー論争にまでよく現われているんです。」(「現代革命の展望」「世界」昭和三十二年四月号、『架空と現実——埴谷雄高対話集』所収)

同じ座談会で埴谷はつづけて、ハンガリーの労働者評議会をとりあげ、社会主義建設の発展につれて、労働者大衆が自己による自己の支配の形を成熟させてゆくであろうとし、その自治の成熟にあわせて中央政府の機構があらためられてゆくことが当然であるのに、ハンガリーではそのことが社会主義出現後十年たってもおこなわれず、ついに労働者評議会対政府という形の対立に発展していったという点を指摘する。

もう一つ、ハンガリー事件で重要なのは、社会主義国における軍隊とはどういう性格のものであるべきかという問題だと言う。社会主義国家には国家権力の自己否定という方向がはじめに採択されているのだから、その社会主義国家のもつ軍隊が、非社会主義国家の軍隊と同じものであってよいわけがない。社会主義国家における軍隊とは何かという問が、その軍隊の創設の時から一貫して問いつづけられなければいけないという。ソヴィエト・ロシアの軍隊は不幸にしてそういうものではなかったわけで、そこにハンガリーの悲劇は、理論的にふくまれてくることとなると言う。

この「現代革命の展望」という座談会は、同じ顔ぶれで、「革命の論理と平和の論理」と題して、つづけられている。(「世界」昭和三十二年五月号、『凝視と密着——埴谷雄高対話集』所収)

ここで埴谷は、水素爆弾を前にして現代の共産主義が苦悩していると述べ、ソヴィエト・ロシアの指導者がブルガーニンにしてもジューコフにしても、この水爆を帝国主義国とおなじ意味において自国の武器にしようとしていると言う。だが、埴谷自身は、社会主義国のとるべき政策は、こういう政策ではなくて、「水爆を管理せよ」というスローガンと運動を相手国の内部ですすめて、生産する技師、労働者、使用する兵士の間にそれがひろがってゆくようにすることだと言う。

このようにして、埴谷は、初期の箴言時代とちがって、背広をきた会社員が言うようなわかりやすい言葉で、実際的な提案を、政治についてするようになった。

やがて、ソヴィエト・ロシアでもなく、ハンガリー、チェコ、ポーランド、ユーゴでもなく、この日本で、埴谷の説いてきた「指導者の死滅をねがわぬ革命運動」の欠陥がはっきりあらわれた時、彼はこれまでとちがって、埴谷以外の人間がするように、群衆のあつまる場所に出て行って、終日歩いてまわっている。

昭和三十五年五月―六月の安保闘争にさいして、デモとともに歩きながら、埴谷は、状況の一点から次のような感想をひきだしてくる。

「私がデモのなかよりデモの傍らを歩きながらなおぎりぎりと頭蓋をしぼつて考える陰謀的空論家たらざるを得ないのは、ひとつには私の胸裡に謂わば古くから医しがたい痼疾となつている《偏見》があるからである。私が小歩道の上をめぐり歩いて片側の車道の上でデモの隊列を眺め、また、反対側の国会の柵の近くに殆んど一米置きに並んで立つている警官達を眺めるとき、さまざまな鮮烈な感慨と発想を覚えたけれども、請願所という愚かしい名前がつけられて国会議員が立つている場所の階段の前を通るときほど、快感と滑稽と憤懣の念が謂わば分裂症ふうに反対共存したまま一時に湧き起つて私の軀をむずがゆく揺すりつづけたことはなかつた。快感というのは、絶えず高まりゆく大衆行動の隊列が階段の前を通るごとに、毎日、毎刻、毎瞬、この階段の上に立つている古ぼけた指導者達がまた同時に絶えず追いこされているからであり、滑稽というのは、その追いこされたもの達が追いこしゆくものの背中へ向つて激励の外装の下に諂らいと懇願の言葉を投げかけているからであり、そして、憤懣というのは、古い指導層を踏み越えゆく巨大な層の自身の力についての自覚のさらなる徹底化が、ただに古ぼけた指導層によつて滑稽にひきとめられているばかりでなく、新しく登場した知的な指導者群によつても《生真面目に》おしとどめられているからであつた。その生真面目な合言葉は、憲法擁護、民主主義擁護、国会正常化という類の言葉によつてはじまつているが、民主主義にも支配者の民主主義と働くもの自身の民主主義があるという《偏見》をいだいている私としては、前記の立場に立ちどまつていることができないのである。いま代議士達が立つている階段の前を絶えることもなく通つている巨大な人の渦、この大衆行動の内部に育まれ成長しつつあるものをただ国会正常化のための支柱と見ることは私の《偏見》が許さないのである。それどころか、私の偏見をもつてすれば、そこにある萌芽的なものがもしそのまま成長するならば現秩序の擁護ではなくその否定、まつたく新しき秩序の創造という遠い遥かな開花へまでついに到達するだろうこと、ここにいる代議士などに頼ることなく、民主主義の最も徹底したかたち、即ち、働くもの自身による自らの支配にまで到達するだろうことが透視されるのである。」（「六月の《革命なき革命》」「群像」昭和三十五年八月号）

　デモの中から新しいデモが自発的にわきおこるというこの五月―六月の国会周辺の動きに出会って、埴谷は、もともと彼がもっていた自己権力の思想をそこに見出す。人間は、他の誰にも代表されることのできない存在である。このことを自覚する時、彼は、自己権力の思想にゆきつく。そのように自己権力の思想に行きついた人間がたがいに協力する時、そこに自治がうまれる。それは、外部の指導者に指導されることをねがわない。

五月―六月の運動の理念を、彼はこのように書く。

「恐らくこんどの国会デモ以後の私達の課題は、個人の自由と幸福をまもる市民意識の徹底化と、階級的な不自由と不幸とを打破する闘争のなかで成長する自己権力の自覚とのあいだの二重の接点を、どのように拡張しゆくかであつて、その絶えざる弾条は、市民意識の底部にも資本主義的生産の過程にもあるところの《変革》の意味をついに見失わないことにただただかかつているといえるだろう。」（「自己権力への幻想」「週刊読書人」昭和三十五年七月二十五日）

四

埴谷雄高の政治思想は、それにもとづくアジテーションができないようにできている。それはくりかえし未来をとくけれども、モーゼが彼の民族に説いたような仕方で約束の地を教えはしない。

彼の政治評論は、彼と絶望を共有するものにしか、うったえる力をもたない。その政治評論のメッセージは、たえざる自己解体への呼びかけである。集団にむけられた時、それは集団のたえざる組みかえへの呼びかけとなる。国家にむけられた時、それは、永久革命への運動のよびかけとなる。

彼の文学評論に、くりかえしドストエフスキーが出てくるように、彼の政治評論にはくりかえしレーニンが出てくる。彼のつくった寓話によれば、ある日レーニンの遺体が急になくなった。それを見物人のひとりが見つけて叫び声をあげると、衛兵がやって来て、棺の中をさがす。棺の中には、遺体の代りに一冊の本、『国家と革命』があるばかりだった。やがて、国境にたつすべての兵士の耳に、どこからともなく、「撃てというものを撃て」という声が、ひびいてくる。

撃てというものを撃つという逆の序列の弁証法から、ソヴィエトの国家はまぬかれることができない。そこから、現在の社会主義国家を批判してゆくことが、現実に成功するかしないかにかかわらず、運動として必要だというのが、埴谷の思想であり、その運動の起動力をつねにどんな小さなところからでも起してゆかなければならぬというのが、彼の政治哲学の支点である。その支点は、人間の存在があるかぎり、というよりは、埴谷雄高にとって、自己の存在があるかぎり、うしなわれることがないという確信が、この哲学の基礎にある。

組織論について、埴谷は、随分、実際的な提案もしてきた。たとえば、新日本文学会のような大衆団体までが、共産党の幹部会にならって、幹事会などというものをつくるのは、馬鹿げているという意見は、さかのぼってゆけば、埴谷の心の中ではレーニンがソヴイエト国家にたいしてはじめにたてた約束にゆきつく。レーニンは、革命によって新しい国家をつくるにさいして、すべての官僚の俸給は熟練労働者の平均賃金をこえてはならないと言い、かれらがつねに選挙とリコールの制度をとおして大衆によって解任されることを約束した。この原則は、国家を倒すための革命運動においては、もっと徹底的に守られなくてはならない。直接に政治にかかわらない大衆運動においても、同じ原則を守ってゆくことが望ましい。指導が必要な場合には、指導者がスポーツのコーチのような機能的な指導者にいかに転じ得るかをたえず新しく工夫することが、組織論のかなめだという。

このように埴谷の政治哲学は、はじめからおわりまでたえざる呪文のつぶやきであるのではなく、意外にプラグマティックな行動準則の面をもっている。しかし、プラグマティックな用語にうつしかえられた時、埴谷の政治哲学は、その特色をうしなう。論理的にうしなうというのではないが、修辞学的に人の心の底にまではたらきかける埴谷独特の語りかけの力をうしなうのだ。それは、埴谷の政治哲学の根本の力が、社会組織のくみかえについてのあれこれの実行計画の提案にかかわるものではなく、自己のくみかえへの呼びかけにあるからだ。国家論、組織論についてはかなりのところまで実際的な性格をもつ埴谷の議論も、その原動力を構成する自己論に達すると、実行計画などというものをふみこえてしまう。

埴谷にとって、革命への志向の出てくる場所は、自己の運動の中にあり、そこからはじめない革命運動は、革命志向のない革命運動への道を歩まざるを得ない。その自己の革命運動の起点は、自己の中にたえずわきおこり自己の中に住みつき自己をおしのけようとして育ち、自己を追いこしてゆく夢である。この人生を好まないとしても、生れてしまった以上、誰しも夢みる権利はあるというのが、埴谷の政治哲学を支える石である。それは、埴谷の政治哲学が、部分としてきわめてプラグマティックな政治学を含みながら、その推力をなす部分において形而上学だということと対応する。

夢は、それ自身としては政治力をもたない。しかし、政治運動の根源に夢みる力がなくなったら、その政治運動は機械的な力の行使になる。夢の存在自体が、政治についての現実主義的把握の一部にならざるを得ない。

革命は、埴谷によって、悪徳からの浄化への努力として規定される。悪徳の鎖を追ってゆく時に、十八世紀においては富の不平等が最初の環として見出され、二十世紀の今日においては富の不平等でなく権力の不平等が最初の環として見出されると埴谷は書いた。その悪徳の鎖をつたってゆく努力を革命運動だとするならば、それは社会を場とする魂のすくいの運動となる。それは社会条件の変革をとおしての人間の可変性を信じる故に、かつての政治のスローガンである「敵を殺せ」という方式を採用しない。このような運動が、現世において成功するかどうかについて、埴谷は、だんだんにうたがわしくなってきたようだ。彼が、政治ではなく文学を自分の仕事として選んだことと、現世についての究極的革命への絶望とはかかわりがある。にもかかわらず、革命への努力は、文学を仕事とえらぶにしてもえらばないにしても、続けてゆかなくては、人間として生きる条件がなくなる。こうして埴谷は、革命への行動の起点に文学者としてかかわりつづけることをとおして、現実の革命運動との彼自身の接点をもつ。

座談会　未完の大作『死霊』は宇宙人へのメッセージ

埴谷雄高／鶴見俊輔／河合隼雄

白昼の人は哲学者、夜の人は文学者

埴谷　ぼくは八十歳になりました。よくいままで生きましたね。『世界』の対談中、大岡昇平に言われた。「しゃべり始めたら、おまえ、止まらない」って。たしかに年をとってきたらそうですね。ぼくは若いときは黙っていて一応威厳があったけれども、いまはどんどんおしゃべりになって、威厳喪失で、老人性饒舌症と言われても、どうしようもない。

河合　今度は『死霊』に、饒舌狂の人が出てくるんじゃないですか（笑）。

埴谷　『死霊』の初期時代はぼくがおしゃべりじゃない時代に書いた。おしゃべりの作中人物は、黙っているぼくの反対表現だ。

ところが、今度は自分がおしゃべりになってしまった。作中人物はみなぼくの分身ですけど、作中のどこへでも自分が入ったみたいで、これは弱りましたね。無限の大宇宙の中へ入ったおしゃべりですから、とても止まらない。作品のほうは進まないけれど。

鶴見 もう五十年ぐらい前になりますが、私はバートランド・ラッセルからこういう話を聞いたことがあります。すべてを疑うということは、命題としては矛盾が生じて成り立たない。けれども、「すべて疑わしい」という感情を否定することはできない。感情のなかに「すべてを疑う」というひらめきがあると。

この話を聞いて私は、ラッセルという人は論理学者であるだけではなくて哲学者でもあると思ったんです。神秘と境を接しているという感じがあるんですね。事実、『神秘主義と論理』という著作もあります。

埴谷さんの『死霊』を読んでいると、感情のひだのなかに、命題にできない「疑う」ということがいくつも出てくる。それを論理の感情学というか、論理の形而上学が貫いているということを感じます。

ただ、これは埴谷さんの作風だと思うんですけれども、いつも一歩先その一歩先までもっていく。そして究極まで行ってしまう。私ですと、ジャンルは全く違うけれども、止まってしまうんです。闇に囲まれたいまのここを考える。埴谷さんは、そこから出発して、闇のなかを突っ走って、闇の奥の奥、究極までいきますね。

『死霊』の主人公のひとりひとりがそうですし、主人公の話のなかに出てくるひとりひとりが究極まで突っ走る人間なんです。この究極癖が特徴ですね。

埴谷 そうです。闇のほうが白昼よりも背景になる。闇はどこが果てだかわからないんですよ。白昼では、あのビルディングが町の果てだとか、あの水平線が果てだとかいうことになるけれども、闇は一寸先か無限の先かわからない。台湾の闇もそうでしたし、ぼくの故郷の闇もそうでした。

故郷は福島県相馬の小高なんですが、夜、小さい山を越えて自分の家へ帰るとき、道がどうなっているかわからないんです。下は断崖ですから、落ちないように反対側の崖を手でさわりながら、曲がった道を少しずつおりて行く。そしてある程度まで行くともうだいたいの感じですっすっと行けちゃうんですが、落っこちるかもしれないと思いながらも、またさわってみる。結局歩いてみれば家へ到達するわけですが、初めはどこに家があるのかわからないんですよ。

だから、どちらかといえば、白昼の人は論理派でいわゆる哲学者なんですね。ところが、夜の人は夢の世界と闇の世界で、文学者なんですよ。

鶴見　なるほど。

埴谷　ドストエフスキーも言っています。極端まで自分は行く、と。つまり、果てがないんです。何をやってもこれで終わりということがない。その次その次その次がある。パスカルの言う、根源と究極は見ることも達することもできない、ということをあえて引き受けて究極まで行こうとする無謀なものは文学者なんですね。しかし、文学が実際にそれをやれるかどうかわからない。

ところが、ぼくは宇宙論という闇の領域へ入ってしまったのですね。カントの仮象の論理学では、宇宙論の二律背反で、どうとでも言えるのですね。初めがあるとも言えるし、ないとも言える。ぼくはこれでしめたと思ったですね。

哲学者はそこで止まらなくては誤る。だが文学者はそこから出発する。そのためにこそ一冊の書物がある。そのなかだけでうまく書けば双方のはしまで行ってしまう。「そんなところへ行けないよ」と言ったって、「彼は行った」と言えばしようがない（笑）。

宇宙人が読んで驚くような文学

埴谷　『死霊』では自序で断っている。非現実の場所から出発する、と。「こんなことはあり得ない」と批評家から言われても、ぼくは、これは思考実験だ、と述べている。科学の思考実験でなく、文学の思考実験なので、妄想実験だと言いかえていて、そこでは時間も空間も限定されていない。それに、生きている人間ばかりでなく、死者も作中を自由に出入りする。非現実の世界だから、生と死に境界がなくても不思議ではない。あまりに巨大すぎて、あるいは小さすぎて観測装置に入らぬものを思考実験するように、文学における妄想実験は、あるものとないものについてのすべて、この宇宙の虚であろうと実であろうと、その何をでも包摂しちゃうんですね。

批評家がいちばん困るのは無限論ですね。自分のこれまでの基準で切るしかないけれど、そこへのめりこんでともどもに成長するということはできない。

鶴見さんは自分を不良少年というふうに規定しているから途方もない裏から眺められる。その場合、ほかの人と全く違った新しい意味づけが思いもよらぬかたちでもたらされる。『不合理ゆえに吾信ず』を発見したのは、鶴見さん自身のひっくり返った不合理性ぬきにはあり得ぬことですね。

ところで、真面目な本多秋五は外から見る。『死霊』は異邦人、つまり自分の国と違った国の人の言葉だと言った。たしかにそう立場をはっきりさせれば、『死霊』は遠望できる。『死霊』の骨格をはっきりさせたのは本多秋五ですね。

武田泰淳が「〝あっは〟と〝ぷふい〟」という小論を書いているんですが、内部へ入った最初のものとして、これがいちばんいい。つまり、一種の驚異の無限感として「あっは」と「ぷふい」という言葉が押し出されている。同じ戦後派として武田泰淳をもったことは、『死霊』の仕合わせでしたね。

鶴見　「死霊」が「近代文学」に出たのは一九四五年の十二月でしたね。私は伊藤整さんの批評を最初に読んだんですが、十手をもっている役人が下男部屋に行ったら同人がさいころを振って博打をやっていたので、その現場を捕まえた、というような批評を書いていました。旧制高校の学生が議論をやっているような青年っぽい実作というふうにみたわけですね。批評家伊藤整にはこれが四十五年以上書き継がれて発表されるという予感が全くなかったんですね。

埴谷　いや、旧制高校の学生の議論でいいんですよ。果てがない議論をどんどんやっても、なおまだ果てがない。ぼく自身、無限へのめりこんでそれをどう表現するかに苦心しながら、四十年かかってもなおできないわけです（笑）。

カントの仮象の論理学はぼくにひじょうに影響しました。逆影響したというべきですね。それは、哲学の世界では越権行為だけれども、小説の世界では、未知への飛翔を保証してしまった。不可能性の作家こそがまさに作家であると、ぼくは仮象の論理学を仮象の小説学として無理やりもぎとってしまった。

つまり、いままでなかったものをつくれるものこそが一冊の本であって、これにいちばん似ているのは夢ですね。夢はいま一応科学的に分析されているけれども、フロイト式の、夢に出てくるものは無意識的にいつかどこかで見たものの再現だ、という説にぼくは反対なんです。そうではなくて、実際に未知のものが出てくる。それが夢で、小説はそれをこそ無限の果てまで追って書かなければならない。文字どおり、創造、です。

わが国の小説は自分が経験したことを書いているけれども、ぼくから言えばそれは歴史の隣の小説の始まりにすぎない。それは歴史認識の内面化ですが、それをうまく語るために「そこまでは事実ですけれども、ここだけはフィクションです」と作家は言う。何をくだらないことを言うんだと言いたい（笑）。未知に読者は接するばかりでなく、作者もまた常に未知に向かっていなければならないんです。

われわれの文学というのはだれが読んでくれるのか。いまの人ではないんです。十九世紀のドストエフスキーは二十世紀の私たちに読まれる。これを人類史的に拡大してみると、こうならざるを得ない。

地球が死滅した後、太陽系が死滅した後、宇宙人が来たときに、かつて人間というものがいて、何かやっていたということを知る。ビルディングがあった。人間は何か書いていた。哲学もやっていた。哲学は宇宙とか人間についてもよく論じていて、それを見たら、人間もだいたいわかった。けれども、小説をみたら、わからなくなった。こんなものが宇宙にあるのかしらと驚く。

そういうものが書かれてないとだめでしょう。宇宙人が初めて会ったというようなもの。それがぼくの小説論。

河合　あるいは、宇宙人が来て読んだら、おれのことが書いてあったと（笑）。

埴谷　そういうことなんですね。ここに初めておれのことが書かれていると。

河合　夢については私もそう思います。やはり全然経験のないことが出てくる。

現実に戻らないから無限感が出る

埴谷　批評家の遠丸立君が最近ぼくを「埴谷雄高と神秘宇宙——ユングとの邂逅」として論じています。しかしぼくはユングを一行も読んだことがないんですよ。
　ぼくは刑務所で過ごしたとき、もうこれからは、自分だけで考える、そう思った。それで、ぼくはぼくの思想は豊多摩刑務所で停まったと言っているんです。実際停まっていて、現在、深夜、寝床の上で考えていることも、かつて独房の中で考えていたことも、全く同じで、いまなお、相手は無限です。
　いま、平行宇宙とかいろいろな多元宇宙に触れている天文学者もいるけれども、現宇宙のほかの宇宙を現天文学者が言うことは、タブーですね。けれども、文学は多元宇宙についていくらでも述べていいんです。のっぺらぼう宇宙であろうと、精霊宇宙であろうと、何であろうと論じていい。

河合　そうそう。

埴谷　だから、いま河合さんが言われたようにどこかの宇宙人が「あれ？　わたしのことが書いてある」ということがあるかもしれない。

鶴見　埴谷さんは二十年ぐらい前から言われていますね。『死霊』は完結しないかもしれないけれども、だれかに乗り移って書かなければいけないと。

埴谷　そうですね。

鶴見　埴谷さんが乗り移る相手は、この日本文化のなかから出てきそうですか。

埴谷　いや、高橋和巳に半分乗り移ったんですが、これはぼくの文学が乗り移られたんじゃないんです。自序に耆那（ジャイナ）教のことが出てきます。耆那教では何も殺してはいけないと言いますが、ぼくはそれを極端化して、息も吸ってはいけないことにした。だからどんどん餓死してしまうのですが、それに高橋和巳がほれ込んじゃったんです。彼は滅亡型ですから。餓死がいちばんいいと、勝手にぼくの弟子となりました。

河合　ふむ、ふむ。

埴谷　ぼくの文学というより、自序に書かれている耆那教の大雄の弟子にまずなった。大学院のとき、ぼくを訪ねて来て、いろいろと話しているうちにぼくの弟子にも勝手になってしまいましたけれど。

　彼の評論は深く考えられていていいんですけれども、小説はうまく書かれていなかった。しかし、志はよくて、ぼくを批評して「埴谷さんのは無限へ行きっ放しだが、私は必ず現実へ帰ってくる」と言った。

河合　ほう。

埴谷　仏教はそうですね。向こうへ行ったら現実へ必ず帰ってくる。それでぼくは言ったんです。「それは当たり前の書きものだ。帰ってこないからこそ文学に無限感が出てくるのだ。これはちゃちな現実になど比類のないものだ（笑）。現実へ帰ってきて、満洲国がどうのこうのなんて、どうして小さくしてしまうんだ」。

彼は『邪宗門』で大本教のことを書いていますけれども「だんだん小さくなる。文学が向かうのは常に無限大でなければだめだ」と、ぼくは精神病患者の先輩らしく言った。それで、彼は発奮しました。「埴谷さんはそう言うけれども、大学闘争のとき、埴谷さんの政治理論じゃ全くだめだった」（笑）。「そりゃ、政治論は現在の理論だから、だめに決まっている。文学論に行かなければだめだ」と言っていたんですが、そのうち、彼は亡くなりました。長生きすれば、それこそ往相還相、ともに備えた大きな作家になったんでしょうけれど。

河合　書いているときはどの辺におられるんですか。

埴谷　ぼくですか？　分裂型ですから、無限大の向こうにいてこっちを見ているつもりで、書いています。

いま書いているのは、貪食細胞になってほかを食ったり、食われたり、生殖細胞になって増えたりするのが嫌なあまり、単細胞で止まっている「者」と、重力で引きつけたり引きつけられたりするのが嫌なあまり、「物」になることを拒否している、何かの二つの「者」と「物」が並んで腰かけている、いわば出現理論――未出現理論といってもいいのですが、そういう場面です。

津田安寿子の誕生祝いに、津田老人にだけ見えるこの二つがいる。ほかのものは、おじいちゃん、何を言ってるのよと言うだけで、何と話しているかわからない。五章の「夢魔の世界」のときなかなかできなくて、二十何年もかかってしまったんですが、この「無限者の宇宙」の章もまた、ちょうどそれと似たようなところへいま来ているんです。物になるのを拒否したやつをどう書くか。これに、毎晩、苦労しています。

「不可能性の文学」の自己矛盾

河合　ぼくは七章の「最後の審判」というのが出てきたので興味深かったんですけれども、だいたい東洋的なほうは「審判」ということを考えないでしょう。

埴谷　そうです。

河合　「最後」ということも考えないですね。無限にいっているわけだから。ところが「最後の審判」というのが出てきて、しかもそれは西洋の「最後の審判」とはまた違う。

埴谷　違います。西洋的なものを使っているのは、未出現の思索者は無限大とゼロの両方を携えている者というふうにしているところです。

『死霊』には四人兄弟がいまして、そのひとりひとりが自分の内面を告白するのが一つの山場になっているわけです。だから、二つの山場ができたらもうだいたいいいかとも思っていますけれども（笑）、あと二人残っているんです。首猛夫と三輪与志。ところで、いま山場でない山場にさしかかっていましてね。三章の「屋根裏部屋」で黒川建吉が虚体について首猛夫と論じ合う場面があって、そこは山場でない山場ですが、今度の津田安寿子の誕生祝いの章もそうなんです。

そのうちいつかできましたら、鶴見さんが読んで、埴谷さんはなおわからなくなったと言われるかもしれない（笑）。それは気違いとは分類できない種類の気違いで、いままでの病理学では解釈できない気違いであるということになる。

ぼくは「不可能性の文学」ということを言っていますけど、しかし、そんなことをやる自体自己矛盾で、どこかでごまかさなくてはならない。はっきりとわからないようないんちきを使わなくてはいけない。ぼくはそれを崇高ないんちきと言っています。イエス・キリストは処女から生れて死から甦ったという話が通用しているけれども、これだって崇高ないんちきですね。

河合　そうです。

埴谷　だから、やり方によっては文学にだって通用しないわけではない。ぼくは、宗教と文学を迷妄の歴史を支えている人類初めの精神活動期と規定していますが、イエスのようにうまくはいきません。イエスはすごい。数千年の歴史をそれで支配してしまったんだから。建築でもすごいものができちゃった。だから、イエスに対抗しようと思ってね。

河合　イエスは二千年だけど、埴谷さんは無限遠やから（笑）、いんちきでも大分高尚にやらないと。

埴谷　ほんとに高尚にやらなければだめですね。文学はほんとうにやれるはずだと思っているものの、いま言った、物になることを拒否したやつのほうが物より正当であると思わせるためには、よほどの最高いんちきを取り込まねばならない。これは弱ったと思って、毎晩トカイという甘いワインを飲みながら考えているんです（笑）。これはハンガリーの酒なんですよ。

鶴見　『ほらふき男爵』に出てくるものですね。

埴谷　ええ。

鶴見　百年前のすごく立派なトカイがあるらしい。

河合　ほう。

埴谷　ヨハン・シュトラウスの『こうもり』というオペレッタに「おお、一瓶のトカイよ」というのが出てきます。トカイがいかに好まれているか、しかもすぐれた酒であるかということですね。ヨーロッパではだれでも知っているんですよ。トカイがつくられるのはほんとうに特殊な地帯であって、特殊な酒なんです。だから、トカイを飲むだけでも、すごいと思われた。オーストリア・ハンガリー帝国の皇帝はそこを手に入れておいて、だれにもとられないようにしていたわけです。

鶴見 それは『死霊』に出てくる「念力の虹」ではなく、生活的なものでしょうね。

埴谷 念力の虹じゃないんです。トカイというものは実際にあるわけだから。けれど念力の虹とトカイはつながっていないわけじゃない。分裂症と酔っぱらいは、妄想と妄言とで隣りあっていて、トカイという具体的なものから、飛躍して念力の虹に到達する工夫ができなくもない。

西洋と日本を婚姻させた

鶴見 「念力の虹」というのは私はとっても好きな言葉なんですが、一方で埴谷さんは保守的、古典主義的なことを言っておられますね。

埴谷 もちろんそうです。

鶴見 つまり文学から文学が生れる。これは『ドストエフスキイ』のなかで言っておられたけれども、そうすると、カントのアンティノミー（二律背反）のところが埴谷さんに訴えかけてきて、書かれざるカントの部分が念力の虹へ出たわけでしょう。

埴谷 そういうことです。

鶴見　日本の文化と『死霊』との間にそういう念力の虹は起るんでしょうか。

埴谷　ぼくがやったからには起るわけでしょう。ぼくは念力の虹ということを書いたけれども、日本の文化のなかには昔からあったことです。「首が飛んでも動いてみせるわ」というのも念力なんですよ。

鶴見　なるほど。

埴谷　そこへ虹という感覚的に最高のものをくっつけて仮象の論理を提出したかのごとく思ってもらう。ぼくは論理と詩の婚姻ということを『不合理ゆえに吾信ず』でやってみた。

日本はひじょうに感覚的な国です。春の夜の風とか、目に見えない秋の風とか、あれもこれも微細な自然の描写をやってますね。芭蕉も秋をこう書いてみたりああ書いてみたり、すごい努力だ。これをヨーロッパの論理と融合させる努力をすることだ。念力の虹はそれですね。

だから、批評家は「埴谷は不合理を逆用し西洋と日本を婚姻させたんだ」と簡単に言ってくれればいいんです。にもかかわらず、ぼくの無限といういんちき性の表面だけみて、これは無理していると思い込む。しかし、西洋も日本も同一の基礎の上に立っている。

ぼくはいかにゲダンケン・エクスペリメント（思考実験）が、単に科学だけじゃなく文学の世界でも必要かということを言っているだけです。『ファウスト』でもドストエフスキーでも思考実験の産物ですね。そして、思考実験の基底でもあり、究極でもあるのが、無限なのですね。

ぼくは驚いたんですが、鶴見さんは『転向』でぼくを論ずるのに『不合理ゆえに吾信ず』を土台にしている。あれは『死霊』の原型なんです。

ぼくの仲間に平野謙がいましてね。ひじょうにすぐれた批評家ですけれども、「おまえの『不合理……』は一行もわからない」と言うんです。ぼくは、弱ったなあ、平野みたいな親友でさえわからないんだから、これはどうしようもないと思っていたけれども、鶴見さんはやっているんですね。「『薔薇、屈辱、自同律』——手裏剣をなげるようにして三つの単語で定着した体験」と書いている。

鶴見さんは子供のもつ純粋性を失わないで来ましたね。大人がみてつまらぬと思うものが子供の玩具箱の中に、思いもかけぬ並び方でつまっている。変なパチンコ玉であれ、三種の神器の勾玉であれ、おもしろいと思ったものはすべておもしろいわけです。そのとおりですね。鶴見さんがそこから新しいものを見つけて取り上げると、たちまち思いもかけぬ価値があったことに、人々は気づかされる。しかも、その取り上げ方も切り口が鋭いので、うむをいわさずその価値が輝いてくる。ほかの人が拾い上げてもなかなか価値は出てこないですよ。

先回、鶴見さんは——一条さゆりはぼくも知っているけれども——一条さゆりの公判の記録を見たり、駒田信二の法廷での陳述を読んだりということまで踏み込んで取り上げたら、たちまち、二人は輝いた。こうしたことはやろうとしてもなかなかやれないことですよ。

鶴見　そうでしょうか。

埴谷　あなたは日本の文学とか哲学を変えてくれました。入り方がいろいろある、正門ばかりでなくて裏門もあるし横門もあるんだということを教えてくれた。でも、なかなか横門から入る人は少ないんです。「思想の科学」もいろいろなことをやっているけれども、ほんとうに横門から入ってくる人は出てこない。あれはもう何年やっていますかね。

鶴見　四十五年。埴谷さんの「近代文学」と同じときから（笑）。

ひとつ、私がわからないことがあるんです。なぜ埴谷さんは六〇年の安保闘争にかかわったのだろうということなんです。

埴谷　取り上げ上手の鶴見さんにそう聞かれるのは、おもしろいですね。ぼくは豊多摩刑務所の中で、生のなかの小さな部分として政治を捨てた。ところが、政治のほうは、ぼくが刑務所から出てきて文学へ行っても手放さない。『死霊』の五章がなかなか書けないでいるとき、ぼくは夢についてのエッセイと並んで、政治論文をいくつも書いていました。想い出してください。昭和三十五年一月に中央公論社から『幻視のなかの政治』が出たとき、その帯の推薦文を書いたのは、俊輔さん、あなたですよ（注）。そして、あなたが政治論文集の推薦文を書いたから始まったわけではないけれども、安保闘争が高まったのはその年ですよ。その推薦者のあなたにいま「なぜ安保闘争にかかわったのか」と聞かれるのは変です（笑）。

（注）『幻視のなかの政治』帯の推薦文

共産党の運動の中に、革命をおしとどめる力があらわれてくることが、二十世紀の歴史に何度かあった。なぜ、こういうことがおきるかを、共産党の政治理論の底にある感情の力学を通して明らかにしたものが、埴谷雄高の政治評論である。多くの失敗にもかかわらず、共産主義の中から新らしくエネルギーをくみとろうと思うものにとって、埴谷雄高の政治論集は、すぐれた手引きとなる。

無限大からみれば全体も部分も同じ

鶴見　いや、『死霊』をこの数日読んでいるうちにわからなくなってしまったんです（笑）。無限大の宇宙をこれだけ書いているのに、どうして目前の政治に関心をもてるのか。『死霊』はどんどんどんどん拡散していくでしょう。それは目前の政治というリアリズムとどのような関係があるのか、それがわからないんですよ。三十年前はわかったつもりだったんですが。

埴谷　それはいまこうやって話している埴谷を見たらわからないですよ。夢のなかに出てきたぼくを見たらぱっとわかりますよ。

河合　はあ、なるほどね。

埴谷　裏返してみればね。寝そべったまま足を機械仕掛けみたいにやたらに動かして、ぼくは宙を飛んでいますよ。オブローモフがピョートル・ヴェルホーヴェンスキイにもなっているんです。同一物の非同一性です。正面からぼくを見ると、どうしたって『死霊』と政治が離れているという分析をするわけだけれども、宇宙の全体からみれば、離れているはずのものも非同一物の同一性としてくっついているんですよ。

ふつう、水と火は反対の関係にありますね。ところが宇宙では、溶岩は液体なんですよ。水であって火なんです。ふつうは「あ、火だ。水をもってこい。水で消す」と言うけれども、それは宇宙では通用しないんです。溶岩を見ればそうでしょう。白昼ばかりでなく、夜、夢を見る立場に立ってみれば、夜、『死霊』で無限大へ飛び去っている埴谷が、昼、『幻視のなかの政治』を書いてスターリン批判という現実的現実につき合っているのも当たり前とわかるはずです。

宇宙はほんとうに全部を包含している。部分が全体を所有している。あるほうから見れば部分だけれども、別のほうから見れば全体なんです。無限大から見れば、部分も全体も同じなわけですよ。『幻視のなかの政治』の筆者は、政治にかかわらない局外的筆者だというのも、本当だし、安保闘争にかかわった直接者というのも、本当ですね。ぼくは「声なき声」に加わらなかったけれども。

今年（一九九〇年）、ぼくは小林トミさんから手紙をいただいたんですが、小林さんは一種の空虚感を書いてきました。毎年毎年やっているけど、ひとつも効果があると思えないと言うんです、だからぼくは返事を送ったんです。政治というのはすべて効果がない連続である、と。

鶴見　いい言葉ですねえ。

埴谷　それはそうです。維新の元勲なんていうのは、無数の死の上に成り立っている。うまくやったやつが最後にその地位を手に入れたわけで、その前は全部挫折だらけです。レーニンがやる前のナロードニキ時代は挫折、挫折、挫折の連続時代です。「非権力者の小林トミさん。政治というのは挫折するのが当たり前なんです」。そう述べたら「やっと安心しました」と言ってきた（笑）。だから、鶴見さん、ぼくを奇異に思わないでください。

埴谷が分裂症だということはそのとおりなんですよ。あなたがひじょうにいいことを言ったのは、埴谷は刑務所にいるとき気が違ったんじゃなかろうかという洞察です。たしかにそうなんですよ。気が違ったのかもしれない。しかしだれもわからない。本人はなおさらわからない。しかしぼくの無限病は、ふつうの発狂の理論で言うと気が違ってはいないわけですね。

河合　違います。

埴谷　だから発狂イコール非発狂という図式もできるわけです。「埴谷を見よ。あのように無限にのめりこんでは、気違いである」とも「無限のめりこみこそ気違いでない証拠である」とも言えるわけですよ。

そういうふうに言いかえてみれば、一イコール一を白昼にも夜の夢にも同一として適用するからいけないんで、二二が五の理論を用いれば、無限分裂型の文学の現存もよくわかるはずです。いまの現実のなかの政治と『死霊』を統一できる大統一理論ができるはずですよ、そのとき。

なぜ「近代文学」を始めたか

河合　ぼくは今度、初めて『死霊』を読みまして、埴谷さんという人は現実感覚のある方だと感じました。

鶴見　すごい記憶力で、現実を縮尺して覚えるんですね。現実の記憶と、非在だけに興味があるというのとが一緒にある。

埴谷　非現実は現実を使わなければ書けないんですよ。存在を通じてでなければ非在へ行けない。現実を手放さず携えたまま無限へ飛翔しなければならない。それは分離して考えられないものなので、小説でなければ伝えられない創造力の異常飛躍の提出という点で、ひじょうに無理をしている。フラスコのなかの還元物質にせよ、川にかかる念力の虹にせよ、ぼくは全部現実にあるものを使っているんです。

鶴見　なるほど。

埴谷　東京の隅田川、しかもだいたいの時代は昭和十年少し前ぐらいですけれど、そこが隅田川であるとは限定しない。水と上流への満ち潮とボートという抽出した現実を使っている。SFは、初めから空想ですね。ですが、ぼくは現実的で具体的で、そこに起るのはボートの転覆です。そして、そのボートの転覆という現実の向こうに非現実の念力の虹があらわれる。

作者の想像力と読者の想像力が不意に重なって、非現実が現実になってしまうのは、無理を無理でないかのごとく通したそういう場所においてですね。九章に出てくると前に述べた、物になるのを嫌がって停まっている何かにしても、しゃべるのは皆現実的なことです。それらは「あまりに非現実的だけれども、よく考えてみれば現実にあり得るようだ」というようなことばかりです。しかし、現実の人がそういうことをしゃべるのではなくて、何か、物以前、として停まっている何かがしゃべるのだから、やはりふつうの人と違ったしゃべり方をしないといけませんね。

鶴見さんがそこを読んで、いよいよ困った、物になることをやめたままだ考えているという何かがあるかしらというふうに考えると、これはもううまく処理できませんね。

鶴見　いやいや、大丈夫です。そうは考えませんから（笑）。

埴谷　河合さんには初めてぼくのものを読んでいただいたわけですが、「最後の審判」に東洋的なものと西洋的なものと両方あるということと、いまお話した現実感覚があるということのほかに何か気づかれたことがありますか。

河合　ぼくはお会いして、だいたい予想した人があらわれましたね。

埴谷　ああ、そうですか。

河合　ぴったりの方が出てこられたという感じです。それから、夢などについて書いておられる一方、自分の体験がすごく入っていて、それを違うところへちゃんと置いておく、その体験や現実をつかむことがかっちりできている人という感じがしました。そして、相当な内的体験をされた方じゃないかなというのが読んでいてもわかりました。

埴谷　はあ。非現実的現実人……。

河合　私にもちょっと似たところがあるんです。私も結局非現実を扱っている商売なんです。患者さんが来られて、たとえば「私のおやじはひとでなしで、むちゃくちゃしました」と言われると、下手な人はそのお父さんに会って確かめようとするわけです（笑）。そんなことは全然必要ないわけですね。患者さんはその世界に生きておられるわけだから。

その非現実の世界を大事にしてやれば、その人は新しいクリエーションをするわけです。何をつくられるかわかりませんが。そして、その人のクリエーションにぼくらは従っていくという職業なんです。『死霊』の書き始めがぴったりというか、ああ、なるほど、そういうことをやられたんだなと思いました。

埴谷　精神科医の岸博士がまず出てきますけど、そして、まことにぼく流に勝手に振る舞う精神科医と分裂症的非現実者の登場ですけれど、それらをそのままそっくり受け取ってもらえるいい方に読んでいただいたわけだ。

「近代文学」という雑誌をぼくたちは始めたんですが、新しい文学をつくる、いままでと違ったものをつくるというのが『不合理ゆえに吾信ず』を書いたときからのぼくの念願です。そしてやっと『死霊』が始まった。ところが、どうしてこんな変なものをつくるんだと言われる。これには弱りました。前に言ったように本多秋五がそうでした。彼はだんだんわかってきて、異邦人がだんだん近づいてきた（笑）。

河合　私はむしろ考えのほうをストレートにとりますから、これだったらむしろ評論などの文章で書けるんじゃないかなと思ってもみたんです。けれども、いまお伺いして文学というかたちがこれにぴったりだというのがよくわかりました。文学でないとできない。

埴谷　評論ではできないです。論理の積み重ねでなく、想像力が途方もなく飛躍しなければなりませんから。

河合　そうです。

埴谷　非現実の現実化というい わば論理の積み重ねを超えた部分があるんです。

無限と微細の両方にとりくむ

河合　それともうひとつ、私は目標に段階的に到達するという考え方をほとんどやめているわけです。

例えば病気の人が来られる。すると、ノイローゼが治って健康になるという目標を立てて、それに向かって私が治してあげましょうと言う。患者さんはだんだんよくなっていく。最後に健康になって終りということになる。それはわかりやすいんですが、そうしようとは思ってないわけです。そういう考えは全く捨てています。

埴谷　あなたはやはり患者をもっておられるわけですか。

河合　はい。結局その人がそれを機会に、埴谷さんの言葉を借りれば「非現実の世界」ですね、そういうもののなかから何をクリエートしていくか。それにぼくも加担する。そしてクリエートするほうへ歩み出したら、もうぼくは関係なくなっていくわけです。自分で歩かれるわけですから。だから、そのプロセスそのものを見ているわけです。

そういう点で言うと、『死霊』も別に完結とかいうようなことは考えなくてもいいようにも思ったんです。ずうっと動いているままで終っていくというか……。

埴谷　そういうことですね。創造というのはプロセスなんであって、目標があってここまで行ったらいいというものじゃないんですね。無限のプロセスを辿っていかなくてはならない。

河合　患者さんの場合、ぼくが必要なくなっただけで、プロセスは動いているんです。だから、ぼくが必要ならいつでもいますよと言っているんです。ぼくはある患者さんに言ったことがあるんです。「来たかったら一生来たらええやないの。一生来たかて、五十年も来られへんよ、ぼくの年を考えたら。人間の歴史を考えてごらん。五十年なんてちょっとした時間や」と。

そういう人はかえって、また来なくてもよくなるんですけどね。

鶴見　五十年というのはほんのちょっとした時間なんですね。ところが、いまの日本にとってはものすごい時間に感じられる。この日本は異常だと思うんです。

河合　そうです。

鶴見　埴谷さんの時間は何億光年だから、それといまの日本は全く背中合わせなんです。

埴谷　無限はぼくの本来の課題だからやってますけども、一分の時間もやっています。アリの足の微細な動きは一秒の間にもありますから。

鶴見　そういうときに突然『死霊』のなかでリアリズムがせり上がってくるんです。隅田川でボートがひっくり返るときに、ボートの周りに登場人物が配置されて、そのうちの二人ずつには見えない人がいる。それで視点がパンしていくでしょう。あれは現実をとらえるおもしろいモデルです。

埴谷　いや、あれがぼくたちの現実ですね。それを、現実のモデルとして見ていただいてありがたい。

鶴見　それに関連するんですけれども、自己語が出てきますね。黙狂が出てくる。自己語をもっている人は本来「あっ」「うっ」となって何も言えないはずなんですよ。それがどうしてほかの人間と話が通じるのか。それが私にはわからないんです。つまり、主人公は六人か七人、結構お互いにしゃべっているんです。

赤塚不二夫の漫画にあるんですが、あしたフルブライトでアメリカに行く英語の先生とバカボンのパパとが一緒にさかずきを交わしてスイカを食っている。英語なんてばかばかしいというんで、全部つくっちゃう。スイカは一口食べては種をプッと吐き出すから「タネプップ」にしようとかね。二人だけの共通語です。そうしたら、その次の日に送りに行くと、その英語の先生が船に乗って「ああ、大変だ。本当の英語を全部忘れてしまった。アメリカへ行ったらどうしようか。恥をかくんじゃないか」。

それがふつうだと思うんですが、埴谷さんの自己語はどうしてほかの六、七人に通じるんですか。

埴谷　あの黙狂の場面は、ぼくの書き方が悪くて、黙狂と首猛夫が話し合っているというふうにみんな読んでくれているんですよ。

鶴見　ははあ。

埴谷　全部あれは首猛夫の夢なんです。空気が隙間からすうっと流れて、疲れたままつい眠ってしまって、見た夢のなかで互いに話し合っている。つまりそこに一種の交感があって、交感としての夢のなかで兄弟の矢場徹吾がその本心を語っているわけなんです。というのは、ぼくはそういう夢をよく見たからです。ぼくの書斎に書棚があって、地震で本が落っこちてきたら大変だなと思って寝ているものだから、ひょっと夢のなかで目をあけると、棚の本がちょっとゆがんでいる。ああ、起きて奥まで入れておかなくてはいけないと思って立ち上がって入れておく。それが夢なんです。夢で実際にあるところを見ている。それと同じことを書いているわけなんです。

河合　ははあ。

埴谷　あそこのしまいには隙間風の空気がすうっと流れて、首猛夫の目が覚めると、黙狂はやはり初めと同じように向こうを向いていて、全然しゃべってないということを書いているんです。

鶴見　それはすごくリアリティーがあります。けれども、そうすると全体がだれかの夢でないと、あの六、七人の人たちの……。

埴谷　いや、あの夢のなかで、つぎつぎに生物や人間が出てきてしゃべりますね。そのすべてが、本来は、矢場徹吾の考察ですね。宇宙論的にみた生物論です。それが夢のなかで兄弟の首猛夫に通じたということにしてある、「最後の審判」は。

鶴見　あの六、七人は全部共通語をしゃべっていますよ。この共通語が一体どこから出てくるのか。

埴谷　あそこに出てくる全部が共通語をしゃべっているのは、「生きとし生けるもの」のどれもが「死んでしまったあと」お互いすべてに共通する「死霊語」をしゃべっているというふうに考えてください。

植民地だった台湾での体験

鶴見　黙狂のところはよくわかったんです。黙狂が黙っていることで、何となくその雰囲気によってヒントをつくっていくでしょう。そこはおもしろいし、最後の法廷のところに出てくるけれども、釈迦に向かって「なぜしゃべったか。本来しゃべらないはずじゃないか」。それは黙狂の倫理と見合っていて、おもしろいと思いましたね。

埴谷　いままで数千年の歴史があって、人類は少しでも上へ上へ、前へ前へ、深く深くと来たわけですね。けれども、まだまだ足らない。足らないことを哲学はわずかずつ進めているけれども、いちばんお先っ走りで、うんと先まで飛んだふうにみせて、やれるのは文学なんです。文学なら少しいんちきでも、論理的整合性が不足でも、「これはここが足らないけど、こうすれば達してしまったよ」と言えばいい。

それで、それを最大限に利用しているつもりなのが『死霊』なんですけれども、最大限に利用しながらも現実における整合性とか論理性というものの上に一応は立ってやらなければいつの時代においても相手を納得させない。だから難しい。おれは物になるのをやめたからといっても、でたらめでは、物をも人をも納得させない。ふつうの論理でいってそのとおりだと思わせなければならないから、大変ですね。河合さんが患者に対するのと同じです。

河合 そうです。やはりちゃんと筋が通ってないと。しかし、単なる論理的整合性でいくと全くだめなんです。

埴谷 それが弱ったことですね。

河合 だから、人間的整合性というのがあるんです（笑）。論理的整合性だけを整合性と思うのは大間違いでね。それは近代の病だと思いますよ。たくさんの整合性があるはずです。文学的整合性もあるし、美的整合性もある。

埴谷 そういうことですね。それは全世界のひとりひとりの数ほどうんとあって、ぼくと河合さんとの間の人間的整合性だけでも足りない。鶴見さんとの間の分裂症的整合性もつけ加えなくちゃ。

鶴見　言葉の使い方のルールに疲れてしまう。ウィトゲンシュタインは論理分析の果てまで来て黙る。終りまで来て黙狂になる。

河合　そうそう。

鶴見　それで、今度は黙狂としての言葉の別の使い方から始める。ですから、ある意味でのウィトゲンシュタインの『論理哲学論考』は『死霊』と重なるところがあります。初めの九割九分まで論理演算なんですが、最後は黙狂になってしまう。そして、ウィトゲンシュタイン自身も黙ってどこかへ行ってしまう。

埴谷　ほう。やはり無限大へ向かって行きっぱなし、ですか。

鶴見　二十年ぐらいたってもういっぺん戻ってきて、哲学をやるんですが、全然別のタイプの哲学です。ひじょうに実際的な……。

埴谷　かなり変わった哲学者ですけど、また、文学的でもありますね。

鶴見　言葉の真偽を決めるには世界と比べなければならない。点対点的に比べる。ところが、結局どうしたら比べられるかというと、比べる言語がもうひとつなければいけない。その言語の真理性は世界とどう比べられるか、結局わからないわけです。それで「いままで言ったことはあんまり根拠がないことだ」と自分で最後に言う。よくわからないことについては黙っているほかないと。記号論理学的な論文なんだけど、終りがそういう言葉なんです。だから黙狂の問題です。

黙狂の問題は近代思想の行き着くところですね。言葉を音楽のように使えば別の道がある。そういう問題だと思うんです。

埴谷　「自同律の不快」も一種の自己語なんですよ。これは疑似哲学言葉です。自同律を問題にして、それが、不快だときめつけるのは、普通の言語ではできないんです。

自同律を不快の異常論理へひきずりこむ出発点は、偶然ぼくが台湾という植民地に生れたということです。植民地でも日本人の町に生れたらだめです。田舎の工場へ行くと、実際に台湾人を使っていてぶん殴るわけですから、それを、子供のときから見聞きしていないとわからない。台湾人が野菜を売りにきて「奥さん、これ十銭よ」と言うと、日本人のおばさんが「いや八銭、八銭」と言って八銭しか払わないんですよ。日ごろはいいおばさんが植民地の体系のなかに入ってしまうと、自分のしていることの非道さがわからない。

河合　うーむ。

大劇場進出時代のころ

埴谷　人間にはいろいろな面があって、そのおばさんは、工場の仲間からみればひじょうにやさしいおばさんだけども、台湾人からみればひどい人、人道を外れている人なんです。

二年後（一九九二年）のバルセロナ・オリンピックのとき、コロンブスのアメリカ発見五百年祭をやりますけれども、この五百年というのは植民地を新しく見つけたヨーロッパ人の収奪の歴史ですね。アフリカでは奴隷の歴史で、西インド諸島から中米、南米、北米へと広がったのは、現地人の虐殺の歴史だ。マゼランが太平洋へ出てきた時代、幾分は減ったけれども、日本以外の国はみんな植民地になってしまった。広い中国は、奥まで入られなかったけれども、港をいまでもとられている。

そして、植民地にならなかった日本は逆に植民地支配に加わる。いちばん後からだったので、台湾は、初めのアフリカより幾分いいといえるでしょう。しかし、奴隷支配に近いですね。人力車に乗って、「左へ行け」と言って、大人たちは車夫の頭をボーンとける。ぼくは子供ながらそれを見て日本人が嫌になってしまった。

鶴見　日本人は、自分は日本人だという、もう揺るがない信念をもっていますね。そこから出発する。

埴谷　ところで、日本人嫌いになったぼく自身が日本人なんだから、矛盾的自己否定ですね。心中とか自殺とかに少年で思いふけってしまった。この自己剿滅《そうめつ》の芯が幾転変して、外国映画好きから、一冊の書物のなかだけで、日本人どころか現宇宙の全廃棄から未出現存在の創出まで行う、ということになってしまった。これは、妄想型精神病へ向かっての幾転変ですね。

ぼくが「わからない」とか「難解だ」とか言われるのは、『死霊』の印象だけでなく、幾転変のなかに、映画と演劇と探偵小説、政治と文学、といった面がいくつも回って出てくることにも由来するでしょう。ぼくがコマみたいに速く回っていれば、ひとつの正面しか眺められませんけれども、倒れる間際になってゆっくり回るようになると、あ、この面はこうだ、埴谷はこうなのかとわかるはずです。速く回転している間はわからない（笑）。

鶴見　昔「綜合文化」という雑誌に「即席演説」という埴谷さんの短い論文が載っていて、私には初めてアッとわかった。それにはこういうことが書いてありました。イプセンの『ペール・ギュント』のなかにボイグというのっぺらぼうの入道が出てくる。それと主人公のペール・ギュントが格闘するんです。そのときに埴谷さんは「しっかりやれ、ボイグ」と応援したと。

埴谷さんにはそういう衝動が深いところに常にあるらしくて、その後『ザ・グッド・アース（大地）』という映画があって、ポール・ムニとルイゼ・ライナーが主演なんだけど、彼らが畑を耕しているとイナゴの大群がウワーッと来る。そうしたら、埴谷さんがひとりでイナゴに大拍手をしたという。

埴谷　いや、イナゴは遠い山の向こうから出てくるんです。何かが黒くあらわれたと思うと、ウワーッと全天をいっぱい真っ黒に覆って大きくなる。それで拍手したんです（笑）。ぼくはあたりの客に怒られた。イナゴがせっかくの収穫物を食って荒らすわけだから。

鶴見　『ペール・ギュント』はほんとに見られたんですか。

埴谷　『ペール・ギュント』をやったのは丸山定夫という築地小劇場では有名な役者で、広島にいて原爆で亡くなった人です。帝劇でぼくは見たのですけれども、この人がひじょうにうまくてね。真っ暗闇です。ペールは何ものかと格闘しているんですよ。何も見えぬ舞台で棹の先へランプをつけて下へやったり上へやったりすると、丸く光った目玉がつぎつぎに消えたり点いたりするんです。「おまえは誰だっ」（押し殺したような声で）「おれはおれだ」。「おまえは誰だっ」（同）「おれはおれだ」。ボイグの目が闇のなかをあっち へ行ったりこっちへ行ったりすごい効果をもった場面でした。これにもぼくは拍手しましたね（笑）。イプセンがスティルナーの唯一者をボイグとして闇に置いたのですが、日本では珍しい演出でした。

築地小劇場には大劇場進出時代があって、『ペール・ギュント』や『真夏の夜の夢』や、シラーの『群盗』などを帝劇でやったんです。築地みたいに狭い舞台ではないから、闇もすごく広くて、丸いランプの光があっちへ行ったりこっちへ行ったりする。丸山定夫は「はっ、はっ、はっ」と息づきながら広い舞台のあちこちで一所懸命格闘している。だから、築地でやるより効果がありましたね。

ぼくは不思議なことに、帝劇でいろんな人を見ている。映画の初めのころを話しますと、スクリーンに映す前にキノトスコープ・パーラーという時代があったんです。覗き箱があって、五セントのニッケル硬貨を入れると、内部で、フィルムが回るわけですよ。わずか一分足らず、回る。それをのぞいて見る。映画の初期、エジソンのキノトスコープ時代ですね。そのキノトスコープで始まった。一八九〇年代にまだ十代の少女、ルース・デニスが、「ダンス」という作品に出ている。

そのルース・セイント・デニス——セイントというのは自分でつけたんでしょうね——がテッド・ショーンという年下の踊り手と結婚して一緒に、帝劇へ来たんですよ。もう四十いくつかになっていた。

そのときぼくは見に行って、孔雀の踊りが印象的でしたが、この舞踊団がアメリカへ帰ると、ルイズ・ブルックスがそこへ入った。そして、ルイズ・ブルックスはルースの踊りについて書いている。『イケバナ』では、ルース嬢のすばらしい日本の着物が踊りの魅力の大半を占めていました」。ところで、大岡昇平はこのルイズ・ブルックスにものすごく惚れ込んで、最高の女優のように書いています。

鶴見　本をつくっていますね。

黙狂のごとく一冊の本を置く

埴谷　それで、ぼくは「大岡昇平の筆によってルイズ・ブルックスはガルボとディートリッヒと同格にまで二階級特進か、三階級特進かしてしまった。これはすごい。そして、ルイズ・ブルックスは、日本の着物をきた踊りの『イケバナ』をほめているので、日本の男性がルイズ・ブルックスをほめるのもお互いに対応関係がある」と書いたんですが、当時ぼくのような中学生が帝劇へ行って外国から来た舞踊を見るということはほとんどなかったんです。それから小学校へ入る前のぼくは松井須磨子も見ているんです。

鶴見　えっ？

埴谷　それを大岡に話したら、びっくりしていた。たしかにぼくたちの世代で松井須磨子を見ているものは少ないけど「カチューシャかわいや」が日本じゅうではやった時代、台湾まで芸術座は興行に来たんです。

河合　はあ。

埴谷　台北から始まって、ずうっと下がって屏東《へいとう》——ぼくの父の台湾製糖の本社があるところですが——にまで来たんです。しかし、松井須磨子の『復活』より、上山草人《かみやまそうじん》、山川浦路《うらじ》が来てやった芝居の『トスカ』のほうがまだ幼年の魂をいまでも忘れがたく震撼した。暗闇のなかで拷問しているんです。鉄と鉄がうちあう響きと悲鳴が薄暗い舞台から聞こえている。これが人生は恐怖であるという忘失しがたい教訓をぼくに与えちゃった(笑)。

大岡昇平と二年間も対談したとき、ぼくは大岡に、「ボレロ的老人饒舌症」と名づけられたが、どうも同じことを繰り返してしゃべるんですね。いまここで話した松井須磨子も『トスカ』もすでに大岡にしゃべっていることです。

鶴見 私は「近代文学」の創刊号から読み、「即席演説」を『綜合文化』で読んだとき強烈な印象を受けて、埴谷さんは日本の文化に先例のない人だという感じをもって、そう書いたんですが、きょうのお話を聞くと、ある光の当て方では、芭蕉などが流れ入るところがあるんですね。

埴谷 西行、芭蕉は日本文化から消え去ることはないでしょう。富士の煙は無限にたなびいている。

ただ現在、その無限の納得させ方は難しい。言葉だけではだめなんです。例えば、コップが割れるときの感じで無限というものが出てこなければならない。身近で、そしてそれが、無限だ。そのイメージがものすごく難しい。

河合さんが患者に対されるときもだいたい同じようなことを感じられると思いますけれどもね。

河合　そうなんです。実際患者さんにとっては月給が千円上がるか上がらんかというのは大問題ですから。

埴谷　それが身近ですね。

河合　それをやっているんですけれども、それだけではだめなんです。

埴谷　そういうわけですね。

河合　だから、五十年も一年も一緒という感覚と、千円と二千円は絶対に違うという感覚と、二つもっていないとできません。

埴谷　それはいい言い方ですね。無限と有限が具体的に並んでいる。ところが、二つもってなくては、と言うと、ふつうは「分裂症だ」と言われてしまうんですね。それで、「人間は皆分裂症なんだ。おまえ、先生に会ったときと弟子に会ったときと言い方が違うじゃないか。分裂しているのは当たり前だ」と言ったくらいでは相手は納得しない。女房に会ったときと、ほかの女を口説いているときとは全く違うんだよ、言葉が（笑）、と言うと、幾分は納得するけれど、五十年も一年も一緒、千円と二千円は絶対に違う、という二つの感覚、という言い方は最もいいですね。

鶴見　宇宙の全体を考えれば、人類は必ず滅亡するわけで、当然のことですが、『死霊』は人類の滅亡を目の前にして考えていくという語り口がゆったりしている。SFですと、宇宙はもうすぐ滅亡するぞ、大変だ、大変だというところがありますが、そうではなくて、ゆったりした語り口で、滅亡を当然のこととして提示しています。それがいまの日本に対してひとつのメッセージになっていると思うんです。

いまの日本に対して滅亡の悲哀を置いている、黙狂として悲哀を表現していると思います。まだこんな人がいるのかという、スフィンクスの謎ですね。この本を読んでいくと、さっきのボート転覆の場面などはリアリズムで、喜劇でしょう。幕間劇として喜劇があるんですけれども、全体としてのトーンは憂愁ですね。

埴谷　それは当たっていますね。憂愁だ。なぜ宇宙史は人類に思索を与えたか。思索の基本も思索の果ても、憂愁だ。こう考えこういうことをやらなくてはいけないというのは変じゃないかと思う。けれども、こうとしかやることがないからやっていて、分裂症になる。これはほんとに困ったことですね。河合さんも感じているでしょうけども。

河合　いやあもう、ほんまにねえ。せやけど、これは前世の因縁だから思うて……。

鶴見　いまの日本にはあまり悲哀はない。どうしたら財テクできるか、円がどのぐらい上がるかということを主に考えている。それに対して『死霊』は別の石を置いている。ほとんど黙狂のごとく一冊の本を置いているというところがおもしろいですね。

埴谷　小さい石ひとつひとつも皆一冊の本を書きたがっている、と思うことにしましょう。万物はみな自身に満たされない。存在も非在も神ものっぺらぼうも、われ誤てりと悟ったときだけそれ自体で、常に自身に満たされない。そして、これはこうとしか考えられない思索は、その思索法を変えたいと思索している。

鶴見　全部それは論理として同じですね。日本人であることを嫌だと思う。人間であることを恥じる。神は神であることを恥じる。宇宙は宇宙であることを恥じる。

埴谷　しようがないですね。神も宇宙も、存在の革命のなかで虚体にとってかわられるのは気の毒だけど、これまで長くいかめしげに出ずっぱりだったのだから、「一冊の書物」のなかだけで、全放逐されることになってもしようがありませんね。

手紙にならない手紙

今はひらたい時代に入っているように私には感じられます。そのひらたい感じは、日露戦争以後の大正時代にもあったように思えます。

元旦で一年がはじまり、大晦日で一年が終る。こどもにとっては、朝おきて小学校にゆき、学校が終ると家にかえる。そういう人工の規則が約束事と思えず、自然の現象のように感じられるという時代でした。

そういうひらたい時代から埴谷さんのような人があらわれたという事実は、今の日本にもそういう人がどこかにいるということを思わせます。

眼がさめると、まぶたをすぐにはあけず、両腕をゆっくりと宙につきだす。

この両腕を宙にさしだす私の暁方の動作は、《こうとしか見えず、こうとしか考えられない》一種遁れがたい罠である白昼の法則に、さてこれから従わないことをあらかじめ表示しておくところの私流の《存在への挨拶》にほかならなかったのである。

（「《私》のいない夢」『闇のなかの黒い馬』）

眠りは約束事からときはなたれた荒野で、そこには国境はなく、人間であるという状態からはずれて、存在と非存在の不分明な領域です。その眠りに入るこつを見つけて迷いかたに習熟された人が、現世の日本にもどってくる時、満洲事変も大東亜戦争も、国際共産党も、かたくそれにしたがうべき軌範をあたえるものとは感じられなかった。おなじような習練を、からだの底にたくわえている人が、おそらくは今もいるでしょう。

そうした人たちの交信を、新法とかパソコンとかデモとかの形で計画してみるということを考えているわけではありません。テレヴィジョンの片隅にでも別の感じ方の露顕を見つける時にはたのしみですが、それはむしろ、不意にあらわれてくるのを待つほうがおもしろい。私個人としては、埴谷さんの『闇のなかの黒い馬』をめぐって、その片隅に、しるしをつけるほうを好みます。マージナリアという方法です。戦争中は、到着したてのシンガポールの軍港にすわっている古兵のひげのはえかたを記号に見たてて解読したので、それも不立文字を読むひとつの息ぬきでした。

手紙を書くというのは、字の下手な私にとって、よい方法ではありません。直接に面談というのも、私にとっては、それにふみきる動機にとぼしい方法です。私は酒をのまないので、埴谷さんとはなしをするのにふさわしい間《ま》がとれません。しかし、埴谷さんは、私の近くに住む少年浪人が京都から東京までたずねていった時に、あってくださり、かえりに吉祥寺で、名物のまんじゅうをおみやげにおくられたそうですね。まんじゅうもまた、メッセージを託するに足るものなのでしょう。

私が埴谷さんにお目にかかったのは、竹内好さんの御見舞の時に出会った何度かを別にすると、両三度にすぎません。読者としては、敗戦の翌年の正月に、「近代文学」創刊号で『死霊』のはじまりを読んで以来です。この時にはわかりませんでした。自分の心にふれるものに出会ったのは、「綜合文化」に「即席演説」を書かれた、その中で、『ペール・ギュント』の芝居を見た折にふれて、のっぺらぼうのボイグに応援するくだりでした。くねくね入道のボイグと主人公のペール・ギュント（丸山定夫）が格闘する。その格闘を観客として見て、ボイグに肩入れするその姿に感動しました。その時に、おたがいの領域が交錯することを感じました。

それから四十七年。今、『闇のなかの黒い馬』をひきだしてきて読んで、自分の存在のうらにある非存在の感覚に、親しいものを感じます。宇宙の闇をかける黒い馬。これは私の中にあるイメージとかけはなれています。私にとっては馬は乗るものとしてあり、この五十五、六年、ほとんど乗りませんが、今も乗れるだろうと思い、馬に対する自分の反動を、じかに今も感じることができます。思索の風景の中の抽象的な馬を、自分のものとして感じることができません。ここのところで埴谷さんとちがって、私は日常につかって生きていることを感じます。宇宙の果てまでかけぬけることに興味をもたず、ただここにいるだけです。

宮崎駿の「風の谷のナウシカ」と「となりのトトロ」にふれて、手塚治虫の漫画とのちがいは、「動物や昆虫が、ひと言も人語をしゃべらずに、重厚な存在感をもちえている」と、川喜田八潮は『〈日常性〉のゆくえ』で書きます。このようなとらえかたの中に、ひらたく見える時代のただなかで、眠りをもつらぬくしぐさを保つ人はいるのでしょう。

自問自答で、これでは手紙になりません。

御元気で

『死霊』再読

I はじめに

1

六十年前、兄事していたTさんに、本を毎日読んでも、それが記憶からたえずこぼれてゆくのをなげいた。

そのときTさんは、古い中国のはなしを引いて、川のそばで年老いた女が布をすすいでいた、そこをとおりかかった若い男が老女をからかって、毎日おなじ布をすすいで何になるのかと言った、すると老女はこたえて、こうして毎日川の水をとおして、何年もたつうちに、いくらかは布の色はかわると。

出典をそのときいたが、忘れた。だからこのはなしは、もととちがっているかもしれない。

その一枚の布に、『死霊』は似ていると思う。

2

『死霊』の着想は、作者が一九三三年に独房のなかで得たものであるとして、そのすじがきは、六十四年かわらなかっただろうか。

この作品の言語は、登場人物のはなしも作者の地の文もふくめて、大正時代をひきずっている。大正時代とは、明治末の日露戦争終戦のときから大正をこえて、昭和はじめにかかる。その期間の旧制高校生の言語である。その言語を、作者は、作品を書き終えた平成八年まで、はじめとかわりなく保ちつづけたであろうか。

他日、『死霊』が記号の統計学的分析にかけられたとしたら、名匠の設計であっても、いくらかのくるいが認められるのではないだろうか。

みじかいながら日本で最初の西洋哲学全史を書いた高野長英、今日までのこっている西洋哲学と人文学の学術語をつくった西周、この人たちの文体とは、おなじく哲学を述べても『死霊』の文体はおもがわりしている。

旧制高校は、一八八六年（明治一九年）に、第一から第五までの高等中学が設置されたことにはじまる。英国のパブリック・スクールを手本としていたので、初期には、社会全体の指導者を養成することを目標としていた。男だけの学校であり、男三百人に一人の進学率だった。旧制高校が十四校までふえても、百人に一人という進学率だった。日本中の男子の〇・三パーセントから〇・七パーセント。（竹内洋「旧制高等学校とパブリック・スクール」『学士会会報』一九九八年一月号）

日本の高等教育がイギリスよりからドイツよりになるにつれて、同時代のドイツの哲学が日本の旧制高校に深い影響をおよぼすようになった。

悠々たる哉天壌《かなてんじょう》、遼々《りょうりょう》たる哉《かな》古今、五尺の小軀《しょうく》を以て此大《このだい》をはからむとす。ホレーショの哲学竟《つい》に何等のオーソリチーを値《あたい》するものぞ。万有《ばんゆう》の真相は唯一言にして悉《つく》す曰《いわ》く「不可解」。我《われ》この恨《うらみ》を懐《いだい》て煩悶終《はんもんつい》に死を決するに至る。既《すで》に巌頭に立つに及んで胸中何等の不安あるなし。初《はじ》めて知る大《おおい》なる悲観は大《おおい》なる楽観に一致するを。

（藤村操「巌頭の感」一九〇三年五月二二日）

藤村操の自殺は、戦争にむかってのぼりつめてゆく日本でなされた。十八歳の一高生ののこしたこの文章は、その行為によるうらづけとあいまって、大きな影響を同時代にのこした。

同窓生の何人かはその下宿がやがて「悲鳴窟」とあだなされるまでに、下宿生があつまって、おたがいの悩みをのべ、ともに泣いたという。死の他に安住の地がないのに、自分がとりのこされて生きているのは、真面目さが足りないからであるとして、みずからを責めた。（安倍能成『岩波茂雄伝』岩波書店、一九五七年）

日露戦争の終戦。大逆事件の名による反対運動家の死刑。日本は国家として大国になるとともに、思想の自由をせばめてゆく。ヨーロッパ世紀末の憂鬱をになうオットー・ワイニンゲルやマインレンデル（これは森鷗外と芥川龍之介の紹介で流行した）の影響で、自殺への衝動は、読書人のあいだにつよい伏流をつくり、自殺を視野におく哲学言語が、この時代の青年たちのあいだにおこなわれ、その流れは大正時代をこえて昭和時代の大東亜戦争にのみこまれるまでつづいた。大正時代の中学生だった埴谷雄高の思索の背景となるものであり、いわば彼の母語である。

レルモントフ、ゴンチャロフ、スティルナー、キェルケゴール、イプセンなどの著作を埴谷は早く読み、マルクス、レーニンにかわる前の、彼の思索の方向をきめた。が、やがてレーニン『国家と革命』を反論するために読みはじめ、読み終ったときには説得されていたという事件があり、そのときから積極的にマルクス主義者として活動するようにかわる。共産党幹部がいっせいに投獄されたことから、二十歳そこそこで、農民運動の方針を起草する指導部の一員となり、やがて検挙される。獄中で、ドイツ語の学習のためにカントの『純粋理性批判』を読み、これがふたたび転機となって、カントが、形而上学の領域では正反対の立言でも根拠をもたずに主張することができて、真偽をきめられないという判定に出あい、それならば、妄想としての自覚を手ばなさずに、妄想の実験記録を文学として書いてゆこうという新しい出発へとふみきる。このとき、大正期の哲学言語は埴谷によって新しい自覚のもとに、ふたたびとりあげられることになる。『死霊』の作者は、マルクス、レーニン以前、そしてスティルナー、イプセン以前の、台湾ですごした幼少時代から心の底によどんでいた気分にもどってゆく。

一九〇三年の藤村操の自殺のおこした波紋に、黒岩涙香の『天人論』があり、泉鏡花の『風流線』『続風流線』があり、埴谷雄高の『死霊』は、それらと類縁関係にある。そう考えるとき、日本の同時代とかかわりなく、天からふったようにあらわれた作品としてではない。百年の巾で日本と世界の風俗を見るならば、この長篇は風俗小説であると言うこともできる。その場合にも、これを風俗小説からわかつ種差は、作者が母語におぼれることなく、それをみずから妄想と判断して、妄想として極限まで展開してゆくその方法にある。すでに一九五〇年に旧制高校は事実上なくなっている。旧制高校の哲学言語の狭さを十分知った上で、とざされたものとしてこの言語の文法を駆使する作者の心の位置から、『死霊』という作品の自由があらわれる。このパラドクスを、この作品があらわれたとき、炯眼《けいがん》の批評家伊藤整さえ読みとれなかった。

一九三三年から、埴谷の視点は、動かない。

3

埴谷雄高が、大正と昭和の重大事件を見ていなかったというのではない。二十世紀の重大な思想にふれなかったというのでもない。しかし、そのふれ方、見方は、同時代の日本の文学者・思想家・哲学者とちがう。

スターリン、シェストフ、ハイデッガー、ゴットル、シュパン、ローゼンベルク、小林秀雄、保田與重郎、サルトル、毛沢東、文壇・論壇の話題となったこれらの人々によりそうとか、しなうということをしなかった。満洲事変以後の「非常時」、「国体明徴」、「大東亜新秩序」、「国体護持」、「デモクラシー」、そういうそれぞれの時代の潮流に身を託して、新聞雑誌の誌上を抜き手をきって進むということも埴谷にはなかった。

無の哲学を数十年来説いた西田幾多郎が矢次一夫にこわれて、大東亜戦争を基礎づける宣言を起草し、おなじく大正以来の虚無思想家伊福部隆彦が戦中に『老子概説』を書いて、大東亜の盟主である日本の天皇が今日、老子の思想を世界にあらわしていると説き、東大新人会の時代にバクーニンの『神と国家』紹介をもって登場した本荘可宗などこれら虚無の哲学者が大東亜戦争の意義を説くのと対照をなして、埴谷は、明治国家の天皇制をふみやぶり、無からの見方にすわりつづけた。ここにはよごれた布を川にひたす、老女の姿勢がある。

この一枚の布は新しく染めかえられることなく、第二次大戦後の高度成長の日本をもくぐりぬけた。

4

時代のもってくるどんな新思想の色にも自分を染めかえさせない一枚の布には、もともとどんな文様が染めだされていたのか。

それは、植民地で見た、日本国民が土地の人を日常の一コマ一コマでさげすみ、人間のくらしをおしまげているという記憶。

東京に出てから青年として参加した抵抗運動そのものが、上部から下部への命令によってしばられているという記憶。

運動の外部からスパイがおくりこまれ、運動の上部がすでにむしばまれ、運動は混乱の中で、確たる理由なく、仲間を私刑にするに至ったという記憶。

作者は、一九三二年三月に検挙され、五十数日を留置場ですごした後、不敬罪および治安維持法によって起訴され、豊多摩刑務所におくられた。肺結核のため、あくる年に何度か病監に移され一九三三年一一月、懲役二年、執行猶予四年の判決を受けて出所。転向調書のうち、天皇制について、宇宙はやがて崩壊する、そのときに天皇制もまたなくなるという主張を、それ以上、追及されることは、なかった。一九三三年にはまだ天皇制を支持し、天皇の下におこなわれている戦争を正義として認めることは、転向の条件とされていなかった。

作者は、検挙される前の一九三二年、農業綱領草案の起草にたずさわっていたころ、後にスパイであることが判明した大泉兼蔵と相知ったが、この人がスパイであることを知らなかったという。

作者の出所後、大泉兼蔵が検察側から日本共産党におくりこまれたスパイであることを知らされ、この人が幹部となっていたことを知らされた。

大泉兼蔵は、一九三三年一二月二三日、小畑達夫とともに、東京・幡ヶ谷のアジトに連れてゆかれ、スパイ容疑で査問された。スパイ容疑を否認した小畑は、そこで心臓ショック死。大泉兼蔵は容疑を認め、党員の前で、自殺するとのべた。党からすすめられて大泉のハウスキーパーとなっていた熊沢光子《てるこ》にとって、これはショックだった。熊沢も査問の席におり、大泉とともに自殺する決意をして、遺書を書いた。

私達が出来得る党に対する最後の奉仕として公然たる死を選んでしかばねをプロレタリアの前にさらしましょう、一ヶ月以上も洗ったことのない体ですが、どうか御免下さい、どうか灰にしてください。

熊沢・大泉の両人は、党の監視つきで目黒の二階家に移されたが、一九三四年一月二五日、自殺決行日を前にして大泉の逃走計画のために警察にとらえられ、同年六月三〇日起訴された。熊沢光子は、一九三五年三月二五日、獄中で日本手ぬぐいを小窓の鉄わくにむすびつけて、首をくくって死んだ。その遺書は、父母にあて、肉親の情にあふれるものだった。二十三歳だった。

熊沢光子（一九一一年八月九日―一九三五年三月二五日）は、福井県武生うまれ。名古屋市の出身で、愛知県立第一高等女学校専科在学中に社会主義に関心をもち、上京して一九三二年日本共産党資金局本部の女事務員となった。中央委員大泉兼蔵のハウスキーパーとなる。大泉が新潟に妻子をのこしていることは知っていたという。（山下智恵子『幻の塔――ハウスキーパー熊沢光子の場合』BOC出版部、一九八五年）

熊沢光子が、伝説上の人であったために、彼女の出身地名古屋では、彼女の自殺は左翼の青年たちに衝撃をあたえた。その記憶は、ながく、青年たちの心にのこった。名古屋の第八高等学校出身の平野謙にとっては、終生忘れることのない出来事となり、がんとの闘病のなかで最後にとりくんだ主題は、このリンチ事件と熊沢光子のまきこまれた事実とであった。それは平野謙の、日本共産党との距離をきめ、国際共産党との距離をきめた。

埴谷雄高は、投獄前に大泉兼蔵を知っていたが、熊沢光子の自殺については、出獄後に仲間うちからきいた。一九三九年一〇月創刊の同人雑誌『構想』の同人にくわわったとき、同人のうちに平野謙、荒正人、佐々木基一、山室静などのちの『近代文学』創立メンバーがおり、とくに平野謙と熊沢光子の終りについて話しあう機会があり、平野の没前の著書の編集について埴谷は力をつくした。リンチ事件について二人のきずなはつよく、戦中の困難な時期、戦後の日本共産党との対立、党からの中傷にたえ、その後の高度成長期のなかでの問題の拡散と忘却のなかで、その記憶はあざやかさを失なうことはなかった。『近代文学』創立同人のきずなの強さは、一九四五年以来、一九六四年の終刊までを支える力をもっていた。その前史は、戦中弾圧期にたえる共通の姿勢にあった。(平野謙「『リンチ共産党事件』の思い出」三一書房、一九七六年)

『死霊』のなかで「死者の電話箱」という発明は、リンチの死亡者からの生者への返信の方法であるが、この長篇について述べる前に、著者の経歴にもどろう。

仲間にうらぎられて密告でとらえられ、とりしらべられるうちに、自分のききがきは検察官によってつくられ、自分はそれに印をおすだけというからくりになっていることがわかった。これが取調べ調書である。

自分の属している党の側でも、自分の行為と思想について、そのときの上部の都合でゆがめた発表をおこなっていること。国家と党との両方の公式記録のあいだに自分はおちているという記憶。

すでにソヴィエト連邦でも、粛清はすすんでおり、裁判所発表の当事者の罪状告白は信頼するにあたいしないという推定。

ここから、科学的社会主義の名の下におこなわれる状況記録は、そこで権力をにぎっているものの都合によってまげられているという推定。

それらは、二十三歳のときの埴谷雄高が独房の壁に直面したときの一枚の布である。日本国体の自覚へのさそいがあっても、日本共産党からの断罪があっても、大東亜戦争開始があっても、日本敗戦と米軍による日本占領があっても、東京裁判があっても、それは、もとの一枚の布に彼が読みこむ智恵によって、その一々の事件にゆすぶられて、自分をかえるきっかけとはならない。

しかしもとの一枚から、どのような文学作品を埴谷はつくるのか。

5

かりに明治新政府成立の一八六八年以後を近代日本と考えるなら、百三十年のあいだの近代日本思想史・日本文学史のなかに埴谷雄高の作品の系譜はない。おなじ転向文学と言っても、島木健作と一緒にすることはできない。中野重治ともはっきりちがう。大正のモダニズムにつらなる思想からの逸脱としても、高見順、伊藤整、高田保とちがう。『死霊』の思想は仏教と類縁関係にあるが、西田幾多郎、暁烏敏、妹尾義郎ともちがう。アナキズムと近しいが、岩佐作太郎、菊岡久利とちがう。これらの人々の転向の軌跡とちがう道を埴谷がとったのは、転向点において、彼の中にあったフィルムの薄さしかもたぬ、しかし、長年月にわたって彼の見るものにたいして有効な濾過装置となる記憶の役割である。

そしてそのおなじ濾過装置が、埴谷の他人にたいするおどろくほどの寛容の支点でもあった。ことに戦後に入って、埴谷は多くの文学者についてすいせん文をよせた。その人の作品にあるすぐれたところを見出して、それを表現することにたけていた。これは、一九三〇年代の知識人の熟慮なき転向を見たものの深い絶望の中から作品を見つづけているために生じた、おだやかな評価であったと思われる。この評価のスタイルもまた、戦後文学の中で、埴谷をきわだった人とする。

近代日本をさかのぼって伝統をさぐれば、埴谷雄高の作品の系譜は、江戸時代の芭蕉の俳諧にあり、室町時代の世阿弥の能にある。戦時中、埴谷は、酒場の雑談で、立川流仏教中興の祖とマダムに名づけられたそうだが、性についての埴谷の造詣は、江戸時代からの遺産である。

雑誌『近代文学』の創立メンバーは、戦後の日本に、戦前とは別の近代をつくろうということにおいては志をともにしていたが、明治以後の日本の近代をつぐことを目ざしていたのではなかった。本多秋五は、自分の批評について、五千年後には認められるであろうという自信をもっていた。山室静は、デンマークのヤコブソンの『ニールス・リーネ』(これは近代)を愛読し原語からの訳者となった人であるとともに、近代以前の日本人良寛につらなる人でもあった。埴谷もまた、明治以前の日本に、思想上の友人をもっていた。

II　すじを追うて

6

郊外にある風癲《ふうてん》病院から、長篇ははじまる。構内に高い塔があり、頂上の大時計が時をうちはじめる。大時計の文字盤には十二支の獣がえがかれている。このことからこの病院が架空の存在であることがわかり、ここにとじこめられている患者がこころゆくまでみずからの妄想をくりひろげることのできる場所であることも察せられる。

ここにながくとじこめられていた旧制高校生矢場徹吾が、今日ここから解放されるので、矢場の高校時代の友人三輪高志(自宅でねたきりである)の弟でおなじく旧制高校生三輪与志(この物語の主人公)が、むかえにきたところである。こうして、風癲病院内にこれまで凍結されていた旧制高校の哲学言語は、社会に解放され、この時にはじまって、逆転して、世界がその時間空間もろともに、とざされた哲学言語によって縦横無尽に論じられることとなる。

魔の三日間がはじまる。

論争の決着はどのようにつくのか。戦後の学生運動家の論争のように、声の大きさで勝負がつくのではなく、同調する仲間の多数か少数かでつくのでもない。論者はそれぞれ孤独であり、ぼそぼそとつぶやくか、あるいはまったく黙ったままである。しゃべりまくるものも、ひとり、いることはいるが。

当事者個人の確信の持久力によって、優勢劣勢がきまる。しかし、論争に究極の終りはなく、究極の決着はつかない。この点では、カントの『純粋理性批判』の批判の規準に合致している。

ただし、論者は決して、カントを権威として引用することはない。カントも、ヘーゲルも、ショーペンハウエルも、マルクスも、レーニンも、出てくることはない。ソクラテス前派の論争もひかれるが、それをになったエムペドクレスも、ヘラクライトスも、デモクリトスも、またソクラテスと彼を語りなおしたプラトンも、名前をあげて引用される権威として論争に力をそえることはない。

作者は、この長篇前の時代に、権威の引用にうんざりしていたのであろう。この長篇の論争が実在の旧制高校生の論争とちがうのは、ここでは夢のなかの論争のように出典はなく権威もないというところであり、そのために、すっきりした形になっている。

7

『死霊』の登場人物は、旧制高校生・もと旧制高校生だけではない。その男たちと交渉をもつ女たち、すまいを提供する在日朝鮮人がいる。この人びとは、小説の大半を占める哲学言語のゆきかいに、どのように反応するか。

主人公三輪与志の婚約者津田安寿子の母親津田夫人は、この旧制高校生の言語にどう対したか。彼女は、口かずの少ない三輪与志にたいしては、はじらいがちの乳臭児として、いらだちをふくむやさしさをもって対している。母親には、そういう人も多い。突然自分の家に入りこんできた首猛夫（与志の兄の旧制高校の友人）がしゃべりまくる哲学言語にたいしては、その意味（意味があるかどうかはあやしいが）に反応せず、生活的語り口をもって、打てばひびくように、口をはさむ。会話の途中で、夫とともに葬儀にゆかなければならぬ時間になって、彼女は夫と一緒にゆく自動車に、この首猛夫をさそう。彼を気にいったのである。

——まあ、解りましたわ。遠まわしに、まわりくどく、ちょっと聞いただけでは何をいっているかも解らぬような仕方で説明して下さった貴方の話が、すっかり私に解ったのですわ。貴方はこういわれるのでしょう？　いまの青年が弄《もてあそ》んでいるのは、とるに足らぬ、詰《つま》らぬ綿屑だ。そう、それは吹けば飛ぶような、重味もない代物だ。だけれど、そんなものをたった一つの玩具《おもちゃ》にしなければならぬほどそんなに青年の魂は冷《つめ》たい、凍るような、荒涼たる場所に置かれていて――その荒涼たる側面を見忘れてはいけない。そういわれるんでしょう？

（『死霊』一章）

首猛夫は拍手した。

そのあと、夫とともに目的地についてからそこで会った娘の安寿子に、首猛夫の印象を語り、安寿子が婚約者三輪与志のたかのしれた苦しみにすなおに共感だけしているのをはがゆく思い、説教をする。

――ええと、高志さん（三輪与志の兄）や与志さんのお友達で、頭の鋭いひとと私は今日会ったんですよ。そう、そう、確か貴方も病院で会った筈でしたわね。風采《ふうさい》に似合わぬ頭の鋭いひとですよ。そのひとが云ってたけど、とにかく自分の軀《からだ》を動かさなければ駄目なんです。凝《じ》っとしていたら凍《こご》えてしまうのよ。貴方みたいにめそめそしてたら、駄目なんです！（略）とにかく、与志さんはつまらぬ玩具《おもちゃ》を握りしめていて――それを、可愛い人形だと思ってるんです。だから、その可愛い人形にこちらがなれば、好いんだけど。ええと、巧《うま》い考えが頭のここまで出てきているようだわ。そう、これは私が自分だけで思いついたことだわ。それは——世の中を知らぬ貴方達だけにしかないってものが、そんな貴重なものが貴方達にあるってことだわ。そう、そうだわ、貴方はまだそんなに若いのにめそめそしてたら、駄目なんです。綿屑がはみ出たぼろ人形を立派な、可愛い人形と思わせるのは、そう、貴方にある情熱しかありゃしないんですよ、安寿子さん！　（同前）

十五章からなるはずの長篇小説の第二章にすでに、哲学言語をくいやぶるほどの壊滅的な批判があらわれている。

8

すきとおる皮膚をもつ、ふとった津田夫人はやがて隅田川べりに、娘の安寿子をつれて姿を見せ、水上をさかのぼるボートの中の三人（三輪与志の友人黒川建吉、首猛夫、そして「神様」と呼ばれる白痴の少女）と合流し、ボートの転覆とともに、綿雲のうかぶ青空の下で、さかさになったボートをめぐって、途方もないオペラがくりひろげられる。

それは、何年にもわたって、青年がそれぞれ暗い個室にとどまってあみあげた哲学言語の繭《まゆ》にほころびをつくり、津田夫人の身体のしぐさをまじえた日常生活語とのあいだにちぐはぐな会話を出現させる。

この美しい野外劇《ペイジェント》は、私が見たことも読んだこともないひとこまで、哲学と日常会話との即興的な対話篇をつくっている。文献にはのこっていない哲人ソクラテスと悪妻をもって知られるクサンティッペの日常の対話もこのようなものであったろうか。

それはまた、「神様」が頭上にしっかりとささえている白い鷗の動きとあいまって、哲人と主婦だけでなく、動物との交歓をふくめたオペラになってゆく。

陸と水、動物と人間、男と女、活動家と隠遁者が、陽光まばゆい大空のもとに、大声で呼びあい、たがいのパースペクティヴを交換する。何らかの理解は、達せられたのか。

――まあ、まあ、気持がいいこと。水のなかのほうが、こんなに素敵だなんてまるで思いませんでしたよ。

と、船底を上にしてひっくりかえったかの船の舳にしっかりととりついた津田夫人は、はずんだ声をあげた。

するとそこに、いつも黙りがちの津田安寿子の問いが入る。

――何かを生涯ぼんやり考えている男のひとは、いつまでたっても、女のひとを愛せないのでしょうか？

その眼は、彼女の婚約者三輪与志の友人の黒川建吉にむけられる。黒川は、白い鷗を

頭におく小さい「神様」を肩車して、三重の塔の形をつくってやはり船腹にとりついていたが、

——半分はあたっています。三輪の位置は、それ以前なのです。つまり、男と女の成立以前です。そのはじめのはじめに、三輪は立ちどまっているのです。外界を自分の中にとりいれて、自己欺瞞へむかってふみだしたくないので、そのはじめのはじめに立ちどまったまま考えているのです。

娘が何も言う前に、津田夫人は問いつめる。

——そんな無理をつづけて、与志さんはいったいこの世で何になりたいというんでしょう?

——これまでの存在のなかにも、これからの存在のなかにもまったくない三輪自身による「自己自身」への創出がそこにあります。全存在への反撥と拒否を敢えて唯一の自己課題としているのです。

黒川の与志像を受けて、津田安寿子は問いかける。

——自分自身のなかだけで考えに考えたあげく、与志さんが、ついに、踏み出すとき、その瞬間は、誰にも、解らないのでしょうか?

——もしあなた自身もまったく三輪同様に考えに考えつづけていれば、この世にありとあらゆるすべては、「その瞬間」をあなたにあたえてくれるでしょう。

——その「ありとあらゆるすべて」とは、いったい、なんでしょう。

——夢みる宇宙、です。たとえば、中空にかかった虹といったものです。光は、つかのまの虹をつくる。しかし光速をこえる暗黒速は、それをつかのま以上のものにかえ、その力を与志が自分のものとするのは、念速によってであり、それは、たえず安寿子の質問を茶化してじゃまをする、となりで立ちおよぎをつづける活動家首猛夫にとっては冗談にすぎないが、三輪与志にとっては真実であり、安寿子もそれを真実とすることができると黒川建吉はいう。

——念速、これは、ただ一方的にひろがりすすんでゆく暗黒速とちがって、一瞬のうちに、相手とあなたのあいだで無限の往復運動をかわしつづけます。

この提案は、津田夫人のいかなるときにも手ばなすことのない日常生活の言語にとってさえ、受けいれることのできるものだった。彼女は娘に言う。

——さあ、安寿子さん、そのあなたのけっしてたじろがぬ心がけがここでいまいちばん重要なのですよ。そして、あなたが川のまんなかで見事に顚覆《てんぷく》するとき、まず水の上につくりあげるのは、ほら、いいですか、そこにあるともいえず、また、そこにないともいえぬあの虹ですよ。そのつぎに、あなたがその自分のなかにかたくしっかり最後までとりおとさずにもちつづけているものこそは、ほかの誰の目にもとまらずすばやく往復運動するあの念速なんですよ、安寿子さん！

傷ついた白い鷗は神様にいだかれていたあいだに回復し、青空にむかってはなたれる。

（『死霊』六章）

このあたりの文体は、独房の構想からおおきくはみだしており、この章全体の場景そのものが、敗戦直後の事実上の落筆当時にも著者の心中にあったとは思えない。

9

やたらにはしりまわり、弾劾に弾劾をかさねる首猛夫は、ねたきりの三輪高志の部屋に入りこんで、おくれてそこにやってきた弟にむかって、旧知の医学生の発明した「死者の電話箱」について説明する。

それは両側からのばされた長いコードの一方の先端に小さなゾンデをそなえたひとつの方形の箱で、死んだとたんの患者の耳にさしこんで死脳から直接にメッセージをきくのである。

ここで三輪与志は口をはさむ。

――そこにまでたちいたると……その医学生は、例えば、《死者の電話箱》の両端にゾンデを備えて、そこに二人並んで横たわっているかもしれない死者と死者とのあいだ

につないでみたことはなかったのでしょうか？　（『死霊』五章）

それでは「死者の電話箱」ではなくて、「存在の電話箱」になっている。

悪徳政治家である三輪広志の家には、高志、与志の他に、認知されずに家の外でそだった首猛夫、矢場徹吾という私生児がいた。二人には、それぞれ、存在を弾劾するばねがある。

首猛夫は、革命運動の末端にいる風がわりの一匹狼として社会をかけめぐり、とらえられて冷たい牢獄にとじこめられた。矢場徹吾もまた、革命文書の印刷をひとりで地下工場をつかいするという孤独のはたらき場所をあたえられて三年間努力をつづけ、とらえられてからは黙狂となって風癲病院にとじこめられ、そこから首猛夫に盗みだされて、首の異父妹とその夫の用意する地下室で時をすごし、そこで念力によって首は、黙狂が語る（と首には感じられた）幻想の中で雄弁をふるう。

それは、存在に対する弾劾の連鎖であり、その弾劾の場ではイエスがガリラヤ湖でわけた小さい魚の抗議、菜食主義者シャカの食べたチーナカ豆の抗議があり、そのチーナカ豆でさえも、生れる目前に処分された小さい生命の抗議の前に黙りこむ。そこから、生きものの食物連鎖をこえて、出現を拒否したものたちのつくる虚膜細胞があらわれて、弾劾の連鎖を見わたす視野をひらく。

あっは、理解できるかな、個と他と全体、自己存在と他存在と全存在の融合をすでに遠く実現してしまったこの俺が！　ぷふい、貪食《どんしょく》細胞の忌《い》まわしい出現のずっとずっとずっと前に深い深い深い真っ暗な闇の地底にだけ住んでいた俺は、これまでの全生物のすべてに知られていないので、この俺自身がその俺自身をあえて命名してみれば、ほら、聞いているかな、虚膜細胞とでも呼ぶべきものなのだ。全体として一つの膜に覆われている俺はまぎれもなく俺という単一の自己存在にほかならなかったけれども、しかし、いいかな、あらゆる地中の無機物が、押せば凹《へこ》み、はいりこめばもとのままの状態で閉じるところのいわば粘着的で透明なウルゴム質である俺の膜をつぎつぎと「透過」してゆき、さらに、その俺の膜ははいりこんだすべてを内包したまま無限大さえへも向って膨《ふく》らみに膨らんで膨らみつづけてとまらぬので、つまり、俺はつねにあらゆる他存在でもあったばかりでなく、ついには自己存在にしてまた全存在となりおおせてしまったのだ！「他」がはいりこめばもとのままに膜が閉じ、そして、無限大へ向って膨らみに膨らんで膨らみつづけた「全」がこんどは出てゆけば、これまた、もとのままに膜が閉じたところの一個の「自」となり戻ってしまうウルゴム質の俺達の種族こそ、徒《いたず》らに苦悩するお前達以前の先住者にほかならなかったのだ！　ぷふい、そこまで覗《のぞ》けるかな、自殺者よ、お前達のなかの哲人とやらが嘗《かつ》て夢想に夢想しつづけた存在と生の背馳《はいち》せぬ無垢《むく》な黄金時代はすでに遠い俺の時代に確然とあったことを！　（『死霊』七章）

漫画の方法でなく、ここまで書くというのは大変なことと思う。小説として、めずらしい達成ではないだろうか。神話の方法、詩の技法、絵画の技法、音楽の技法を思わせる、小説の表現様式をこえる技法である。スピノザの「エチカ」が幾何学の形式をかりて、彼のさぐりあてた神秘的直観を表現したことを思わせる。スピノザには、しかし、彼の後に来る自殺者の系列にふれる、なまなましい言及はなかった。

漫画と書いたのは、私が日本の現代漫画から多くを受けとっているからで、このあたりの表現は、埴谷雄高が、つげ義春、水木しげる、いがらしみきお、宮崎駿、岩明均の同時代人であることを思わせる。埴谷の『死霊』を読み、そのテキストと交流させて漫画雑誌『ガロ』を読む学生たちの多数が一九六〇年以後の日本にはあり、それは大衆社会の栄華の巷を低く見て、それに背をむけてひとりラテン語とはいわず、ドイツ語でスピノザに読みふける大正期の旧制高校の学生とはちがう、昭和・高度成長期の大学生だった。この若い読者との交流が作品に影響をもった。

つづいて音楽が哲学言語をひたす描写があらわれる。

さながら巨大な昆虫が、よってたかって、一斉に深い静かな森の葉々をつぎつぎと嚙み砕いて、一夜の裡に禿山としてしまうほど絶えず口を動かせてざわめき響かせる《不快交響楽》がそれ以来俺達に向って聞かせつづけられることになってしまったのだ。ふーむ、思い起しても、遺憾《いかん》の極みは、俺達虚膜細胞の全歴史にとってまったくはじめてもめにもめ、紛糾《ふんきゅう》に紛糾を重ね、大きな食いちがいのなかで取り戻しがたい大混乱を惹起《じゃっき》しつづけた最高最大の危機であったウルガイスト全体会議において、果てしもなく増大に増大をつづける《不快交響楽》の絶えざる奏者、この貪婪《どんらん》無慈悲な貪食《どんしょく》細胞群の出現をまったく異った種族、許すべからざる異種の存在としてついに容認できず、この地底から永遠に立ち去ってしまう多数派と、たとえ貪食《どんしょく》細胞にその虚膜を嚙みしめられてもその破れた孔口を自然に閉じて貪食細胞をそのまま「透過」せしめてしまうことをいわば不遜《ふそん》にたかをくくって予覚しながらこの暗い地底になおとどまる少数派の両派にわかれたとき、その暗い地底固執の少数派にこそこの俺が加《くわ》ってしまったことだ。

(同前)

多数派の宇宙大移動がおこなわれる。このあたりにはブラッドベリーらのSFの影響が感じられ、それも一九四五年着手のときのスタイルからはみだしている。

地底にあえてとどまった少数派は、自分たちの代表に「食われ専門の植物性プランクトン」をつくりだして、巨大な悪の体系を地上につくりだすことに加担する。その体系創出の途中で、「見つけたぞ」と言っては論争をいどむ相手をなぐりつけて前進する、そのもとは、光にあった。光こそは、対象を赤く黄色く白くそめなし、まばゆくかがやくよそおいをさせるもとの力である。そこに、

「ちがうぞ」

と言って、夢の中の夢として出てくるのは、無出現の思索者で、それは、満たされざる魂から、たえず新しい宇宙の創造をめざしてきた。しかし、その無出現の思索者をも弾劾しつづけるものがあり、その批判は、無出現の思索者が、あり得るものばかり次から次へと創造することにある。「嘗てまったくなく、また、将来も絶対にあり得ぬもの」の創造に専念すべきであるのだ。

これまでもたらされた全宇宙史は、すべて、誤謬の宇宙史にほかならぬ。（同前）

宇宙が、存在のわくである時空をみずからとりはずすとき、それが太初の自在宇宙のふたたびのはじまりに他ならぬ、という。

この対話は、首猛夫の夢の中でおこなわれる矢場徹吾との対話であり、一個の人格の中に黙狂と饒舌家とをかねる作者の身についた語り口である。夢の中の夢からさめて、首猛

夫の三度たたく合図に密室の天井はあけられ、そこに黙狂矢場徹吾をのこしたまま、首はもう一度、世間に出てゆく。

10

かつて矢場徹吾の孤独の仕事場だった在日朝鮮人李奉洋の印刷所を出て、月光の下を黒川建吉と津田安寿子と「神様」とが歩いている。

安寿子は黒川に、三輪を占領している理念について問いつづける。

「いいですか、『自己』をそのままそっくり『自己自身』とはとうてい認めることができぬ種族のなかで最も原質的な人物に惚れてしまったのです。」

というのが、黒川の説明である。

旧制高校の基底言語は、十九世紀ドイツの哲学の言語である。哲学にひかれる人は、誰しも、こどものときに一度はおそわれる、自分だけがこの世界に生きているのではないか、他の人は、自分とおなじようにできているようにみせかけている人形ではないか、というひらめきを、少年以後にも手ばなさずにいる型の人である。そういう独在論は、ただひとつの哲学体系を編みつづけるわけではない。自分ひとりから出発して、ちがう型の独在論があらわれ、ちがうタイプの独在論の交錯の場になるのが、旧制高校である。

それでは、旧制高校から身分上疎外されている、独在論者の母親、独在論者に心をよせる娘はどうなるのか。それはこの『死霊』のひとつの筋と言ってよい。マンだけが、人間であり、ウーマンというのは、別の種である、というのがヨーロッパ語にかくれている分類学である。生物学から言えば、人間はもともと女性であり、発生後しばらくしてわかれたものが男性であるということになるが、ドイツ観念論は、そういう見方をとらない。

三人は晩夏の月光の下を歩みつづけて、運河のそばの木造建築の近くまで来ると、そこから、昼間は保母としてはたらいている尾木恒子がまっすぐに進んできて、津田安寿子の両手をにぎりしめる。初対面ではあるが、尾木恒子には、(三輪与志の許婚者とうわさにきいていた) 安寿子にはなしたいことがあった。

安寿子さん、私達の遠い昔のひとびとがのっぴきならずそこへ踏みこんでしまわねばならなかった「心中」を御存じ……? この「心中」は、男と女の二人でおこなわれると普通いいますけれど、そのとき、心の深い真実をこめて実際に「心中」したのは、私達、女だけだったのです。安寿子さん、お解り……? 男は、すべて、必ず、そのとき、どうしても死なねばならぬ重い犯罪やとうてい逃げおおせきれぬ暗いどんづまりの窮境に追いつめられた果て、まぎれもない「自殺」だけをしたのです。それに対して……どうでしょう、安寿子さん、女は、格別何ら死ぬ理由などこの世のなかの何処にも何一つないのに、ただ愛する男が死ぬというたった唯一の深い悲しみにのみ耐えかねて、自分自身がもっている唯一最高の真実である自分自身の死を愛する男の死のなかへ、悲しみの果て、いとしみの果て、無理やり投げこんでしまったのです。

（『死霊』八章）

かつて尾木恒子は、たずねてくれるなと言われていた屋根裏部屋に、しばらく音信のたえていた姉に会いに行った。そこには二つの死体があった。寒い冬のさなかだったが、死後わずか十日ばかりしかたっていないのに、もう臭いがしていた。ひとりは姉であり、もうひとりは、姉の愛人だった三輪高志（与志の兄）ではなく、「一角犀」というあだなの、組織上の紛糾の中でおいつめられた同志だった。姉のさげていたロケットをあけて、恒子は、その中の写真の高志の眼と自分の眼を見合せていた。そこにおいてある幾冊かの本の中から、高志の書いた「自分だけでおこなう革命」というリーフレットをとりだした。そこにはこう書いてあった。

生に「無反省」「無自覚」なまま、子供を産んだものは、すべて、愚かな自己擁護者であって、巨大な生のなかの自己についての一片の想念だに彼の脳裡を掠《かす》めすぎたことはない。自己と自己の家族の愚かな肯定者、自足者である彼は、つねに、ただひたすらひたむきの保存者であって、自他ともに顚覆《てんぷく》し、創造する革命者たり得ない。ただ「自覚的」に子供をもたぬもののみが、「有から有を産む」愚かな慣例を全顚覆し、はじめてまったく自己遺伝と自然淘汰によってではなく、「有の嘗《かつ》て見知らぬ新しい未知の虚在を創造」する。

生の全歴史は、子供をもたなかったものの創造のみによって、あやうくも生と死の卑小な歴史を超えた新しい存在史の予覚をこそもたらし得たのである。

従って、この命題を厳密且《かつ》至当に辿りゆけば、ひとりの子供だにまったく存しなくなった人類死滅に際しておこなわれる革命のみが、本来の純粋革命となる。子供をのこしてきたこれまでのすべての「非革命的」革命なるものを顚覆する純粋革命こそ、これまで絶対にあり得なかった不思議な知的存在者をついに創造し得た唯一の栄光をもった最後窮極の革命にほかならない。（同前）

二つの死体のそばでこの三十ページのリーフレットを読んだ一時間が、尾木恒子の生涯をかえた。それからは、保育所から自分の部屋にもどってから、姉の胸からとりもどしたロケットをかたわらにリーフレットをおいて、この章句を読みかえすことが、彼女のほんとうの夜の課業となった。

そして、そのあげくに彼女はさとった。何の恋愛関係もないままに「一角犀」と「心中」した姉は、実は三輪高志の思想そのものと心中したのだと。彼女の行為には、死以上の死の全反抗の魂が密封されていたのだと。

この物語から、安寿子はちがう連想をひきだす。

「人類滅亡のとき……その私達のなかに『隠れて』いる無数の何かが、『われならざる虚在のわれ』についについになるんだわ！」

安寿子を見つめている尾木恒子は、昨夜、三輪与志がここにおとずれてきて、そのとき、このベンチの上で、赤ん坊をだきあげたと、つたえる。兄とおなじく人類史拒否の与志がこどもにやさしかったことは、安寿子を、あかるい気分へとみちびく。

11

これは三日間の物語である。

津田安寿子は、十八歳になった。この二日間で彼女と知りあいになったばかりの人びとが、婚約者の三輪与志とともに、誕生日に津田の家にまねかれる。彼女が、誕生日を機会に、三輪与志について知りたいと思ったからである。

風癲病院院長岸博士は、院外の狂人である三輪与志に、自分のみていた精神病患者のつくった実験器具を使って、自己内部にはかりしれぬ悲哀を保ちつづけているものも、重力からは自由になれぬことをつげ、与志の狂気をなおそうとはかる。すると、そこにすわっていた黒服の男が、重力にひかれておちるのはむしろ稀な例だと言いだし、虹は深い谷と深い谷のあいだにかかっていて落ちないし、夢みる男は夢をみているあいだも重力にかかわりはないし、夢のなかにあるものこそ、無限存在的「存在」であると言いかえす。

宇宙もまたその暗い頭蓋《ずがい》のなかで打ちあげ花火のような夢を見つづけているのであり、われわれに「宇宙的なもの」が存するのは、ただ夢においてだけで、無限がのぞけるのは、夢の思いもかけぬほのぐらい窓をとおしてだけだ。

「無限存在」を夢みるとは、「存在せぬ存在」をも夢みることで、この「存在せぬ存在」も、夢によってのみしか眺められませぬ。と申しますより、むしろ、夢は、嘗《かつ》ての「存在し得なかった存在」、そしてまた、やがてくる「存在し得ぬ存在」を、唯一無二にただひたすら不可思議永劫に眺めつづけていると申しあげたほうがよろしいかと存じまする。

（『死霊』九章）

黒服の男は、与志が自分の問題としている自同律の不快（「私は……」と考えはじめて「私である」におちつくまでに、ひらめきのようにその間にうたがいがあらわれて、この自同律の自明の理を完結させせない不気味な気配）にも、明快な解釈をあたえる。

私は私として出現するためには、一個の精子として他の数万の精子をしのいで殺してしまったのであり、その私の前に、何億の精子が殺されて「未出現の兄弟」となったのであり、この私だけがえらそうに、「私は私である」のは自明の論理などと断言するのを、夢のうすくらがりの中にひしめきあう無数の未出現の兄弟が声もなくあざけっている。その声のないあざけりを、断言のあいまに、スキマ風としてききわけるのだという。

黒服のとなりにだまってすわっている青服は、存在を拒否する大宇宙に属するものであって、この宇宙における「ある」と「ない」の変型様式は、大宇宙のなかの「存在」と「非在」、「虚無」と「虚在」とに、夢という連結機関によってつながっていると、黒服は青服にかわって述べる。青服が発言そのものをひかえてただここにすわっているのは、この生の領域における「ある」と「ない」を超える虚体であるからだ。

ではなぜ、青服は、暗闇のなかから今日ここに出てこられたのか、と津田安寿子はたずねる。

青服はテーブルにふれるほど前かがみになって、ゆっくりとかたほうのてのひらを、さしだす。

——お嬢さん、のっぺらぼう、を御存じでしょうか。

そのおおきなてのひらでなでられると、宇宙の花火はかきけされるという。

これに対して、津田安寿子は、さらに問いかえす。

この全宇宙のはじめての創出は、どうなるのでしょうか。その創出もまた、のっぺらぼうのおきなてのひらで、かきけされるのでしょうか？
——ほう、何が、はじめて全宇宙に創出されるのでしょう……？
——与志さんの、虚体、です！

このようにして、この書物は終る。しかし、原稿の形でのこされている終章は余韻のようにさらに書きつづけられている。

三輪与志と津田康子《ママ》の二人の影は、月光のなかで、影と影こそが実体であるかのような私達の精神を月光のなかに浮き出させながらなおも月光の奥へ奥へ踏みいっていった。

《死霊》了。

Ⅲ　ひろがり

12

恋愛小説として読めるこの難解な長篇小説が、旧制高校のなくなった戦後好景気の日本で、どうして政治上の影響力をもったのか。

著者は、着想を得た一九三三年にも、着手の一九四五年にも、津田安寿子の誕生日の宴でこの長篇をしめくくろうと考えてはいなかっただろう。十五章書くつもりでいたのが九章まで、五日間の出来事として構想された物語は、三日間で打ち切られた。誕生日のあとに、さらに首猛夫が活躍し、その爆弾で黒川建吉が殺されるという劇の展開があり、終り近くにジャイナ教をひらいた大雄と仏教をひらいたシャカとの架空の対論を与志が安寿子にマンホールの中でものがたるというところでしめくくり、そこにあり得ない宇宙があらわれるという。しかし、後続六章を欠くとしても、この荒唐無稽の長篇には、政治との明確な接点がある。

そのはじまりは、著者が日本帝国の植民地台湾にうまれそだったことにある。自分にやさしくする父と母が、台湾人の車夫や物売りにむごいあしらいをする。自分の家を安住の地として無条件にうけいれる姿勢は、著者にとって、はじめからなかった。著者は、自分の部屋にとじこもることを好んだ。後に独房に入れられたときにも、それほどいやに感じなかった、という。

ひとり考えることをくせとする少年は、(父がなくなったので)一家の「愁いの王」となって、母、姉、やがては妻にかしずかれ、出獄後は病いを友としてねたきりの生活をおくる。それが、この物語の実生活上の背景である。

台湾から東京に移ってきてから、著者は、スティルナー、イプセンを読み、石川三四郎をたずねて『ディナミック』の購読者となる。その線上をそのまま進むことはなぜなかったのか。埴谷雄高の著作を戦後の初期に読んだとき、このことが、私にとっての難所だった。著者の孤独癖からすれば、同年輩の少年・青年がこぞってボルシェヴィズムになだれこむとしても、彼らからはなれて友ひとりなくとじこもって自分の考えを編みつづける道から彼はどうしてそれたのだろうか。

著者は、二十歳を超えたばかりの青年として、すでに（ボルシェヴィキから敵視されるマフノの農民運動やクロンシュタットの反乱へのソ連の弾圧を知りつつ、ソ連反対派の立場からレーニンの『国家と革命』を読みボルシェヴィキの側に立場をかえた。日本共産党への政府の弾圧はきびしく、指導者たちは根こそぎ投獄され、著者のような若者が幹部となった。著者は、内部からの警察への通報によってとらえられる。この事件ののこした精神の傷跡が、『死霊』という長篇を支えている。スパイのハウスキーパーとして汚辱の中に死んだ熊沢光子の眼から革命党を見たら、どう見えるか。それは死者の妹（この物語では尾木恒子）から津田安寿子へと語りつたえられる。

実際に埴谷夫人はスパイ大泉にハウスキーパーになれと言われたことがあるそうで、そうなると熊沢光子の役を埴谷夫人がになうこととなる。この事件のなまなましい記憶をもって、二十代後半に入った埴谷雄高は、この傷のゆえに、翼賛運動下に移入されたさまざまな新思想にまどわされることなく戦争をたえ、戦後になされるスターリン批判以後の共産党の新しい路線に心をうごかされることもない。

一九三〇年代の、みずからマユをつくってそのなかにとじこもり、時代の流れに距離を保ちつづける、その姿勢が、ひとつの政治的決断であることを理解する読者が、戦後の青年層からあらわれた。読者の一部が、一九五九年一二月、一九六〇年五月・六月に、自分個人として政府の決断を否定して国会に突入する。自分個人の意志で国会に対する大衆があらわれたとき、埴谷は自分自身でその人びとの中に入っていった。反対の努力がみのらず、指導部が分裂して、おたがいに暴力をふるい、殺人の連鎖がおこったとき、この「内ゲバ」批判にのりだし、このことから彼は身をひくことはなかった。それは現実と無縁に見える『死霊』と現実とのつながりである。

13

『死霊』がはじめて書物の形で真善美社から一九四八年に出されたとき、埴谷雄高は、すでに十五年来自分のなかで熟成してきたこの作品の方法を、みずから簡潔に説きあかしている。

その結果、私がとったのは次の三つの方法なのであった。即ち、極端化と曖昧化《あいまいか》と神秘化――。

（『死霊』「自序」）

埴谷雄高によると、思考はつねに極端にむかう。自分の主張に保留条件をつけて、主張の意味が極端にむかって飛びたつのを防ぐこともできるが、そういう保留条件をつけるのをいさぎよしとしない、旧制高校風の美学があり、この架空の物語では、現実と交渉をもつ大人がつけるかぎりない保留条件の連鎖を、作者は意識的にたちきっている。保留をつけることを、おじさん風できたならしいと見る。考えを小出しにして、状況ごとに前の判断を修正しながらつぎ足してゆく、ピース・ミール・シンキングを、日常生活に足をとられたみみっちいものだとする。

極端化の方法をつらぬいて、ひとつながりのながい妄想の物語を書くためには、物語の出発点は、現実世界の歴史上のある時、ある場所であってはならない。この約束をやぶってしまえば、このはなしは、昭和八年（一九三三年）冬の三日間に東京でおこったこととして解釈できるが、著者が設定したこの物語の約束によると、開巻冒頭にあらわれるのは、この世界にはあり得ぬ永久運動の時計台である。

物語は、どこでもない、だれでもないものの夢であり、その夢が、この宇宙と言わず、あり得ない宇宙につながっている。それを表現するには、断定に断定をかさねる極端化の方法だけにたよるのではむずかしく、著者にとっては不本意ながら、別の二つの方法、曖昧化と神秘化でつないだ。作中随所に見られる「かのように」の濫用。たとえ、また、たとえ。そして風景の描写をとおしてかもしだされる気配。この二つの方法の多用によって、『死霊』は探偵小説仕立てではあってもポウの「メールストローム」のような（ポウの「ユリイカ」を思わせるところもあるが）論理小説とはちがう風合の作品となった。この作品はむしろ、もっとも早い時期に書かれた武田泰淳の「死霊」論「〝あっは〟と〝ぷふい〟」（一九四八年）の着目したように、室町時代以来の能狂言の幽玄の美につらなる。おなじく室町時代以来の俳諧とも地つづきである。

十九世紀ドイツ観念論からぬきとられた旧制高校生ふう哲学言語は、日本の伝統から切りはなされた舞台をつくりだしているようにも見えるが、物語になれてみると舞台はむしろ枯山水の庭園であり、中国（あるいは台湾）・日本の水墨画の画中にさそいこまれる。ドイツ観念論はともかくとして、ソ連流の社会主義リアリズムをはじきかえす表現方法である。藤村操への親近関係は否定すべくもないがさらに世阿弥に近く、芭蕉に近く、明治以後でいえば幸田露伴（「観画談」）に近い。

14

一九四八年版の序文で、著者は、ドストエフスキー『カラマゾフの兄弟』「大審問官」の章から、文学がひとつの形而上学たり得ることをまなんだという。

そして、その瞬間から彼に睨《にら》まれたと言い得る。私は彼の酷《きび》しい眼を感ずる。絶えざる彼の監視を私は感ずる。ただその作品を読んだというだけで私は彼への無限の責任を感ぜざるを得ないのである。

（『死霊』「自序」）

ひとつの形而上学として『死霊』は、さしだされた。明治以後の日本の哲学史にとってそれはひとつの大きな仕事だった。

西田哲学との対比を考えることができる。西田幾多郎は、『善の研究』において、ウィリアム・ジェイムズの「根本的経験主義」から「純粋経験」という言葉をとりだし、自分の坐禅の体験の中にこの言葉をひたして、西田独特の概念を得た。善悪についてのさまざまの理屈をとりはらって、自分の底にある存在の鼓動にききいるとき、それが、善悪の理屈をこえる純粋経験であり、それが善である。ここには、生への出発があり、それは、『死霊』にくりひろげられる「自同律の不快」と対立する。

西田自身の生の哲学の展開は、同時代の日本国家の政策の変化と国民の感情の変化の中で、大東亜戦争の理論の基礎づけにまで彼を導く。それが最初の著書『善の研究』のただひとつの論理的帰結であったと、私は思わない。

しかし、植民地をもつ日本国への批判、ソヴィエト連邦に追随する立場への批判をもあわせてつらぬき、内ゲバ批判をもって政治との接点とした埴谷雄高の著作と生涯にくらべて、おなじく無の概念から出発しながら同時代との交渉において西田幾多郎は対照をなしている。

15

『死霊』が西田哲学とちがっているところは、もうひとつ、『死霊』がこの物語を、妄想としてくりひろげ、誰しもが受けいれるべき普遍的な思想としてではなく、一個の参考品としてそれを同時代に提出している慎重さにある。

だが、妄想として自覚された形而上学としてではなく、哲学小説としてこの作品を受けとるとすれば、そこには、不足がある。

そのひとつは、科学を方法としてでなく、結果としてのみとらえて、作中人物の思想の部分に援用したことである。

文学とおなじく、科学もまた何かの価値判断を前提とする物語であり、それが、個人それぞれの物語（妄想をふくむ）とどのように合流するかは、哲学の主題である。

しかし、ひとつの概念がどういう条件で意味をもつか、その概念をふくむひとつの命題はどういう実証を得たときに真とされるかは、科学の方法としてゆるくも、きびしくも、守られており、その側面を見ないで、科学が主として科学技術をとおして達成した結果をよりどころとして論をすすめるのには不都合がある。

『死霊』には、ことに戦後書きすすんでゆくなかで、同時代のミトコンドリア、DNA、クローン羊からうけた刺激がとりこまれ、宇宙衛星、人間の月面到着、ビッグ・バン推定から受けた刺激もとりこまれており、それらは、ソクラテス前派の哲学からの演述、ドイツ観念論風の立場と、なじんでいるとは言いがたい。埴谷によるギリシア哲学の要約はプラトンまでであり、アリストテレスに対しては無視に近い。それは、彼がドイツ観念論に哲学言語の原型をとって、イギリス経験論をわくの外におくことに対応する。

クローン人間の可能性については、主人公の立場の根底にある、男女は必要かという議論とからむ重大な主題なので、ここでの作者の筆さばきは、終りをいそがずもう少し慎重であってほしかった。「自同律」へのうたがいを提出したように、科学上の結果の解釈にも、うたがいを保留する仕方に工夫をのぞみたかった。

ここでもうひとつ疑問をさしだすとすれば、埴谷の『死霊』自序のなかに、明晰化への自分の努力不足をみずからせめるくだりがあるが、そこは敗戦直後の明晰ごのみの流れ(近代主義)におしまけている。曖昧《あいまい》をイカがスミをふいて逃げる手段と考えなくともよいではないか。はっきり言わずに逃げるためのわざとつくった曖昧《あいまい》とちがって、そこから何かがうまれる予感がするが何がうまれるのか作者にもまだわからないために明晰化をさける曖昧もある。「あっは」と「ぷふい」に託されるメッセージに自分の思いを託しきる姿勢がほしい。

い考えである。

「自同律の不快」は、現在の小学校、中学校、高校、大学の教育課程に、影響をもってい

　まず、状況を概念に移しかえるところに、うたがわしさがのこる。そのうたがわしい概念Aを言語として、「Aは……」と語りはじめるとき、みずからの語り口の尊大さが気にかかって当然であり、そのAが「Aである」におちつくのが人間の言語の底にうめこまれた一般文法であるとしても、そのように歴史上の舞台で発言するときに、自明の理の主張に伴走してひらめきのように、自己嫌悪と人類以外の思考へのねたましさがあらわれるとしても、その嫌悪とねたみとをおしころさずに保存するほうがいい。こうして、その場で教師の言うことをまるごと受けいれ、試験ごとに出題者である学校の権威をうけいれて○と×とを断片的に記してゆく流儀に、生徒は保留をもって対しつづけることができる。『死霊』の語り口が、リズムとして、教師に、また親たちに、そして生徒に、影響をあたえる道であってほしい。

　三輪家の子どもたちが、嫡出子と婚外子の区別なく共有するものは、うまれてこないほうがよかったという気分である。そのなかで主人公三輪与志は、しかしうまれた以上、あたらしい生をみずからつくることなく、すでにうまれたものを殺すことなく、自分をおわりまで味わってみよう、という考え方にむかう。すくなくとも、そう考える途上にあるようだ。その過程で、生きることにともなう不快を味わうことを、自分が生きる原動力にし

たいと思っている。その生きる力の一部として、あり得ないものの気配があり、自分は生きているかぎり有の側にあってことをさばく他ないのだが、自分を支えるものは、決してないもの（無）であることの自覚であり、有は無に支えられ、無にのみこまれて終る。

主人公の思想をたどると、そういうことになるが、それを自分のものとして小説の外で生きると、現実の世界から自分をとざしてゆくはたらきを助けることになる。それは、この百三十年ほどの日本の同時代の流れに逆行して、刻々の刺激をすべて進歩と発展とみなしてとりいれてゆく論壇、文壇、世論（つくられた世論）と無縁な場所を自分にとって確保することに役だつだろう。

マユにとじこもる方法が、目前の出来事に眼をうばわれずに、もっとながく大きく出来事をとらえる方法をひらく。それが一九三〇年代に埴谷の転向がつくった方法であり、二十一世紀をむかえる現在、その効力を失なったとは言えない。

五日間の劇を書こうとして、三日をえがくにとどまったのは、『死霊』が未完成だったという事実でもあるが、着想から六十年、着手から五十年、思想の熟するままに歩みつづけた足どりそのものが、現代と近未来への『死霊』の呼びかけである。

私は、埴谷さんとのつきあいはほとんどなかったが、わずかに見たその人の姿を書きとめておく。

竹内好がなくなり、東京・信濃町の千日谷会堂で、葬儀があった。寒い日だった。はじめに中国文学研究者の長老・増田渉が弔詞を読んだ。しばらく言葉がとだえ、急に倒れた。うしろにいる席で、私はおそらく年少なので助けおこすべきだと感じたが、自分の不器用さを考えて動かなかった。誰も動かないなかでひとり、埴谷雄高が列席者をぬけて、倒れている増田渉の舌下に、自分用のニトログリセリンをふくませた。列席者をひとりぬけでて、倒れた人のそばによる埴谷さんの姿は、ラグビーの名選手のように機敏でしなやかな動きだった。この人は、実人生においても、死生をこえる覚悟をもっていた。

付記。次の本に助けられた。

埴谷雄高・立花隆『無限の相のもとに』（平凡社、一九九七年）
松本健一『埴谷雄高は最後にこう語った』（毎日新聞社、一九九七年）
白川正芳『埴谷雄高論全集成』（武蔵野書房、一九九六年）
白川正芳編『埴谷雄高独白「死霊」の世界』（NHK放送、ディレクター片島紀夫、NHK出版、一九九七年）
白川正芳『始まりにして終り——埴谷雄高との対話』（文芸春秋、一九九七年）
埴谷雄高・小川国夫往復書簡『隠された無限』（岩波書店、一九八八年）

さらに、この本印刷後、白川正芳『埴谷雄高の肖像』（慶應義塾大学出版会、二〇〇四年）が出た。

晩年の埴谷雄高——観念の培養地

可能性の海の中の小さい島が、この現実である。

1

この直観を手がかりに、埴谷雄高は二十歳以来、現実よりはるかに大きい可能性をとらえる仕組みとして自分の内部に観念の培養をつづけた。

普通は若い時だけにおわるこの観念の培養に、青年、中年、老年をとおして、彼はうむことがなかった。彼の力わざを八十代にいたるまで持続させたものは、何か。

晩年に入って、埴谷雄高に、もうろくのきざしが見えた。

そのもうろくは、これまで自分自身におこったことをつとめて書かないようにしてきたいましめを、ゆるくする。

彼はもうひとりの文学者に、自分の言うことを書いてもらうことにした。

昨年（一九九六年）の二月頃、「白川君、君が僕のことを一番よく知っているのだから、僕の最期を見とどけてほしい。物書きに最期まで見とどけられた作家はこれまでいないので、それをぜひお願いします」と言われた。（白川正芳『始まりにして終り——埴谷雄高との対話』文芸春秋、一九九七年）

一九九七年二月一九日、埴谷が八十七歳でなくなるまで、白川正芳は一年あまり毎日のようにその家にかよい、数百時間にわたってテープにはなしをとり、その日のことを家にもどって記した。

もうろくは、自分におこった古い出来事を、老年のそのとき・そのときの状況にもとづいて、一挙に照らしだすことがある。これまでの六十数年の埴谷自身の著作よりもはっきりと、白川との対話録に、埴谷自身に映じる埴谷の過去のすじみちが見える。

たとえば、台湾で育ったころのこと、日本内地の家系上の出身とのつながり、それらが、初期の埴谷が自分に許さなかった語り口で、そのもうろくのゆえに明らかになった。

2

埴谷の考えを最晩期にいたるまでつらぬく糸は、自己への固執と無への固執である。その二つがシャム双生児のようにはじめから背中あわせになって、同時に出現する。自己は自己への不快をともない、自己意識的自己同一はなりたたないのではないかという疑いにつつまれ、したがって、自己が自己に安住することは不可能であり、自己への固執は同時に自己の消滅にむかう。

それは、彼が出現した場所が植民地だったことからはじまる。埴谷がはじめに存在した場所は、日本文化にすっぽりとくるまれている自明の場所ではなく、日本文化と今いるところの文化とのあいだに、はじめから亀裂があった。にもかかわらず、そこは、自分が君臨している場所でもあった。

埴谷雄高の母は、埴谷にとってやさしい人で、善い人の原型といってよく、対立は、埴谷が共産党の非合法活動で家を出るときを別として、それまでおこらなかった。彼が下獄するときにもうろたえず、父親の遺産を家作にかえて、埴谷出獄後の結核療養期の生活の基礎をつくった。

「豊は三十までは生きられないだろう」と言い、冬になると毎日、温湿布をした。

埴谷夫人によると、埴谷が三十歳をすぎたとき、母は「もうあとは煮ても焼いてもいいわ。あなたにあげる」と夫人に言い、自分がなくなるときに「ユタカを頼む」と言ったそうだ。

人間が生きてゆくということのなかには、永遠を求めることが含まれていると埴谷は考える。そのことを実人生のなかで示すものは女性であるという。そう考えると、真実を求めるかたちと、女性が生きてゆくかたちとは、異種同型である。


「女性のほうが真実に近いわけなんですよ。ということはですね、子供が生めるということですね。自己を再生産できるということは真実を再生産するのと同じなんですよ。大変なことであって、真実になるまで、子供を随分育てなければ一人前にならない」

「そうですね、生命であることの一つの条件は自己複製ですからね」

「そういうことですね。しかも似た者になるだけで、完全に神様になっちゃうというのはないんですよ。子供を神様に育てようと思っても、神に近くなるだけであって、神様にはなれない。永遠になろうという努力はするんだけど、そのために我々の文明は発展したわけだけど、いくら発展しても発展し終わったということはない」


同時に、埴谷は自分の子孫をもつ道を絶つことで、かかわりのある女性が、真実に向かう道をとざした。

良妻賢母は、埴谷の文学上の趣味からすれば苦手だったと思うが、埴谷が母について語る時、埴谷の内面にある母の姿は、そういうものだったようだ。埴谷の母は、鶴見祐輔の小説『母』（一九二九年）を読んでいて、その女主人公（母と同名）に近い人だという印象を息子にのこしていた。

その埴谷にとって、母親がうとましく感じられたのは、幼いころ母とつれだって町を歩いたとき、あるいはいっしょに人力車にのったとき、母が台湾人に対して、親切とは見えないそぶりをすることだった。父親はもっとはっきりと不親切であり、現地人をなぐることもあったが、しかし父親の場合、家庭内にあっても母をなぐり子供をなぐったから、内と外との一貫性はあった。

3

一九〇九年に台湾の新竹でうまれた埴谷雄高は、台南近くの三崁店《さんかんてん》に移り、一九一三年、かぞえ五歳をむかえたときに、武士であるからには字を書けなくてはいけないと父に言われて、筆で字を書かされた。一九二三年正月、かぞえ十五歳をむかえると、おとそをのむときに元服式をした。零歳から十五歳まで、埴谷雄高は台湾で日本の武士として育てられていた。

元服するときに、切腹の作法を教えられた。

「埴谷さんもお父さんから教わったんですか」

「そうです。短刀をこう足の前に置く。息を吹きかけたら刀が曇るからだめ。できるだけ息を止めて、抜いて置く。昔は切腹は真似だけで、腹に刀を突き立てた途端に、介錯人が首を落とす。五臓六腑をつかみ出すというのは小説の話で、実際はちょっと突き立てただけで首を切ってしまう。侍には全部、元服の時に教えたんですね」

自殺は、年少のころから埴谷雄高にとって自分の問題だった。どういうときに、自殺しなければならないか。残念ながら、これについての証言は残っていない。

「埴谷さんのお父さんはどういう方だったんですか？」

「最初は税務官吏という役人だったんです。それが台湾に行って、税金を取っているときに製糖会社に見込まれて、会社に入った。台湾製糖という、台湾では割合に古い会社です。しかし、いきなり偉いところに入ってしまったから、僕はある意味で得をした。日本人は不思議なもんで、親父が偉いと、子供まで偉くなっちゃうんです。『豊ちゃん、豊ちゃん』って尊重されてしまったからどうしようもないですね。うちに来るのはみんな親父の下役なんだから、みんな『ちゃん』づけなんです。子供のときからそうだから、自分でも『豊ちゃん』だと思っちゃってどうしようもないですよ。小さい頃からえばらせられちゃった。

そうすると、なんとなく『豊ちゃん』は抜きんでていないといけないということになる。小学校の時は、台湾人の学校にいって、僕自身が演説をさせられる。演説といっても、本の暗唱をするんですね。それで、小学校のときから『豊ちゃん先生』ということになっちゃった」

4

埴谷雄高は、自分の文学が書物からあらわれたように書いた。すぐれた文学はすぐれた文学からうまれるという主張をくりかえしのべて、やむことがなかった。この考え方は修正を必要とする。

文学のあらわれる前に、その文学をになうその人なりの肉体の反射の系列がある。文学のあらわれる前に、言語は必要だろう。すぐれた文学書など一冊も読んだことがなくとも、文学はあらわれる。しかし、埴谷雄高はそう思ってはいない。人類がこれまでにあらわしたもっともすぐれた文学作品の系列が、埴谷の前には、ひとつのヴィジョンとしておかれていた。その意味では埴谷は明治の人であり、文明の信者だった。

埴谷は文学者としての自分をドストエフスキーの伴走者として位置づけているが、彼がドストエフスキーと出会う前に台湾製糖があり、会社の付属小学校に台湾人にかこまれて「豊ちゃん先生」という自分自身がいたなどということは、現役の文学者である時代には、かくしたかったにちがいない。

「ということはですね、台湾人に日本語の教育をしたんです。我々小学生が、先生の代理をする。製糖会社というのは、自分の会社で学校を持っていて、生徒はみんな社員の子供ですから、人数も少ない。一年から六年まで全部で二十何人しかいないんですから。子供も限られた人数しかいないので、どうしても上級生が先生になる。僕が先生になって、一年生、二年生を一緒に教えちゃう。一人だけ男の先生がいましたが、奥さんも先生。夫婦で先生をやっている。それが本当の先生で、『豊ちゃん先生』は代理の先生。みんな同じ会社の職員の子供で、だいたいは僕の親父のほうが上役だから、豊ちゃん先生の言うことを聞いてくれるわけですよ。不思議な時代でしたけど、昔は階級社会でしたからね」

植民地の日本語には、方言がとぼしい。それに台湾では、日本のある地域の方言が日本語としてひろがってゆかない。

台湾としての日本語標準語ができあがった。ここに、埴谷の文学には方言がばねとして活かされることがないという、後年の作風の原型があった。その植民地の標準語が、少年になって東京に移ってから彼の親しんだ翻訳語の受け皿になる。埴谷にとって、翻訳語は他の日本知識人ほどに不自然なものではなかった。

5

日清戦争と日露戦争とは、埴谷にとって、自分の育っている環境に溶けいっている、自分の環境の一部だった。自分の育っている台湾は、日清戦争の結果、日本のものとなった。そして日露戦争の戦われた中国本土と、台湾は文化をともにしている。

「森鷗外も書いています。明治の文学者はみんな考えた。侍の出身が多いんですよ。昔は簡単に主君のために死ぬと言ったけれど、主君というものがなくなったときに、自分はどうしたらいいのかという問題なんですよ。

何のために生き、何のために死ぬか、という問題に日本人全体が直面した。しかも日清戦争、日露戦争とどんどん戦争をした。初めのうちは戦争反対の運動があったが、そのうち、『死ぬとは何か』に日本人は直面した。単に政府と人民との関係ばかりでなく、自分と自分との関係になった。だから、日本人が哲学化した大問題は、日清、日露戦争ですね。初めのうちは天皇のために死ぬといったけれど、だんだん簡単に天皇のために死ぬといわなくなった。誰のために死ぬかということですね。

なぜ殺されるか、なぜ殺すかというのが大問題になった。明治政府は簡単に、天皇が命令するとした。天皇の命令だから、背いてはならないと。ところが、明治、大正まではよかったが、昭和になってから、天皇の命令でも聞かない者が出てきた。聞かない者は、刑務所に入れられた」

埴谷雄高は、天皇のために死なない。では、誰のために死ぬのか。党のためにではない。ソヴィエト連邦のためにでもない。母のためにでもない。(母は、埴谷のために死ぬつもりであったろう。)妻のためにでもない。(妻もまた、埴谷のために死ぬ心がまえであったろうし、埴谷はそれを受けいれるものであった。)

埴谷雄高は自分の観念のために死ぬ。自分の育てた観念を表現するために死ぬ。その観念を育てるために力を借りた友人のために死ぬ。

6

埴谷雄高は台南の三崁店《さんかんてん》のサトウキビ畑でかくれんぼをして育った。中学校は、台南にゆく。姉は台北の女学校にゆき、やがて内地の上野の音楽学校にゆく。

埴谷は、父親によって武士としての誇りをもつように育てられたが、姉は西洋音楽の訓練を早くから身につけることを父に許され、当時台湾からは二、三人しか入れなかった上野の音楽学校に合格した。姉は、埴谷にとって、おなじ家庭内で(ヨーロッパの)近代を体現する人だった。

一九九六年、埴谷の姉木村初代がなくなった。九十一歳だった。

「姉から先に死ぬことはこれは仕方のないことです。姉には世話になった」

埴谷さんの目に涙があふれている。

それから姉初代さんの話を埴谷さんはしてくれた。

「五つ年上の姉にはちいさい頃よく手をひいてもらって世話になった。姉はいつも〝ユタカ〟〝ユタカ〟と自分のことを気にしてくれて〝ハーイ〟と答える自分のことを近所の人達がなんて返事の良い子供なんでしょう、と言う程だった。母は琴が好きで琴の音が家のなかによく響いていました。そのせいか姉は、母の影響を受けて音楽の道にすすみました。当時、三浦環が活躍していたことにも刺戟された。父も許しました。自分は、姉のピアノと唄をよく聞き音楽が好きになったのです。そういう意味では音楽一家です」

そして、埴谷さんはベッドに横になったままで、

月は青く　海をてらし

風も絶え　波もなし……

とびっくりする程の大きな声で力強く姉初代さんとの思い出の曲「サンタルチア」を

歌った。追悼の気持ちがにじんでいた。

顔色が悪い。女房（白川夫人）が脈に結滞があると言う。血圧も下っている。

姉の音楽学校入学を機会に、埴谷雄高も東京に出て、母、姉とともに板橋に住み、家に近いという理由で目白中学二年生に編入。スティルナーやイプセンを乱読してアナキズムに近づいた。

父はやがて台湾をひきあげ、祖父の代に農業と養蚕業に失敗して士族の伝来の土地を売り払った、その家屋敷を買いもどし、そこにひとりで住んだ。埴谷も、そこに行ったことがあり、父と和解する心境に達したという。

7

埴谷雄高はどういうふうにしてドイツの哲学に入っていったか。

ひと仕事して、夕方、病室になっている部屋を整理していると本棚の上の方から、厚いドイツ語の本が出てきた。ベッドに横になっている埴谷さんに訊ねた。

「これは何の本ですか」

「どれですか。ヴィンデルバントの哲学史ですよ。哲学入門にはいい本です」

「古い本のようですが、読まれたのは戦前ですか」
「ええ、戦前から読んだですね。戦前から、哲学をやる者はこれを読めということにな
っていたから。いちばん簡単。簡単というのは、難しいドイツ語ではなくて、我々が読
めるドイツ語で書かれており、しかも一般的に全部解説してある」
「日本語訳は出ていますか」
「岩波から出ていました。今は文庫にはないのではないですか」
「ドイツ語だと感じが出ますね」
「ドイツ語の原書で読んだほうが直接わかる感じですよ。これだけでしばらく考える。
わかりやすく整理してある。『意思の自主性と世界の完全性』『Gott und Welt 神と世
界』とかですね」

白川正芳の感想によると、埴谷は、その対談集の書名にあらわれているように、対照的
な思考法を好む人であるという。ヴィンデルバントの『哲学史』の対照的整理法と埴谷雄
高の著書題名のつけかたの近似というのは、おもしろい事実である。

原書には鉛筆で線を引いてある。紙がはさんである。

「埴谷さんの勉強法はノートはとらずに鉛筆で線を引くのですか」

「たくさんだからノートはとらない、こうやって覚えてしまうのです。重要なところには紙をはさんでおく。あとから読み返すのです」

「いつごろ読んだのですか」

「刑務所のなかで読みました。何もすることがないのですよ。同じ言葉がくりかえし出てくる。哲学史だから簡明に書いてありわかりやすい。逸話もあります」

原書は一九二一年刊である。埴谷雄高の哲学の根拠の一つに触れた一日だった。

「埴谷さんは、独房で何を考えてらしたんですか」

「独房は何もすることがないんですから、考えているよりしょうがない。考えるのに一番いいところは独房ですね。個人から生物から、あらゆることを考える。できるだけ難しいことを考えましたね。そうしないともたないですよ。起きてから寝るまで本当に時間が長い。じっとしていると、時間のたつのが遅いこと。だから、独房に入って文学者になったのはずいぶん多いですよ。当時の作家は、刑務所に入った人が多いですね。単なる社会の上下だけではなくて、人類全体を見るようになる。さらに生物一般、アメーバからライオンまで見るようになってしまうから、本当に不思議ですよね」

長く引用したが、白川正芳の対話編のなかの、もっとも深く訴える場面である。

ヴィンデルバントは序論のなかで、哲学を学ぶには「根気強い自己訓練と真面目な思索があればよい、そして如何なる場合にも一つのこと、即ち凡ゆる先入観を抛棄することが絶対に必要である」と述べている。また、哲学の本質は手近く一般に存在しているものを「最後まで考え抜くことに他ならぬ」と言っている。

8

ヴィンデルバントの哲学史は、ギリシャの哲学からはじまる。ドイツは寒いので、あたたかいところへのあこがれもてつだっていたのだろうというのが埴谷説だが、ドイツ人のギリシャ憧憬は埴谷にうつり、それは、死を目前に彼のなかによみがえる。

一九九六年、埴谷の死の前の年に出はじめた『ソクラテス以前哲学者断片集』（全五冊、別巻一冊。原書はヘルマン・ディールス、ヴァルター・クランツ編、一九五一～五二年、ベルリン。日本語訳は一九九六年に岩波書店から刊行開始、埴谷死亡当時刊行は終わっていない）の月報に埴谷は「変幻者」を寄稿している。

埴谷の感想。

「だけど、ギリシアというものがなかったら今のような現代になっていないですね。ギリシア人は、いろんなことを考えた。考えというものは実在せざるもの、これが考えの根本です。実在するものは考えではない、ただの反射（と語気が強く）、反映論であって考えではない、反映にしか過ぎない。考えは、反映できない何かをつくりだす、か、考えだす。無いものがあることになる。それで原子爆弾なんかできちゃうんですよ」

反射は反映にすぎないか、というのは、私としては異論をたてたいところである。ヨーロッパ流の思考は丸山眞男からジャック・ラカンにいたるまで、反射の概念から出発する行動主義に対して、捨てがたい反感をもっている。ギリシャゆずりのロゴス（言語）を思索の出発点として定める埴谷も、その考え方からそれない。

「哲学の話にもどりまして、ヨーロッパの哲学と日本の哲学は違うようですね」

「違いますね。日本ではヨーロッパほど空間という概念がないんですよ。困ったことに日本は山にさえぎられていて、偉大なる大平原というのが実に少ないんですよ。すぐにつきあたっちゃうんですよ。それで日本では無限という観念が少ない。すぐにつきあたっちゃうんですよ。だから宇宙の無限はどうなっているんだと、あるいは時間の無限はどうなっているんだと、無限論だけで一つの謎にはいっちゃう。それを克服するために哲学者は半生を費やしてたたかうわけですね。それが日本ではないから、何でも有限になっちゃう。どこかにぶつかっちゃう。横町でね。日本の哲学が西洋の哲学に劣っているところですね」

埴谷雄高は、澎湖島に行ったことがある。澎湖島に台湾製糖の出張所があって、サトウキビをはこぶのに、小さい島づたいに港で下ろしたり積んだりする。その船にのせてもらったことがあるそうだ。海の上の点々とした小島は、埴谷に、日本本土を脱けだす舞台装置をつくった。

それよりも、重要なのは、神戸を発って五日かけて本土と台湾とのあいだを行き来した航海で見た景観である。

「部屋から出て、眺めているといい気分で眺めているわけだから、ことに月夜の海は飛び込みたくなる。これは危ないですね。月夜の海は歩けるような感じになる。だから、台湾航路は船でしたが、謎の自殺はたくさんあるんですよ。今でも死因がわからない」

「月光と海と謎の自殺ですか」

「危ないから、紐をつけて甲板に出ていく。原因がわからないのは月光に誘われておりたのではないか。ことに危ないのは瀬戸内海ですね。波がなくて静かだから、歩けるような感じになる。上から見ているとあそこは平面だから。台湾海峡はまだ波が荒いが、瀬戸内海は静かで平らで危ない、やっちゃえと思ったらもうだめですからね」
「そこで別の世界に入るのでしょうね」
「やっちゃったときは夜が多いから、気がつかないで船がいってしまう。いないと気がつくのはずっとあとになってからです」

人生の最後の日々、ソクラテス以前の哲学者の残した断片の間に、自分を置いて追想する。その語り口に接していると、埴谷雄高自身が、ソクラテス前派の哲学者のひとりであるように感じられる。カントが、合理的思考と妄想との区分線を工夫し、妄想の領域への哲学者の立ち入りを禁止したことに目をひらかれて、埴谷は出獄後の著作活動にのりだした。この最後の談話においても、知りつつ、平気で区分線をのりこえて、立ち入り禁止地域に入ってゆく。

カントの忠告をうけとめ、自分は妄想と知って妄想をつづけると言い返した埴谷は、カント以前のソクラテス前派の対話篇にみずから出場したとしても、その対話の中に自分の位置を確保し得たのではないか。

9

戦争中の遺書に、「柳田国男氏に深く感謝す」と記した中野重治は、戦後に柳田を訪問して、あなたの生国はと二度問われ、この博覧強記の人さえこのように記憶がくずれてくるのかと、暗澹たる思いにとらえられて、帰途についたという。

中野重治よりはるかに若く、柳田と私的つきあいのなかった社会学者佐藤健二は、おなじ逸話にちがう角度から近づく。

人それぞれがもうろくする過程から、その人にとって、何が持続する動機であったかを見きわめることができるという。中野重治の記録する柳田国男訪問の場合、あなたの生国は？　と数分のうちに二度きかれたということは、その人の生国と結びついてその人の言説をきくことが柳田の方法の中心をかたちづくるものであり、生国をとらえそこなってはならないということいましめが、彼の中で長いあいだあった方法だということがある。

埴谷雄高の場合、白川正芳の記した最後の日々の語録においても、記憶の乱れは、それほどに見られない。八十六歳の文学者として、博覧強記の人と言いうる。四十歳、五十歳の埴谷と親しかった人だけが、昔の彼ではないという嘆きをかこつのではないだろうか。『死霊』の最後の書きたしの部分に、女主人公の名前の誤記があるが、このような誤記ならば、二十代の作家にもあるだろう。私は自分では、こういう誤記を、若いころからしてきたので、このくらいのもうろくですめばと、うらやましい。

私の少年時代から活動していたゴードン・オルポートは、パースナリティーの心理学を開拓した人で、『ジェニーからの手紙』という著書で、老女の人格のかわりかたを書簡によってたどった。ジェニーは、早くつれあいと別れ、肉体労働によって実子を育てた。彼女には、学問芸術に対する強いあこがれがあり、休みの日には美術館・博物館に幼い息子をつれていって、自分のあこがれを彼の心にそそぎこんだ。息子は、青年期に入って、ジェニーの理想に達しない人となった。すくなくとも、そう彼女は考えた。そのころから、彼女の関心は、息子の友達であった夫妻に集中するようになり、夫妻との莫大な文通が残された。青年期から老年期にいたるまで、彼女のいっこくな性格はかわらない。学問芸術に対する強いあこがれも、年とともに苛酷になる生活条件にもかかわらず、かわることがなかった。ただ、その心のうちをわかちあたえる対象が、実の息子から、息子の友人にかわった。

昔読んだゴードン・オルポートの研究は、老人の思想への接近方法を私に示唆した。その後、佐藤健二から、ぼけを入口とする研究の可能性に眼をひらかれた。それが、この小文の背景である。

白川正芳の対話記録を何度か通して読んで、埴谷雄高が早くから、自殺する覚悟をもつようにしつけられてきていることがわかった。それは武士として主君のために死ぬ儀式からはじまり、台湾という土地をあたえられた日清戦争、その保有を保証した日露戦争の最高指導者天皇への忠誠の儀式であったことは疑い得ない。早くから異和感をもつようになった父親に対して、その命令のままに死ぬという儀式ではなかっただろう。中学二年生で東京に出て、母と姉と自分との家庭で暮らすようになり、自分のえらんだ本に読みふけるようになってから、天皇に対する忠誠は自己に対する忠誠に置きかえられ、自己対自己のたたかいが主戦場となる。自己を裏切らない自己の確立が目標となり、自己を裏切るような場面では、自殺するという規範である。

それがはっきりするのは、共産党員としての活動のなかである。

彼は、共産党員の裏切りによって捕らえられた。その捕らえられかたを独房で推理し再構成した。さらに、調書のつくりかたを分析し、そこに自分の転向がゆがめて記述されてゆくのを見た。ここで天皇に頭を下げ、この時から天皇（じつは政府）の側に立って、そこから現代世界を見ることをはじめるという転向の常道へと、埴谷は踏みださなかった。それだけでなく、日本共産党（しばらくして幹部はことごとく獄中に置かれる）の立場から見るという道でもなく、当時の日本共産党がソヴィエト国家の指令を異論も修正もせずに受けとる、そのおおもとのソヴィエト政府の立場から世界を見る道に、踏み入ることもなかった。

この一点が、埴谷の位置を、当時の日本で特色あるものとする。欧米人の眼からこの時代の日本人を見るとき、彼らが見落とす一点を占める人となる。二〇〇二年現在から埴谷個人史と世界史とをふりかえって、世界史を見返す一点がここにあると感じる。

切腹の儀式の埴谷における変容を考えると、独房における埴谷にとって、「自己に伝承される自己」のために死ぬことが、このときから彼の自覚的な目標となった。封建的武士道は独房の中で、埴谷が、フリー・ヴァリアブル（自由変数）としてシステムから解放される道をひらいた。

もはや、国際共産党も、日本帝国天皇も、この「自己による自己」によって見すえられる対象となり、しかも、この「自己によってとらえられる自己」もまた、居心地の悪い場所としてかろうじて保たれる。

この「自己によってとらえられる自己」とは、この自分という実感できる場所として、保ちうる性格のものか。いや、自己内部に自己が入ることを許した他者をふくむ。自己内部の観念の自己増殖の自由を守りたい。その場合の刺激となる、他者としての書物。そして、獄外に出てからは、自分が自分の考えを語りあうことのできる、少数の友人が、埴谷にとっての忠誠の対象となる。それは天皇とも共産党（戦争下すでに獄中にあった）とも比較できないほど、埴谷の後半生にとって持久力ある忠誠の対象となった。

埴谷の若い友人となる小川国夫の伝える晩年の埴谷の逸話に、彼の忠誠のありかたが見える。『近代文学』の仲間との会合について。

一九九一年九月三〇日、小川国夫は、午後四時半、東海道新幹線掛川駅にある「待夢（タイム）」という喫茶店で何人かの仲間と八十一歳の埴谷雄高を待っていた。ここで東京から来る五人、大阪から来る三人と、合流するはずだった。台風が通りすぎ、東海道線はずたずたになっていた。小川は東京と大阪の何人かに電話をかけて、地元の自分たちはあきらめていないと伝え、さらに自宅にかかってくる電話との連絡をとった。

やがて場所をかえ、掛川近郊の山間の旅館で待つことにした。そこに埴谷雄高は、予定の合流時刻から十二時間おくれて到着した。

あなた（埴谷雄高）はよく、ズタズタになった東海道線の現場を克明に見聞しながら、二時間あまりの行程に十五時間半をついやし、しかし疲れた様子もなく、たんたんとした表情で出現しました。あなたは、あなたのよき理解者、真摯な中島和夫さん（編集者）と連れ立って、埴谷家の玄関で見るのと同じ気軽な顔で現れたのです。

翌日私は、逗子の本多秋五さんにこの事実を電話で報告しました。本多さんも参加予定者でしたが、理性的に情勢判断して、小田原駅から引き返していたのです。彼は言っていました。

――埴谷君とうとう行ったのか、バカだね。

この親しい人に対する愛情表現の一種としての〈バカ〉は、周知のように、元は〈非条理〉と同語なのですから、わが埴谷雄高に向けた場合には、超現実的との含意になるのです。（小川国夫「あの年八十一歳だったあなたに――埴谷雄高」『昼行燈ノート』文芸春秋、一九九七年）

掛川駅で合流するはずの集団は、五十年前敗戦直後にはじめた同人雑誌『近代文学』の終刊後、それに共感をよせる若い人たちと創立同人をふくむ仲間だった。その集団はひとつの思想的立場に結ばれる仲間ではない。

白川正芳の記録した『始まりにして終り――埴谷雄高との対話』にしても、それは一人の教祖がみずからの唯一正しい思想を最後の弟子に語り伝えるという形をとるものではない。「ソクラテスの弁明」ともちがうし、ブッダの残したといわれるさまざまのお経ともちがう。エッカーマンの『ゲーテとの対話』ともちがう。

二時間あまりの行程を十五時間半かけて完走する八十一歳の埴谷雄高は、『近代文学』よりも前の戦中の同人雑誌『構想』から仲間だった平野謙の臨終に先だつ日々、毎日見舞いに行った。戦後にもっとも影響を受けた武田泰淳の臨終の前に毎日あらわれた。私の見聞からいっても、竹内好の臨終の前に、毎日おなじ時刻に病室に姿をあらわした埴谷がある。友人に対する信義は、埴谷が幼いころに受けた武士の儀礼を受けつぐものと考えられなくもない。

10

『死霊』をいったん完成したことにして、出版社に渡した。このとき埴谷雄高は、一九三三年に獄中でこの作品にむかってふみだしてから、自分の中でつみあげてきた膨大な記憶から解放された。それまでの著作とはおもむきをことにした、肩の力をぬいた埴谷雄高が、そこからあらわれて、それは、安心してもうろくする埴谷である。

活字となった『死霊』と対照して、対話録『始まりにして終り』は、細部がきっちりと編みあげられた作品ではない。むしろそこにこの作品の特色がある。

からぶりする埴谷雄高。水をつかんでいないオールの動きがそこに見える。離陸する前の人力飛行機と言ってもいい。彼を前にすすめる力の型が見える。作品を飛翔させる情熱と偏見の形。

日本人最初のオリンピック選手だった金栗四三は、九十歳をこえても、自宅の畳の上で走っていた。昔のようにマラソンとはゆかなかったが、そこには彼特有の型が見えた。写真で見たことがある。

埴谷は科学に関心をもちつづけていたが、科学者は自己で自己を表現することができないと考え、そこに、科学を越える文学の役割があると考えていた。

天皇と天皇制に対して、埴谷はゆらぐことなく、この語録の中でも否定の姿勢を保ちつづけるが、それとは別に、永遠と神とを、対象として自分の思索の力学の中にもっていた。その点で、埴谷の思想はヨーロッパ風である。

「人間は神様じゃないから、尽くしきれないけど、ひょっとしたら、ここまで来たら俺は負けたかな、と思わせなくちゃいけないんですよ、文学は」

このあたりは、旧約聖書にあるヤコブと天使の格闘を思わせる。存在しない神は、彼個人の思索の中で力闘する相手である。腰骨のつがいをはずされるほどの損害を彼ヤコブの肉体に残すとしても。

永遠もまた、思索というものがなされる以上、思索の場として、思索の中に直接にとけこんで働くものとしてここにある。

「永遠的なこと、これが必要なんですね」

「人間は限られた時間しか生きられないが、永遠的なものを求め続ける」

埴谷はこの語録の中で、ソクラテス前派までもどって、西洋哲学史のはじまりの人の語り口で話している。

ソクラテスの受けたデルフォイの神託、「汝自身を知れ」は、埴谷の受けたお告げでもあり、そこから埴谷の思索は出発した。

独房の中で、自己分裂したもうひとりの自分を相手に、自分とは何かの対話をつみかさね、妻に死なれた後の病床でおなじ対話をくりかえす。

「汝自身を知れ」

それはソクラテス以来の西洋哲学の問いである。討論の中で、この問いを対話の相手に投げかけるのが、ヨーロッパ哲学の討論の形でもあり、このとき、「汝自身を知れ」は、「相手に対する究極的な侵略」（マリアン・リーヴィー『リーヴィーの十一の法則』）となる。シェストフが、同時代の現象哲学の代表者フッサールに投げかけた「死を忘れるな」という問いの形を借りた批判もまた、二十世紀中葉においておなじ形をとる。埴谷の場合、自己を相手どった、絶えざる自己侵入の形をとる。埴谷もまた、ヨーロッパ哲学の系譜につらなるものとして、最終語録においても、その軌跡をはなれることはなかった。

しかし、かつて長篇『死霊』の終わりにおくことを考えていた問答では、彼はヨーロッパの伝統からはなれようとしていた。シャカと大雄（ジャイナ教の始祖）の問答において、大雄はシャカを追いつめるが、その大雄の幻影は、問答に勝利を得たかに見えた後に、こなごなにくだけて、砂となって散乱する。西洋哲学史の起動力となった「汝自身を知れ」は、埴谷の内部討論の無限連鎖をつくりながら、その到達点には、そのような形で討論の消滅を夢みていた。

自分の内部討論の果てに、その討論の形式の壊滅をめざして、ティンゲリの発明した自己破壊器となって終わる。

しかし、結びに達する途中では、埴谷はあくまでも西洋哲学の内部にとどまった。彼が『死霊』のあとに、白川正芳の求めに応じてみずから鉛筆をとって書きのこした「吉祥寺独語」は、

私の独語、それが同時に人類の独語になることを目指すのが、「文学」であり、しからざるものは、ただの文字の連なりである。

一九九五・十二・二十一　埴谷雄高

前に書いた「『死霊』再読」のくりかえしになるが、この『死霊』以後に書かれた最後の年譜においてさえ、埴谷の文体は、ドイツ語から翻訳された明治風抽象語の文体からはなれることはない。日本人の日常語とは終わりまでつながりをもたない。埴谷の文学において日常の日本語はどこにいったか。戦後の年月に自分と同時に出発した椎名麟三が、終りを前に埴谷の想像をよぎった。

椎名麟三は戦後派の第一号で、僕は同人雑誌の第一号です。

戦後派は非常に哲学的ですからね。僕に限らないですよ。椎名麟三にしても。椎名麟三なんか労働者が哲学を語っている。哲学的ですよ。椎名麟三は驚きですよ。

労働者安太を主人公として『永遠なる序章』を書き、料理人の少年を主人公として『自由の彼方で』を書き、電車の車掌を主人公として『美しい女』を書いた椎名麟三は、別の作風をもって同時代を埴谷に伴走した作家として、最後まで埴谷の心をはなれることはなかった。ここには日本語の特色となる不完結文、単語として投げだされる「つなぎ言葉」が、ヨーロッパ文学からの翻訳文とちがって、哲学の展開を助けている。椎名麟三は埴谷とちがって方言を内部にもっている。

敗戦後に同席した原民喜も、この語録の最後にあらわれる。原は、「原民喜です」というだけでだまっている存在そのものを表現とした。自殺が彼の表現だった。

埴谷は自分の作品のむこうに、別の作品を感じていた。もうひとつの太陽があり、そこに別の作品があらわれることを、ひとりベッドに寝て、想像していた。作品の後ろにはそれを動かすいくつもの作品があり、作品のむこうにもいくつもの別の作品があると彼は言う。それは言語の外にぬけでた形象であるかもしれない。

「いったいわたしは、いや、人間は何になりたがっているのか」、それを表現するのが、文学の目標であるという。

11

なぜエッカーマンとベッティーナ・ブレンターノとが、老いたるゲーテからいきいきした言葉を引き出したのか。そこには老人の記憶の特色がある。老人は青年・中年のように、いつも意識の表面に、整理された形で記憶のカードをならべているのではない。ほとんどすべては、記憶の底に沈んでいる。しかし失われたのではない。

「何でも聞いてください。聞かれれば答えますから」

埴谷雄高の好んだ対照的整理法を借りると、刺激と反応である。それは混迷した表現の形をとらず、最後まで埴谷は伊達者であり、それも西洋近代風の伊達者であり、明晰な方向につねに話をもってゆき、明晰と混沌という二つの領域の相互乗り入れという形をとることはなかった。

だが、ここでは埴谷が、この晩年の対話でおとしめた、ただの反射にすぎないものが、事実上、浮上してきている。たずねられること（刺激）に対してあらわれる反射は、ただの反射にはとどまらず、八十八年をかけてそこにつくりあげられた老いたる人間の反応であり、それはすでに有機体としての働きを失いかかって無機物に近くなっているとはいえ、けとばすものを石がはね返すほどの反応はもっている。

もともと独房の中で、朝夕くりかえす肉体の反応に集約できる形に構想中の『死霊』はとじこめられたことがあった。

ベッドに横たわるカリエス患者の形で何年も冬眠状態にとじこめられたこともあった。南京陥落万歳の提灯行列のどよめきにも反応せず、仮死をよそおって、日本国民の反感をやりすごしたこともあった。

めずらしく映画館にゆき、アメリカ映画「大地」を見て、主人公の中国人夫婦に扮したポール・ムニとルイズ・レイナーの演技に感情移入することなく、突然に地平線をおおうイナゴの大群に自分を託して、暗闇の中から拍手をおくることもあった。

朝をむかえると、まず両腕をひろげて宇宙に挨拶する、それだけの反射に自分の一切をこめることを、高度成長とバブルの頂上を迎える日本経済の下での自分の日常の儀式とした時代もあった。

『死霊』を要約するのに、「あっは」と「ぷふい」の対語をもってしたこともあり、無言をとおして、何ものかの頭脳への移住計画を夢みる終わりでもあった。

長篇『死霊』は埴谷雄高のただひとつの表現ではない。

状況の内と外

ゆるぎない自己を確立したいという思いは、さまざまの人にある。こどもにあり、少年少女にある。

1

いつからともなく埴谷雄高にあったその願いは、彼が独房におかれたときに、その存続にふさわしい条件を得た。

投獄まで間断なく彼につたえられてきた共産党からの指令は、もはや彼に届かなくなった。家庭からの音信も、すぐさまにこたえることを前提とする形では、もう、とどかない。こうした外界からの遮断は、埴谷の内部にもともと閉じこめられていた内部の人間の成長を助けて、ひとつのほぼ自己完結した人間とした。

フランス革命の時代のサド侯爵は、似たような条件におかれた。サドの観念小説は、埴谷の小説に似ていると、作田啓一は言う。

埴谷の場合それはまず、『不合理ゆえに吾信ず』という箴言集として表現された。

さらにそれは『死霊』という長篇小説として、敗戦と同時に『近代文学』に書き始められた。

敗戦の年に、私は、この小説に出逢い、それが何か、わからなかった。「即席演説」、それからさかのぼって『不合理ゆえに吾信ず』を読んで、ようやく、ひとすじの道が見えてきた。

こういう一本道を歩く人は、獄外に解き放たれて、戦中の日本社会に生きることはむずかしかっただろう。ところが意外にも、そのことを埴谷はやりおおせた。

母親の保護と妻の保護とがあったからなし得たというだけではない。当人の思索が、自分の内部の人間をかくすだけの二重構造をもっていたからである。彼の二重人格が彼の内部の思索をかくしおおせたと言いかえてもよい。

埴谷は経済雑誌につとめて、必要があれば商工省に行って総務局長椎名悦三郎に、経済雑誌の必要を説いたりすることもできた。

雑誌社の近くの昭和研究会に知人をたずね、そこでレンギル著『ダニューブ』の原書を見つけて、進行中のヨーロッパ動乱の中心地についてのすぐれた報道記事だと見きわめをつけ、たまたま雑誌から話があった機会をのがさず、「血のダニューブ《バルカンの運命》」という抄訳をのせてもらった。獄を出てから日の浅い自分の名前は使わず、結婚前の妻の名「伊藤敏子」からとった「伊藤敏夫」を訳者名とした。『改造』一九四一年五月時局版所収。日米開戦の七ヵ月前のことだった。

　原書を見つけたときのことを、埴谷は、大岡昇平に次のように語っている。もともと、埴谷の会社は丸ノ内の昭和ビルにあり、そこにかようついでに、三菱何号館かにある昭和研究会に足をのばしたというなりゆきだった。

　埴谷内部の人間は、獄中のころとかわらず、「おれは……」、「おれは……」と、決して完結することのない文章をくりかえしている。「おれは、おれである」という単純な演算を完結できない。「〈おれは〉の〈おれ〉とは何か？」その演算の中途で、演算の形式をうたがい、終わりまでもってゆくことができない。現在進行中の自分の演算をくりかえし疑う。それは、論理の展開というよりは、内部の音楽のようだ。

　その不毛な演算をくりかえす内部の人間をかかえて、彼は経済雑誌につとめつづけ、社がひけたあとは、無表情の美男として、ダンスなどを試みる。以下は埴谷の回想。

　ぼくはそこ（注。昭和研究会）へ行って図書室で本をながめていたら、『ダニューブ』っていうものすごく大きい本があった。パラパラと見ると、その本の著者エミール・レンギルというのがもうすごいナチスぎらいなことがわかった。おれもナチスには絶えず憤懣をもっていたから、これを訳したらいいんじゃないかと思ったわけだよ。それで岩崎（注。友人）にいってその本を借りてきた。だけど、それはものすごく膨大な本でね、ドナウ河がシュヴァルツワルトのドナウエッシンゲンというところから流れ出してずうっと黒海へそそぐまでを、沿岸諸国の歴史・風俗を全部書いてある。そして、現代のヒットラーがいかにそのダニューブの国々を征服していくかということを、反感をもって書いているわけだ。

最後のほうを読んだら、こういうふうにナチスがダニューブを下がって——実際下がってきてたわけだよ。ルーマニアまで下がっているんだから——くると、必ずスラヴとぶつかる。ゲルマンとスラヴはダニューブの中途で必ず戦争になる、そういうふうに書いてある。それが、独ソ戦以前になんだよ。あっ、これは訳さなくちゃいけないと、おれは思った。そういうふうに状況に左右されて訳したわけなんだ。（『大岡昇平・埴谷雄高　二つの同時代史』岩波書店、一九八四年）

埴谷の抄訳「血のダニューブ」は五つの部分にわかれ、それぞれに小見出しがついている。

《美しき青きダニューブ》
《マサリックの回想》

《ゲルマンとスラヴの宿命》
《ユーゴースラヴィアの悲劇》
《エピログ》

バルカン半島の情勢について、当時の日本の読者がしりたいことが、簡潔に要約されている。

第一次世界大戦は、神聖ローマ帝国を受けつぐオーストリアの大公がボスニア・ヘルツエゴヴィナでセルビア人に暗殺されることからはじまった。第二次世界大戦は、ヨーロッパにおいては、ふたたびオーストリア人、首相ドルフスがヒットラーに排除され射殺されることからはじまる。当時はまだ第二次世界大戦の序幕と考えられていたわけではなく、むしろそのような動乱に向かうことに（ドイツ以外の）権力者は眼をつむっていたのだが、経済雑誌の記者である埴谷は、この動乱のはじまりを、大きな変動の序幕としてしっかりとこの小文にとらえている。

ローマ人とハプスブルグ家がダニューブ地帯を一つの単位に組織しようと試みたのであつた。バルカンへの道をオーストリアが拓くことによつて、やがて、ベルリン、バクダットを繋ぐ夢が、現実のものとなり得たのである。彼等の歴史的な予備工作なくしてはヒットラアのオーストリア併合も、またダニューブを下る東方への共栄圏計画も不可能なのであつた。

現代オーストリヤは小メッテルニッヒと綽名された短軀首相エンゲルベルト・ドルフスによつて指導されていた。嘗てのハプスブルク家の悲劇に代つて現代の悲劇はドルフスよりはじまつた。彼は諸問題を苦慮して眠れぬ夜、彼のベッドの下を行つたりきたりしていると噂さされるほど小さかつた。

法科出身であつたけれども彼の努力は農業問題へ集中した。彼は農民同盟《バイエルンブント》の有力な指導者であつた。千九百三十二年共和国大統領が彼に内閣組織を命じたとき、ドルフスは翌朝回答すると約束した。或る教会の内陣に逍遥いながら、夜中、彼は神の導きを求めて祈りに過ごした。翌朝、彼はオーストリヤの首相となり——遂にダヴィッドがドイツのゴリヤートに対することとなつたのである。

ナチスと戦うためには彼には一般的な支持が必要だつたのである。その場合オーストリヤのソシヤリスト達は多かれ少なかれ彼につき従つたであろう。けれども彼は彼等を排斥し、しかも彼等と戦つたのである。かくして彼の無能力化とオーストリヤの終焉がやつてきた。

千九百三十四年七月ナチスはドルフスを除去する決心をした。警察署は陰謀計画の情報を受けとつたのであるが、その御役所式繁文縟礼はただ混乱をますばかりであつた。

ナチスはその一団をオーストリヤ軍にしたててひそかに内閣へ入りこましていた。指令の暗号が陰謀団によつて作製された。《古刀物類見本到着》――それはドルフスの死を意味していた。《古刀物類見本輸送中》――はドルフスの捕縛を意味していた。

オーストリヤ軍隊は当時国境に集結して戦闘姿勢を備えていた。突然、ウィーン放送局は新らしいナチス政府の成立を放送した。内閣では閣員が会議中であつた。陰謀団は何等の抵抗をも受けなかつた。ドルフスは騒音を聞いて遁れようと試みた。然し彼が遁れ道を索めたとき、軍曹オツトー・ブラーネツタの二発の弾丸が彼を射ち倒した。小さな首相はソフアの上に横たわつた。彼は先ず医者を、次に僧侶を呼んで貰いたいと哀願した。然し二つの望みとも拒絶された。この場所は嘗てバルハウスブラッツなる名によつて世界に知られ、メッテルニッヒが、ナポレオンを罠にかけるべくその網を無数にはりめぐらした場所なのであつた。

オーストリア軍隊はこの事件に際してただ国境にとどまつていたのである。(「血のダニューブ《バルカンの運命》」、訳・伊藤敏夫。『改造』一九四一年五月時局版)

ヒットラーによるオーストリアの併合、いや、それに先立つ、チェコスロバキア大統領マサリックとフランス外相アリスチード・ブリアンがヨーロッパ連邦にかける夢が対立して述べられる。この抄訳は、第二次世界大戦後の今、読みなおしてみて、古びていない。

デカルトが松果腺を媒介として精神と肉体が交渉すると考え、精神身体平行説を構築したように、自己内部の演算のくりかえしによって世界の同時代と対峙した埴谷雄高には、内部の自分と外部世界とが交渉する地点があり、その媒介者となるものは、しなやかな身ぶりを保って外部の人間と舞踏するもうひとりの分身だった。

内側に骸骨のような不毛な演算機械の動いているのをかかえ、何くわぬ顔をして、丸の内にかよい、ふと道草をくうあいだに、現代の世界状況への手がかりをひとつ見つける。こういう生活の形が、やがて八十年をこえる彼の埴谷の活動の模型となった。

こうして一九四〇年に対し得るならば、敗戦後の五十年にも、おなじしかたで対することができた。

それにしても、心中で不毛の演算に耐えて、しかも、同時代の新刊書の中からバルカンの新しい火種に注目するというところ。六十年後の今も、私にとってはここに二重の埴谷がいる。

2

何冊かの翻訳書と、わかりにくいいくつかの箴言とのほかに、埴谷は、自分のありかについて権力側に手がかりをあたえなかった。それらは、警察が興味をもつものではなく、共産党再建の陰謀の証拠にするのも、むずかしかった。

この期間に埴谷と職場をともにした人、文学同人雑誌をともにした人はいた。しかし、埴谷が何を考えていたかの輪郭を洞察した人はいなかった。

敗戦後いちはやく、武田泰淳が書いた「〝あっは〟と〝ぷふい〟」という『死霊』の短い書評がはじめて、埴谷のつくりだしたものへの的を射た認識となった。

以後、武田の死まで、埴谷と武田とは、ひとつの組となっている。

単独者として埴谷を見ることはできる。だがその見方は、組として彼を見ることを排するものではない。現に、母と妻とに家庭の君主として君臨している埴谷を見ることもできるではないか。植民地の山奥で、台湾のこどもたちにかこまれて日本語を教えていることども教師としての埴谷を見ることもできる。その状景を、埴谷晩年のもうろくをとおして、警戒心をなくした彼自身が白川正芳に物語るなかで、あらわれわたる瀬々のあじろぎのように、水位が低くなったところに、彼の幼年が見える。

組。ペア。テニスのペアのように考えることもできる。若き日のヘルデルリーンとヘーゲル。壮年のG・H・ミードとジョン・デューイ。あるいはもっとさかのぼって、ともにゴンダルの神話を編みつづけたエミリー・ブロンテ、シャーロット・ブロンテ、アン・ブロンテ。

その場合、後年の文学史、思想史から見て、高い位置を占めるほうの人がひっぱる役割を果たしたと見るのでは、真相からはずれる。

デューイの娘は、正確に見て、デューイのミードにあたえた影響はわずか、ミードのデューイにあたえた影響は大きいと言う。

埴谷雄高—武田泰淳の組も、似ている。

「日本のロマン・ロラン武者小路実篤」というたとえかたがある。「その妹」などにあらわれた武者小路の可能性を言ったものだろう。日本の同時代人を、自分のもっている世界地図にあわせて呼んでみるのが、日本の知識人の語法である。追いつけ追いこせが、この百五十年の日本国の国是であり、この中で育まれた知識人の語法は、現欧米の流行の現日本へのあてはめを基本とする。逆は試みない。

埴谷の文章についても、それを読んだ一九三〇年代の日本の知識人仲間では、ドストエフスキーに似ている、キェルケゴールに似ている、といった評価があらわれる。だが、わからないという評価がおおかただったろう。敗戦後でさえ、夜の会の仲間だった岡本太郎は、埴谷雄高に「なにをゆうたか」とあだ名をつけたくらいである。

武田泰淳は、そのように読まなかった。あだ名をつける趣味がなかったのではなく、「夜の殿様」という的を射あてたあだ名を埴谷雄高につけている。そういう軽口ではなく、「死霊」連載の初期に、「〝あっは〟と〝ぷふい〟」という短評を書いて、主人公がくりかえす二つの間投詞を手がかりに、埴谷の宇宙観を洞察してもいる。さらに、ヨーロッパ文学への近似においてだけ見る同時代の日本の知識人読者からはなれて、埴谷の作品を室町時代の夢幻能の流れにあるものと見た。肯定的批評だけではない。武田泰淳にとっては晩年にあたる時期に、近代文学と中国文学研究会との交流という企画があり、そこに武田は、まっすぐな埴谷批判を書いている。

農民と暮らしをともにした経験なしに、日本共産党の農業綱領を起筆し、普通の暮らしをする日本人の生活用語からかけはなれた別の言語を使って、いや、どこの土地のどこのひとの生活言語でもない抽象言語を使って人間の文学を書くとは何だ、という批判である。

その対極に、武田泰淳の文学がある。このことを埴谷は認める。ここに武田―埴谷の組がいる。

武田泰淳の存在の様式は、自分がここに存在することについての耐えがたいはじらいである。身も世もない、どこにも身の置きどころのないはじらい。ごろんごろんと、この土の上をころがって止まるところがない。それは計画的に行動するのとちがうが、見たところ、それとちがいがない。そのゆえに、いる土地としたしみのある関係のような形をとる。女性にひきつけられるが、顔をあげて見ることをしない。いつも眼を伏せている。しかし、つねに、その関係性の中にいる。

こういうところで、武田の文学は、埴谷の文学と対極の位置を占める。

寺の出身であるということも、はじらいの起源にある。マルクス主義者となり、つかまり、転向したということも、埴谷とよく似て、しかし転向というものの通り抜けかた、その生涯残る残像にちがいがある。中国文学を研究し、日本人として中国文学を研究することから避けることのできないはじらい、毛沢東に敬意をもち、しかし、毛沢東と自分を合体させて、毛沢東の位置から日本の大衆に指令を出すなどということは考えることをしない。埴谷のように観念の内部に、忍術をもちいて自分を閉じこめて、そこから発声することもしない。

そのはじらいのゆえに、武田泰淳の文章は、漢字が多いにもかかわらずなまなましさを失うことがない。

しかしミイラにはミイラの美しさがある。そのことを武田泰淳は認めないわけではない。

日本の同時代人として、武田泰淳は、埴谷の文学を認める最初の人だった。同時に、最後まで、埴谷雄高の文学の欠落から眼をそらさず、その批判者でありつづけた。

ドナルド・キーンは、敗戦後の日本文学に、日本文学の伝統から影響を受けない作家があらわれたという。たとえば開高健。この人の『日本三文オペラ』から『輝ける闇』、「玉、砕ける」に至る系列の作品は明治大正の文学と趣きがちがう。少しはずれたところで見ると、谷譲次の『テキサス無宿』など、あるいは、開高に近いところにいると私には思えるが。

キーンにもどると、安部公房もという。この人の『終りし道の標べに』を読んだとき、その前に日本の作品をおいて考えることはできないように私も思った。『砂の女』にいたるまで、彼の特色はつらぬかれている。しかしさかのぼって考えるなら、埴谷に似て、夢幻能にその源流を求めることができるかもしれない。それは、イエイツがわずかの手がかりをもとに、日本の能に想像を走らせて「鷹の井戸」を書き、ブレヒトが、おなじくわずかの手がかりをもとに自分の能作品「谷行」を書き、やがてそれが「コーカサスの白墨の輪」にその影響を残しているのと考えあわせると、世界はせまくなったと言えるのかもしれない。

武田泰淳は、檀家の人たちの中で読経をするときに、そこにお寺のしぐさの伝統の中にいる自分を感じ、中国で日本兵として行軍する時には中国民衆から見られている自分を感じた、その言葉にならず、まして文学作品でもないまなざしから自分の文学を育ててゆくのに対して、埴谷雄高は、文学作品からのみ文学作品は育てられるという、ヨーロッパ流の文学観を守る。はじめに言葉ありきというヨーロッパの伝統である。埴谷雄高は、丸山眞男やラカンとともに、このヨーロッパの伝統観に自分をつなぐ。武田泰淳は、これと対立する。武田の歯に衣着せぬ批判を引用すると、埴谷雄高が農民運動の党のフラクションとして「農民闘争」を編輯し、配布して、努力奮闘したあげく、投獄された経緯を、彼の口から色々と聞かされたときにも、私は「この男が農民を指導しようとしたんだなあ。農民の方ははたして彼の理論がわかったのかな。とにかく彼と農村はどうしても結びつかないようだな」と思った。そう思って観察していると、彼はまったく自然に対して興味を抱かないのだ。初夏の緑を楽しむ小旅行が企てられたとき、爽やかな緑の風景などに感心する様子はみえなかった。彼はたしかに親しい友人に対しては親切で、まめまめしく面倒をみる。だが、彼は一回でも日本の農民を愛したことがあるのだろうか。何しろ、闇の中から指導するんだから、相手の顔も手足も見えないわけで、彼の方では理論信仰に凝り固まって、それで命令を発してさえいればいいのだ。農民に対する義理人情が、なまじっか消え去らずにもたついている男は、なかなか、ふんぎりがつかない。ふんぎりをつけた彼は、傑作「死霊」を書くことが出来た。だから、第五章まで繰返し読了したところでは、農民らしきものは一人も出現していない。農民がやたらと顔を出す中国現代文学に親しんできた中国文学研究会の同人の一人として、なるほど、日本と中国では、文学もやり方がちがっているわい、と発言したくなってくる。彼が、都会好きの田舎嫌い、昼間より深夜の愛好者であろうとなかろうと、農民というものは、闘争のあるなしにかかわらず、前もって農民であらねばならぬ。白昼の日光と降雨なしには植物は育たないし、彼らも生存し、繁殖出来ないのだから、そう夜の新宿ばかり徘徊してはいられないのだ。もしも「死霊」を手がける前に「生霊」の方に首をつっこんでいたら、いきなり屋根裏や宇宙の涯の方へ考えがとばないで、もう少し、田畑や大地、地球、地球人、ものを作りだす人々の、平凡でくだらないが、根強く充満する考え方が、黒一色の画面に豊かな色彩を加えることが出来たであろうに。（「『中国文学』と『近代文学』の不可思議な交流」一九七六年六月五日しるす。武田泰淳『文人相軽ンズ』所収。構想社、一九七六年）

3

どじょう地獄というたとえをつくったのは誰だったか。生きたどじょうを鍋に入れて、さらに豆腐を入れると、どじょうは熱くなって、つめたい豆腐の中に、方向もかまわずに突っこむという。

埴谷雄高には、鍋に入れられたどじょうのように、もはや孤独の王としての自分をかえりみなくなって、やみくもに、よくわからない大きな豆腐に突っこんでゆくというところがある。

相手を選ばないところもあり、文学に関心をもっている相手なら、誰でも相手とする。そのことが、自分の仕事の時間を奪い、『死霊』の完成をさまたげているという自覚はあった。だから、埴谷の対談は、大正時代風の翻訳日本語から彼を解放して、『死霊』とはちがう自由な読み物となっている。

それだけでなく、対談記録は日本の現代史の中に埴谷をおいて、埴谷に対する別の接近を可能にする。

対談記録はいくつもの組を、埴谷についてのこした。それは二十代、三十代の、自分をつくろうことに集中しているころの埴谷にはできなかった。自分をどうくずしてもよいという諦念に裏打ちされた七十代、八十代の埴谷にとってはじめてなし得ることだった。

一九八二年一月号から八三年一二月号まで雑誌『世界』に連載された大岡昇平、埴谷雄高の対談「二つの同時代史」は、翌年には両人のあとがきをつけて出版され、さらに埴谷の書きこみ訂正を加えて一九九八年六月一日に、第四刷が出版されている。

大東亜戦争を戦場から見渡すことのできた大岡昇平を相手にして、二年にわたってしゃべりつづけた、この対談記録は、埴谷にとって新しい境地をひらく作品になった。

すでに「血のダニューブ」抄訳に見られるように、埴谷は、自己の同一性を疑うという果てることのない演算を自分の内部でくりかえしながら、同時代の世界の変動を見てとるということをも、同時になし得た。

埴谷内部の演算機械は、大岡との対談でも働きつづけている。大東亜戦争は日本政府にとってもともと実行不可能な計画だったが、それをさらに不可能の極限まで、埴谷内部の妄想はこの戦争を押しつめてゆく。

もともと日本人は、ほうぼうから集まってここに雑居するようになったのだが、ここに閉じこもって暮らすうちに、ひとつの型に閉じこめられ、ことにこの百五十年は、国家という樽の中で、ひとつの国民にこねあげられてしまった。大東亜戦争は、その樽をくだいて、もう一度、バラバラの方向に出てゆこうという無意識の衝動にもとづく運動であって、地の果てで日本人は、もともとの日本人に出会うことができた。なんとなく夢野久作の『ドグラ・マグラ』の愛読者としての埴谷の演説をきいているおもむきがある。自己内に自由変数としての共産党員を温存している埴谷が、大東亜戦争を資本主義の最近形態として分析していると同時に、その彼が夢みる自我をこえて、煮られる豆腐（頭脳）の運動としての大東亜戦争を実感する。その二つの動きが同時にここで進行している。回想はあとからだが、実経験もまたこのようであったかと思われる。

埴谷より十年以上も若い医学生山田風太郎においても、実景はよく似ており、そのことは『戦中派不戦日記』、『戦中派虫けら日記』から読みとることができる。それはさらに彼の敗戦後の忍法もの、明治開化ものに形をかえて実現した。

大東亜戦争、さらにさかのぼって日中戦争は、日本の軍部、官僚、大学に、さまざまな鬼子を産みおとし、シラミの卵を育てた。『死霊』は、はじめてこれを眼にしたときに、私には、日本文学から孤立した島に見えたが、戦後半世紀を生きて、山田風太郎の作品との相似性を理解し、同時代のうねりの中におくことができるようになった。大岡昇平との対話は、長い時間の中に、自分たちの戦時の夢をおく。

埴谷　戦後のきみの文学的出発の基礎となったあの戦争の意味について考えるとね。これはきわめて妄想的な考え方なんだけれども、侵略戦争を一応括弧にいれておいて、長い日本人史といった大きな観点に立てば、あれは他方で原日本人を探し求めるための無意識的な探索だったのではないかと思っているんだよ。

日本人はいま研究の結果、だいたい北と南の両方からやってきたとされているだろう。まだ日本海が小さくて朝鮮半島と日本がつながっていた時代もあるから、数万年前から人間は住んでいたけれども、いわゆる縄文人は北のほうから来たもので、弥生人は、中国の南のほうからきたのだろう。そしてまた、南のほうから黒潮に乗ってきたものもいるだろう。そういうのが全部一緒に混合して、それが重層的に重なりあってとういまの日本人になったというのが大体の説なんだろう。

そこでぼくの妄想は、あの大東亜戦争というものは、原日本人はどこから来たかを無意識に探ろうとした原衝動といったものが秘められているから、「大東亜」とはいうものの、中国にも行ったし、仏印にも行ったし、マライ、ビルマ、フィリピン、インドネシアにも行った、さらにニューギニア、ポリネシア、ミクロネシア、あの辺も全部行ってみた。要するに、戦略、戦術を一応無理やりに捨象して、深層心理的にいえば、無意識的、本能的、重層的な日本人がもとはどこら辺からきたんだろうという思いに駆りたてられて、そのあたりの全部へ行ったんだろうと妄想的に解釈したわけだ。

ここで話相手の大岡昇平は、埴谷のように突然に正気をかなぐり捨てることはできない。

日本人の活字にされた歴史にそうて彼はたどる。誰かが「八紘一宇」という言葉を見つけてきて、それにそうて無限定に戦線をひろげてゆく思想の裏打ちができた。それにくわえて、日本が一番優秀だという、じつは長いあいだの劣等感を裏返して爆発させる言葉が表に出てきた。この劣等感は、中国に対してもともと八世紀の大和朝廷が抱いていた考え方が、明治になって復活したもので、天皇家を万世一系ということにして、古いイデオロギーを強化した。それが資本主義の時代になって、大東亜戦争という形をとったんだと大岡は言う。

この準マルクス主義者大岡に対して、ここではマルクス主義から離陸し、もはや何の思想体系にもとらわれずに天空から見る埴谷は、歴史上の天皇制なんぞにこだわらずに、天皇制よりも前から考える。そこで右翼出自の夢野久作の育てた「胎児の夢」を援用して、話をすすめる。

埴谷　きみの言うのは歴史が始まってからの日本なんだよ。江上説の言う、騎馬民族が日本にやってきて、天皇家というものができる、それ以後のことだろう。日本の歴史というのは天皇家から始まるわけだけれど、ぼくの言うのはそうじゃないんだ。数万年前からいた日本人で、歴史以前の話なんだよ。

大岡　原日本人は北、南両方からきたから、北はソ連のほうへ、南は南洋の方へ戻っていきたくなったというのかね。

埴谷　だからぼくの言うのは、数万年にわたって無意識的に夢見てきたことの実現だというわけだ。『ドグラ・マグラ』では胎児もまた夢を見ると言うんだが、そういうものだな。戦後、日本民族は天皇家から自由になったからルーツを盛んに探し始めたけれど、それにしてもやはり天皇家で終わりなんだよ。

ぼくはそういう歴史ではだめだと思う。人間そのものをもう少し先へ考えるためには、本当のルーツ探しはもっと無意識的なもので、それが資本主義帝国主義の時代だったから大東亜戦争という形をとったんだと考えたいんだよ。

埴谷が考えるには、北から南から、島づたいにこの日本列島に来たさまざまな人間が、ここに来てから「日本の向こうは太平洋で行き止まりだからみんなこの国で雑居するようになった。」

しかし、無意識の妄想はとめることができない。そこで日本のそれぞれが自分は何かを胎児が夢を見るみたいに考えていた。「それで大岡昇平はフィリピンに行くようになったんだとぼくはするわけだ。しかもそれは日本人の国際性と非国際性と人間性の両端、それから日本人そのものが問い直され始めた時代でもあったんだ。ぼくの仮説はそういうことだ」と彼は言う。

それまでヨーロッパ語からの翻訳をアラベスクにつないで人間性とか国際性について百年の間に説いてきたものを越えて、捕虜収容所の数ヵ月という実験報告を『俘虜記』は同時代につきつけた。埴谷の「独房」も大岡の「捕虜収容所」も、日本の百年を集約する実験室だった。ここから出て、二人はそれぞれ『死霊』、『野火』という作品をつくる。

埴谷　つまり、われわれにとって人間性とか国際性というのは大体ヨーロッパ文化から教えられたものだったわけだけれど、それを身をもって体験したのはあの戦争時代であって、大岡昇平はフィリピンに行ってもちろんフィリピン人にも会ったけれども、アメリカ人にも会ったし、フィリピンの山の上にいる土着民にも会っている。しかも、これが重要なんだが、日本人にも出会ったわけだよ。それまでこれが日本人だと思っていたものが、そういう状況のなかでもう一度問い直され、自覚され直したんだと思うね。

ぼくがなぜこういう大きいことを言うかといえば、それは、大岡昇平の『俘虜記』というものの意味を考えるにはどうしてもそういう枠組が必要だと思えるからなんだ。以前の話の中で、ドストエフスキーの『死の家の記録』の風呂場の場面に負けないようなダンテスクなものを、『俘虜記』のなかの演芸会で書こうと思ったら、うまくいかなかったと君は言っていたけれど、確かに風呂場の場面に比べればダンテスクではないかもしれないけれど、『俘虜記』全体として考えてみれば、ドストエフスキーが『死の家の記録』から出発したように、大岡昇平も『俘虜記』から出発しているということは歴然としているんだよ。

ヨーロッパから教えられて国際性を学習しそこなって、日本の国家主義に負けてしまったのが、昭和年代の軍国主義だという考え方とはけたのはずれたところで、埴谷は、大東亜戦争を見る。

埴谷 『死の家の記録』にはロシア人のさまざまなタイプが描かれている。ところが『俘虜記』は、たとえば亭主の前で女房を強姦するのが気持がいいという男から、あるいは仲良くなった農民出身の兵士まで、日本人のいろいろなタイプを描いたばかりでなく、この点で二十世紀に生きる大岡はドストエフスキーより進んでいるんだけれど、敵をも、アメリカ人をも書いたわけだ。しかも多様なアメリカ人を描いたんだよ。よく本をくれる軍医がいたり、わざわざ夜中にきて握手してくれる二十歳のアメリカ人が出てきたり、それからドイツ系アメリカ人も出てくるし、スペイン系アメリカ人も出てくる。要するにドストエフスキーの『死の家の記録』より二十世紀はもっと広がっているんだよ。大岡は日本人を発見したと同時に、世界の他の国をも発見したわけだ。

大岡　最初の洋行だからな（笑）。

最初の洋行。大岡が敗戦後にアメリカの資金援助を得て、北米、ヨーロッパを旅行した時とはちがう、恐怖と驚愕とをともなう学習だった。

埴谷　しかも、日本が敗けたとき、ローソクを消した真っ暗闇の中で君が泣くだろう。そこで最大の日本人をまた自己発見してるんだよ。それは自分ではわからないよ。しかし読者のほうから言えば、日本人が日本人を再発見するのはああいうときなんだな。君が泣いたこの場面もドラマチックだけど、最もドラマチックなのは、つかまった一人の日本兵が「殺せ、殺せ」というと、フィリピン人が日本語で「いや、お前は死んじゃだめだ。国にお父さん、お母さんがいるんじゃないか。それを嘆き悲しませたらいけないから死んじゃいけない」と涙を流しながらいうんだね。そう言われて、あ、そうかとお母さんのことを思い出して、殺せと言うのをやめる。それでよく聞いてみたらそのフィリピン人はかつて横浜にいて、女房は日本人で、その息子は日本軍が上がってきたら、「おれは日本軍へ行く」と言って日本軍の中へ入っていっちゃったというんだな。これはどうにもならぬ悲劇を内包したすばらしい短編だよ。

発表後五十年たてば、それぞれの作品を書いた本人が、自分の作品についても、他人の作品についても、より大きな視野の中で見ることができる。『死霊』と『野火』の相似性がおたがいの眼に収められている。『野火』は戦争を、『死霊』は革命を主題としており、ともに死者と地つづきである。それぞれが、その目標によってその運動を免罪していない。というのは、人間は神の失敗作だという形而上の信念において、両者が一致しているからだ。そうなると、主人公は神ではなく、神および国家によって不細工につくられて没落した死者である。

両者共通の信念から見ると、日本の戦後文学は、失敗作であっても、深さと大きさにおいて、百五十年の日本の近代文学を越えるものである。

4

日本国敗戦の年の末、『死霊』にはじめて出会ったときには、なんともわからないものだった。だが、その憂鬱な文体に、親しみを感じた。

私は幼いころから、道を歩いていてどこに自分がいるのかわからないことがあった。ちょうどそういう感じを、『死霊』を読んでもった。人間の中に異物としてあり、人間を異物として感じる。さむざむとした感じが埴谷の文体にも、思考方法にもある。

五十年あまりたって読みなおす時、埴谷の本領は、やはりそこにある。

ところが、会ってみると、この人は、あたたかい感じをあたえた。

竹内好の病床を訪ねると、竹内さんは時計を見て、「もうすぐ埴谷が来る」と言った。その言葉のとおり、埴谷雄高が病室にあらわれた。私は京都から東京に見舞いに行くので、何度かしか行けなかったが、埴谷雄高は、私が見舞いに行った日には必ず姿をあらわした。

ある日、その帰りにさそわれて、埴谷さんの家に行った。はじめて行く家だった。

家には、誰もいない。埴谷さんは私にまず、

「スシってものを食べますか」

と言った。それはいかにも、君は、この世にスシというものがあることを知っているかという存在論的な問いだった。つづけて、

「僕は、食物の味に自信はないが、このスシ屋は、長いあいだ、僕の妻が教育してきたので、相当にうまいはずなんだ。」

そうして、スシをとってもらって、しばらく話をしたが、話題は、竹内さんの葬式のことだった。

病室の内部にいたときの、平常とかわらない竹内好との応対。病室を一歩出て、私と歩きだしてからの葬式の手順についての事務的打ち合わせ。真っ二つにわかれたその対話に、私はこの人は二重人格だと思った。

私が二重人格だから、そう感じたのだろう。戦中、私は海軍にいて、自分の皮膚の内部には国民全体の弾劾する鬼畜米英をかくまって生きつづけてゆく道を自分の第一の志としていた。それができなくなったときには、自殺するだけだ。

二十歳のときの感情は、敗戦と占領で日本の状況が一変した後も、私の中に生きつづけている。私の中には、日本人、特に日本の知識人に対する不信が生きつづけている。埴谷雄高にひきつけられたのは、そのせいだ。

埴谷雄高を読みつづけているうちに、彼が大正半ばから、スティルナー、イプセン、石川三四郎への読書遍歴をたどったことにふれた。それは、彼に十年遅れて、私がたどった道でもあった。

石川三四郎に出会ったのは私の十五歳のときで、「潮の干満」という短い文章から強い印象を受けた。それは、キングズリー・ホールなどからの文書が自分のところにも送られてくるようになった。かかわりのないところではないから、ありがたくいただいておくが、ヨーロッパから送られてきていた文書に、今の日本で受け手がなくなったのであろう。

　かくのごときところが日本である。海外からの通信についていえば、日本は今、干潮の季節にある。やがて満潮の季節が来ると、どうなるであろうか、と石川はこの短かい文章に書いていた。

　四百字二枚か三枚のこの文章が、私の心の中に深く入った。ずいぶん後になって、この筆者が、日露戦争のときの非戦論の論客であることを知った。

　石川三四郎は、アナーボル論争のときに、ボルシェヴィズムの側に身を移さなかった。農民として六百坪の土地を耕して一九三〇年代、四〇年代を生き、敗戦後に、昔のままの無政府主義者として姿をあらわした。

　埴谷雄高は、石川三四郎の「ディナミック」の購読者だった。やがてレーニンの「国家と革命」を手にして、反論しようとして読みはじめ、読み終わったときには説き伏せられていたという。そこからマルクス主義の側に転じ、共産党員として活動する。

　この成りゆきを読んでいると、なぜ埴谷がマルクス主義の陣営に移ったのかを不思議に思った。そこから、埴谷晩年のスターリン主義批判を私は導き出せなかった。

　私にとって、一九三七年から四五年までは、虚無主義の立場から自分を移さずに、戦争に引きずられない道の模索だった。日本の内部では、老子を講じる人としては伊福部隆彦のように天皇が老子の政治思想の体現であるとして、中国との戦争を正当化する人が出ており、老荘をよしとする私は足場を取られる感じだった。

敗戦後になってようやく、戦中の石川三四郎、山鹿泰治、木下尚江を見出すことができた。同時に、この同じ時代にどうして埴谷は石川三四郎とのつながりを断つことができたのか、という疑いをもった。

埴谷の戦後の政治についての発言が、どこかにマルクス主義のもつ決定論の尻尾を残していることへの疑惑が私の中に残った。

それほど、未来の先の先まで予測できるものではない。しかも、おなじひとつの価値の尺度をあてはめて。ゆらぐ埴谷、それが敗戦直後の埴谷に対して私の求めるものだった。

5

自分の内部の対話に専念していた独房、家に戻っての結核療養期をすぎて、埴谷は少しずつ他人と話すようになる。ことに自分が考えたとおりに長篇『死霊』を完成できないと思いあきらめてから、他人との対話に活気がこもってくる。

対話に力を移す前の年月には、自分の内面をのぞきこむ記録が、『死霊』と並行して、内外がとけあう心象スケッチとして味わい深い。

最初は日中戦争下の一九三九年一〇月創刊の同人雑誌『構想』第一巻第一号から、日米戦争のはじまる一九四一年一二月終刊号まで、七回にわたって発表された「Credo, quia absurdum.」(「不合理ゆえに吾信ず」)で、これは箴言であり、断片的主張が、すじがきなくあらわれる。

このおなじ誌面に、「洞窟」が、「その内界」(『構想』第一巻第一号)、「その外界」(同第二巻第一号、一九四〇年一月一日発行)として発表された。

日本国は、大政翼賛会発足、やがてつづく「一億一心火の玉」になって総力戦を勝ち抜く準備にはいる。この時に、「洞窟」にこもり、ひとりの非国民として内面の風景をのぞきこむ文章を書くのには、覚悟がいる。

彼には、すると、或る異様な想念がおこつてきたのである。

それが不眠に苛らだちはじめたその原因とまるで関係もない想念で、払つてもはらつても憑きまとう執拗さが彼に悩ましかつた。それは、地球上の凡ての人間が次第になにごとも出来なくなつてゆき——そして、ついには、《何処か》へ消えてしまうと云う異常な想念であつた。

埴谷が人間の代表として、無力になってそこにいる。人間にはやがて、何もしたくない気分がおとずれる。その先がけとして、彼はここに、気力を失っている。

そのとき彼の内側から、かつて台湾の山奥の小学校で先生代行であった時代にうたった歌がきこえてくる。どうやら、彼がはずかしめた隣の少女が歌っているらしい。

《てんきのよいのにみのかさつけて
あさからばんまでただたちどおし——ただたちどおし》

これではまるで、不毛な演算機械を内にのんで何することもなく、「おれは……」、「おれは……」とくりかえす埴谷自身をはっきりとバカにしている。「あっは」と「ぷふい」の二刀流で存在に対する埴谷流の剣法もまたここにのべられており、「不合理ゆえに吾信ず」とあいまって、埴谷の全著作の序曲となっている。

埴谷が『死霊』全巻の終わりにおくはずだった（そして実現に至らなかった）霊鷲山まで、そこにある。それは、なまぐさい男女の愛とはちがう、草や木までにおよぶ愛が空中にあふれているところだ。

この文章の発表とおなじころ、埴谷は、台湾をおとずれ、温泉地草山にしばらく泊まって、自分の部屋の窓から正面に見える紗帽山に対した。「台湾遊記——草山」は、一九四〇年八月号の『南画鑑賞』に発表した。以後十年、紗帽山は彼の内面にとどまった。一九五〇年五月号の『群像』に発表した「虚空」は、彼が現実には登らなかった紗帽山への架空登攀記である。

紗帽山の頂上で、彼は旋風（サイクロン）に会う。

目を開いたまま化石するような時間が私にやってきていた。

それは彼の中に残っている、彼が六歳のころにこのおなじ島で出会った旋風の記憶を呼びさました。ちょうど矢場で弓をひいて遊んでいたのだが、一瞬にして旋風にとらえられ、逃げようとした友達の手足は、高速度写真にとられたように空気にねばりついて、夢のようにゆっくりしか動かなかった。矢場の屋根はすべて吹きはらわれて、そこからいきなり空がのぞかれた。

このことは、遊び仲間みなの経験したことだったが、親たちにいくら説明しても、わかってもらえなかった。矢場の屋根がなくなり、木の枝が折れているにもかかわらず、親たちは、そこが風の道であったことを信じようとはしなかった。

このようにして、内面の風景はたくわえられるほかなくなる。

あとから得た知識によって、海面上の旋風は、海馬（シーホース）と呼ばれることを知った。

私はほとんど狂熱的に旋風のことを考えはじめた。この虚空につきたつ柱が成長後の私を強烈にとらえつづけたのは、それが垂直に立つて、自身のなかに旋回しながら、自身だけの道を歩いてゆくことなのだつた。人間もまた垂直に立つて歩いてゆく。だが、旋風はやがて不意に虚空へのぼつてしまうのだ。

そのうちに埴谷は、メンデルもまた旋風にあったことを知って、あふれるようなよろこびにつつまれた。この人メンデルは、白壁と時計台にかこまれた細長い小さな畑にエンドウマメを植えて小さな実験をくりかえし、遺伝の法則についてのその学説が世界に知られるまでに四十年待ったのであった。

メンデルの報告は『一八七〇年十月十三日に於ける旋風』であり、修道院長として彼が窓の外に見たのは、あめんぼうをねじったように中央がくびれている旋風だった。その下方の円錐は約百二十クラフテル、上方のそれは百六十クラフテル、あわせて約二百八十間の高さだった。

目撃者からの報告と自身の観察を綜合したメンデルは、この旋風について驚くべきほど綿密な測定を下している。しかも、そこで興味深いことは、その幅と速度、さらに旋回速度と旋回方向へと次第に踏みこんでいる彼の態度には、この旋風に対してひそかに懐きはじめてきた並々ならぬ愛着がもはやはつきり窺われることである。例えば、五秒か六秒か薄暗くなつた旧《アルト》ブリュンの修道院長室の上方を黒い魔物のように過ぎ去つた旋風の速度は、一秒二十ないし二十五クラフテル、つまり、一時間に八十一ないし百十六哩であつて、その凄まじい速度はその当時の汽車や暴風よりほとんど三倍早いと、彼はユーモラスに、そして、誇らしげに述べている。この旋風が起つて消える地点までの道筋を調査すると、その辿つた道幅は進行につれて九十クラフテルから百十五クラフテルまで拡がつているが、垂直につきたつた円錐自身の底部の直径は、恐らく上方は五ないし六クラフテル、下方のそれは六ないし八クラフテル、とメンデルは厳密に推定している。彼の推論が最も鋭く発揮されているのは、一瞬にして割れおちた窓硝子を矢のようにつきぬけて、扉がさつと開かれた隣りの部屋奥の壁につきあたつて砕けた一枚の屋根瓦から、この旋風の旋回方向を測定した場合だつた。この旋風は、通常の颱風とはまつたく反対に、つまり時計の針と同様な方向に回転しながら前進したのであつた。だが、これほど旋風の性質を解明しつくしたメンデルが、この虚空につきたつ柱が地上に発生する原因については、わずかに「方向を異にした二つの気流の衝突」と述べているに過ぎなかつた。

もつともこれはこれだけでも、この私にとつては、必要にしてかつ十分な理論であつた。垂直に地上に立つて歩くこの柱の回転運動と位置移動、つまり上方に向うそれと水平に進む運動を同時に満足せしめるものは、たしかに「方向を異にした二つの気流の衝突」から生れるに違いなかつた。

メンデルの報告から養分を吸い取って、埴谷は自分の内面の妄想実験をおしすすめ、彼が内面で見た紗帽山上の旋風を次のように描く。

ただ私はいつも思うのだつた。こんなふうな愛着は二つの真黒な漏斗を逆に重ねたような巨大な柱が虚空に立つているのを見たときのメンデルにも必ず起つたに違いない、と。

私の前につきたつた柱は、けれども、その上部でわずかに朝顔状に開いた巨大な円柱なのであつた。それはまだ遠かつた。それは垂直にたつたまま、壁のようにそそりたつた向うの山にそつて真直ぐに走つていた。その巨大な柱が走り過ぎたあとには、膨らんだ薄布のように捲きあがる砂塵が見えた。砂塵が捲きあがる範囲はその柱が踏み辿る道より遥かに拡がつていると思われたが、この天空へつきたつた長い柱に較べれば、小さく揺れのぼつた埃りの渦に過ぎなかつた。それを譬えてみれば、いま私の眼前には天空へ鬣をたてた一匹の巨大な馬がわずかに一本の足だけを示して、その駆けゆく蹄の後ろにぱつとたちのぼる白い埃りの輪をのこしているのであつた。この巨大な恐るべき円柱は、踏みゆく道から舞いあがる砂塵のほとんどすべてをその自身の円筒のなかへ吸いこみ、その急速な通過のあとには、膨らんだ薄布のように揺れる気流とそのなかを捲きのぼる砂塵をとりのこしているだけであつた。すると、平坦な畠地に凄まじく走つているそれは次第に斜めに進んでくると思われた。

向うの山壁から朝顔状に開いた頂点を高く碧空へつきたてている柱は、その上部をわずかに後ろへそらした姿勢で次第に大きくなつてきた。その背後に捲きあがる砂塵は、厚い垂幕のように膨らんで拡がつていた。それはたしかに進んできた。鬣をふりたてる奔馬のように、私の緊張した視界の裡に、それは見るみる裡に進んできた。

これは、後年に書かれた『闇のなかの黒い馬』に直結する。だが同時に、カトリック教会の片隅で修道院長のメンデルが、だれに頼まれたのでもないエンドウマメの実験を狭い小さい畑でくりかえすありさまを想像することは、埴谷が日本帝国の監獄独房の中で自分の心の中に種をまき、発芽させ、やがて長篇『死霊』に至る架空人物の対話という実験を連想させて、今のところだれも認めることのない彼の努力を励ましたにちがいない。

寝たきりの埴谷雄高は、闇の中で遊びを編みだした。

私はその最初の接触が、そこに何を予感して行われたのか、また、どんな経過を辿ったのか、その細密をまるで記憶してない。恐らくこの深い闇のなかでまったく無能な眼球を暗黒自体にしてしまいたい苛らだつた衝動でも働いていたのだろう。私はいきなり瞼の上から眼球を強く圧しつけた。深く凹んだ眼窩のなかへのめりこむほど烈しく圧しつづけた。私はふと不安になつた。抑えられた瞼の裏が一つの空洞になつてたるみ、眼底の何かが潰れるような疼痛が起つてくると思われた。けれども、私はなお眼球を圧しつづけていた。すると、やがて瞼の裏に展いた暗黒のなかにぽつんと小さな白いほしが現われたのである。私はその小さく踊りでた白点を最初に眺めたとき、自身の水晶体のなかに潜み隠れているあの永遠の斑痕が何か私が理解し得ぬ機能的な理由でよろめき揺らぎでてきたのかと思つた。けれども、私は誤つていた。それこそ光であつた。無限に変容しゆく光なのであつた。小さな白いほしがつらなつた細胞のような聚落をなしてきらきらと十ばかり右隅に浮びでてくると、見るみる裡に忽ち無数の丸い白い微粒子の群れがその下から湧きのぼるように現われてきた。それは規格を揃えてびつしりと並べられた同型の蜂房か円筒のように互いにつらなりあい密集した形で現われてきた。瞼のなかの暗黒いつぱいにその白く丸い微粒子が次から次へ黒い水面へ吹きあげられる気泡のように拡がつてくると、その波斑に似た小さな光の群れのなかから次第に眩ゆいほど巨大な鍵形の光が動き出てくる……。（「意識」）

宇宙はそのどの一点をとつても、そこがはずれという場所はないという。宇宙の闇の底の無名の一点から、絶望の果ての自己運動をはじめて、そこから、宇宙像を、その中のヘッケルの系統図としての生物像、その中の人類、そしてその中の日本像、こうして彼の対抗軸としての天皇制は「万世一系」という架空の小さなひとすじに見えてくる。まさに独房の中の実験はこうしてはじまる。

やがて眼球自体から眼窩へかけて、さらに耳のあたりへまで鋭い錐でもむような疼痛が起つてくる。こんなに激しく眼球を圧しつづけていれば、私の機能をつかさどつているどこかの神経がくだけて狂つてくるのではないかという暗い不安と恐怖がちらと芽生えはじめてきさえする。けれども、暗い視界のなかに眩ゆく自発してくる光の錯雑を覗きこんでいる私は、たとえそうなつてもこの自己実験の指先を離さぬつもりだ。すると、私は、さらに大きく眼を見開いた。網の目のような葉脈が透いて見える一枚の薄い葉が、細長い胚種に似た楕円の光が、視界の中央部にぼんやりと現われてくる。それは淡緑色だつた。それは白色の眩ゆい光彩のあいだに現われてくるはじめての色彩で、それが一つの凝集した、細長い、楕円のかたちで現われてくるときは、必ず波斑に似たあの白色の輪よりはるかに大きかつた。その一枚の葉に似た淡緑の楕円に見いつていると、まずそこに葉緑素でもまきちらされるような鮮やかな濃緑へ移つてから、次第に暗紫色につつまれはじめ、ついには鈍い鳶色へ変つて、やがて、視界の中央部になにか見慣れたかたちでぼんやり固定してくる。私はすると重い気分に襲われる。その眼前の闇に据えつき動かなくなつた鳶色の楕円をひたと眺めると、それをはつきり見知つていながらしかも何処かの機能が麻痺しているためその記憶をどうにも呼びもどし得ない何かが、そこに蹲つているような印象を受ける。それは一枚の葉のような淡緑から鈍い鳶色へ移り変つた楕円のかたちだつた。私は息がつまるほどの時間凝つとみつめつづけた。瞬きもせずにみつめつづけている裡に、それが一つの怖ろしい啓示のように不意と私のなかに閃いて、私はふと気付いた。そうだ。それはこの私の瞳孔だつた。恐らくそれは私の暗い網膜の上にぴたりと二重に重なつて映つているのだろう。その一枚の葉のようにぴたりとそこにとまつている細長い鳶色の楕円は、まぎれもなくこの私の眼球のなかに備つた褐色の瞳孔に他ならなかつた。精神病者達が描いた絵を蒐めた或る種の画帳を展くと、そのなかにはしばしばこうした一枚の葉とも一つの獣ともつかぬ楕円の瞳孔のみが単独に描かれている。それは奇妙に気をそそる印象を与える。それは凝つとこちらを覗いて神秘的にすら見える。その私自身の瞳は暗い視界のなかで鈍い鳶色に光つていた。それは見慣れたものに違いなかつた。そして、それはまた嘗て思いがけぬ現象に違いなかつた。私が眼球のなかに保ちもつている鈍い褐色の瞳をその私の瞳自身が凝つと瞬きもせず息もつかずに眺めつづけている感じは、自分が高く暗い虚空へ浮いたように妙にそぐわぬものだつた。この鳶色の楕円が眼球を圧しつけられた暗い視界のなかに一つのまとまつた光として現われてくる最終最後のものだつた。鈍い鳶色の楕円が次第にまわりの闇へのみこまれ、覆われ、ぼーつと消えてしまうと、底知れぬ深淵のような不気味な暗黒がまた覗かれる。

ここは、埴谷が、自然科学で言う決定的実験を行なう場面である。

そうだ、と彼は気がついた。「それは暗い闇の奥から自発してくる光だつた。」（「意識」）

《俺の魂がそこに復帰し得るところの、いわば、根源としての存在。》

《詩がそれであるところの原始についての秘密も、かくて俺が含む秘密によつて解き明されるであろう。》（「不合理ゆえに吾信ず」）

カントが、ヒュームに追いつめられながら、コペルニクス的展開をなしとげて、ふたたび自分の視座を先験的図式から築きあげたように、日本共産党員によって陥れられて日本国天皇制の獄につながれた埴谷は、実在のソヴィエト連邦政府に対する信仰に頼って立ちあがることをせず、虚無の中の自分からさしてくるかすかな光――内的風景――によって、もうひとつの思想運動に出発する。

個の中の小さなゆらめきから出発し、宇宙へ、そこからまた現代世界の権力への批判に還流する思想運動の中で、自分が親近感をいだきうる人びとの群像は、ひとりひとり宇宙的な光をもって照らしだされる。

原民喜について。

私の想い浮べる構図のなかで、原民喜に対座者がないということは、その無口の性質を物語っているだろう。原民喜の無口は圧迫的でなく、気づまりでない。そこにいるのが、透明な結晶体ででもあるように、ひとびとの気にかからぬ静謐なかたちで、彼はひとびとの脇にひつそりと坐つているのである。彼は、好短篇『氷花』のなかでセルバンテスから思いついた「びいどろ学士」のことを描いている。これは全身が硝子でできていると自分を思いこんでいるので、ひとからさわられるのを何より恐れている。私は、黙つて坐つている原民喜が、傍らのびいどろ学士に話しかけたり、自分がびいどろ学士になつて、人混みを眺めたりしているさまを、面白く思う。この新びいどろ学士は、すべてが壊れ砕けた原子爆弾の衝激から生れでてきたのだが、その眼も、その精神も、そして、その軀までも、透明に透きとおつていて、このびいどろ学士が傍らにいても、ひとびとは少しも気づかないのである。このびいどろ学士は、はじめ、誰かと対座しているのだが、その誰かが他の誰かと話していると、それと気づかぬ裡に、次第に、びいどろ学士の対座の角度がずれてゆき、何時の間にか、ひとびとの輪から一歩うしろに退いていて、そして、その透きとおつたかたちのまま、ひとびとを眺め、耳を澄ましているのである。恐らく、原民喜はあらゆるものの傍らで、一歩ひいたまま、透明に佇んでいるのだろう。原民喜の観察の繊細な確かさは、あらゆるものの前で透明になつてしまう清潔さにある。

死の一年ほど前に、原さんは吉祥寺へ越してきた。その頃から私は軀を悪くしていたので、私が訪ねるより、訪ねられるほうが多かつたが、その訪問は、特徴的であつた。玄関ががらりと開くと、それつきり音がしないのである。不思議に思つてでてみると、そこにびいどろ学士が黙つて立つているのである。その無口は徹底していて、決して「今日は」とも「ごめん下さい」とも云わず、こちらが玄関の開いた音に気がつかずにいれば、そのまま、何時までも立つているのである。恐らく、もし迎えにでなければ、永遠に立つているのかも知れない。

生きているときから、透明なびいどろ学士として私達の傍らにひつそりと坐り、ひつそりと佇んでいた原さんは、いまも、透明なびいどろ学士として音もなく私達を見守り耳を澄ましているのではないかと、ひよいと思うことがある。(「『びいどろ学士』」、『近代文学』一九五一年八月号)

埴谷雄高の手にかかると、生きている、いた人間も、形而上的な肖像画になる。原民喜の場合、生きているときにすでにその風格をそなえていたが。戦中から埴谷の親しく往来した大井広介の家庭についても、その人を、彼は、宇宙観測の望遠鏡から見る。以下は、大井夫人のガン再発後のこと。

それから四五日して訪れた私は、奥さんとあまり距たらず僕もやがて行つて、向うの話をいろいろ聞きますから、先に行つてよく見ておいて下さい、というつもりであつたが、しかし、そのときの夫人はもはや落着き、まことに立派で、無駄なことは何もいう必要がなかつた。パパと一緒にという死者のエゴイズムは、この生者のなかでは許されないこと、この世界はつねにひたすら生者のみの世界なのであつて、死者はただ影の国へひきこもるべきことを、暗黙の裡に理解し、そして、言葉も少なかつた。そのとき、私が気づいて共感したことは、すでに語るのにも疲労を覚える夫人が、私達に絶えず眼で語つたことであつた。その眼は、ひとの話す言葉に微妙に反応した。その眼は絶えず微笑し、ひとを許し、自らは諦観のなかにひつそりと沈んでゆく気色を、風に揺れ移る水面の波紋のように微妙に示した。絶望を通りこしたあとの静謐がそこにあつて、何者かとの調和がそこに感ぜられた。

大井君は、日頃から日本人の長所のひとつに無宗教性ということを数えいれているので、夫人の葬送には誰もが驚くほど、何らの儀式がなかつた。病院へ送られて解剖され、そのまま火葬場へ廻つて、そして、骨箱に収められて家へ帰つてきた夫人の遺骨は、四五冊の本が乱雑に並べられた大井君の机の隅に、こともなく無造作に置かれてあつた。その机の上は全く整理もされていなかつた。普通、葬送の場合するような礼拝すら誰も出来なかつた。縁側には白い兎が飛び跳ね、食器戸棚のなかには二匹の猫がはいりこみ、切り炬燵の横を一羽の鶏が悠然と歩いてゆくといつた悠久たる自然のなかに、夫人の段々小さくなつてゆく影がこともなく無造作に坐りこんでいるという感じであつた。

この秋、大井君は新夫人を迎える。新夫人は亡くなつた夫人を看護したかたとのことである。紺碧の海は歴史のさまざまを深みへのみこんで、ゆつたりと変らぬ波を動かしつづけている。嘗てポムポム砲が打ち上げられた場所にさしかかつたとき、そこは見渡すかぎり茫洋たる紺碧の潮が流れているばかりであろうが、長く夫人の耐えてきた苦痛と辿りついたところの静謐を記念して、私達はそこで言葉なき花輪をひとつ投げ入れた

いと思う。（「大井広介夫人」、『近代文学』一九五三年八月、九月、一〇月号の同人雑録）

6

埴谷雄高は、自分が生きて考えているこの場面と隣あわせにもうひとつの宇宙があって、そこにはもうひとつの太陽が昇っていると考えることができた。観念として考えることができただけでなく、気配としてそれを感じることができた。このあたりにくると、埴谷のヨーロッパ的観念の自己増殖とはちがう風景に近づく。

埴谷雄高の死後、私たちは、埴谷の残した数多くの対話に、ゆっくりと、耳をかたむけることができる。彼が実際に残した対談記録をとおしてだけでなく、現実にはなかったヘルマン・ブロッホの『ウェルギリウスの死』と飛びちがいに読んで、そこに現れるさまざまの組の対話にききいる。

そこに現れる幻想は、もう一つの太陽にさらされたもう一つの宇宙ではなくて、少なくとも私にとっては、もう一つの月に照らされた静かな宇宙である。

7

五十年あまり、埴谷雄高を読んできて、私の中に埴谷の残したものは、自分が一点になったところから、あるいはその自分の中の一点になったところから、その一点を守ることをとおして伝統を受けつぐ道をひらけたということだ。

千年内、というよりも、その半分の五百年をこえて夢幻能を受けつぎ、アメリカ文化のいちどきの流入の季節に花ひらかせた。

埴谷の文学は、敗戦後の日本にあって、知識人内部での反主流（カウンター・ローテーション）として成立した。

それは、日本の状況内の埴谷の著作の位置だが、日本の状況の外にむかって働く仕方としても考えることがある。

前に書いたことをくりかえすが、大正時代に（この時代に埴谷の文学は胚胎した）「日本のロマン・ロラン武者小路実篤」というラベルがあった。「その妹」という戯曲を書いた武者小路についてはあてはまる。しかし、それは、九十歳までの彼の生涯のわずかな時期である。これをフランスに戻して、「フランスの武者小路実篤は誰だ」と問いかえしてみると、さがせばきっといると思うし、その問いかけは有効である。

問題をかえて、二〇〇二年の今、テロの時代に国民として一つにまとまってきたアメリカにむけて、「アメリカの埴谷雄高は誰だ」という問いを投げかけてみたい望みを私はもっている。

世界文学の中の『死霊』

1

日本の国家ができてから百四十年に足りない。だが、この中で育てられた知識人は、国家の形と見あう一定の型をもっている。まず国家ができて、そのあとで国家が学校をつくった。

その型から埴谷雄高ははずれている。

どうして、こういう人が出てきたか。

ひとつには、彼が、日本本土からはなれた台湾で育ったからだろう。

こどものころ、自分にやさしい母親が、家の外に出ると、土地の人にやさしくないのが不思議だった。

同時代人の中で、埴谷はものさしの持ちかたが、ちがっている。それは、台湾から日本を見ているからだろう。毎日の新聞の記事を通して日本を見ていない。状況を大づかみにとらえる力をもっており、それを同時代の日本の知識人の中でもちつづけた。

中学生として内地に移ってきてから、日本の学校になじまず、やがて旧制高校の試験に失敗した。彼を熱愛する父親は、その日記によると、彼をノロノロ、ウロウロする人間としてしか見ていない。それは、彼の生涯と仕事とを見わたすとき、あたっているとも言えるのだが。

父親は、息子の愛読している本を自分も読んでみて、それがたまたまゴンチャロフ著『オブローモフ』の訳本だったこともあって、何もしようとしない怠け者オブローモフそっくりの男に、自分の息子が見えている（川西政明の考証による）。

おなじころ『オブローモフ』を読んでいた丸山眞男は、中学生として新宿の映画館に「カリガリ博士」を見に行った。

おなじ年輩で、おなじ小説、おなじ映画にとらえられた丸山眞男と埴谷雄高は、日本のファシズムをくぐりぬけたあと、座談会で、「カリガリ博士」について語りあう。弁士徳川夢声が登場したばかりで熱演したことを話題にし、丸山は、弁士としての夢声を天才と呼んでいる。

暗闇の中で、「人殺しー」という声が会場を引き裂き、そこからこの映画ははじまる。映画史家のクラカウアはやがて、『カリガリからヒットラーまで』という大著をあらわして、カリガリを、ナチズムの発生を予言したものとして論じた。クラカウアの大著の胚胎と同時に、「カリガリ博士」は、消されることのない刻印を日本の二人の中学生に残した。

それは、狂気に近い思いこみをもつ指導者が社会集団を狂気に巻きこんで、破滅に向かって操ってゆく大きな劇の序曲となった。

丸山はファシズムの政治の分析者として、埴谷はファシズムの社会の観察者として、渦中に辛うじて眼をひらいて、考えつづける。

丸山が、途中で留置場に置かれながらも、一中、一高、東大法学部を通って助手、助教授への位置に身を置くのと対照的に、埴谷は高校の試験に失敗し、日大を二年で中退、共産党員として活動して、下獄、転向、結核の療養、新聞社、という経路をへて、戦後を迎え、「近代文学」を創刊し、戦中あたためていた長篇小説『死霊』を発表しはじめた。

雑誌の同人仲間にさえ理解されなかったこの作品に、洞察を示した人に、武田泰淳がいる。武田はこの作品を、中世の夢幻能の流れにおき、日本文学の伝統の中でとらえる。

『死霊』は、高等学校出身者でない埴谷にとって、方法として採用した人工言語である、日本の旧制高校生の哲学言語（ドイツ哲学から日本語におきかえたもの）によってつらぬかれている。それは、獄中でひとりカントの『純粋理性批判』のドイツ語原典に読みふけった作者にとって、あらかじめ証明不能と知らされている命題の系列をつむぎだしたものであり、形而上学としての哲学小説である。しかし、心をひそめて読むと、その裏には、日本の昭和史の事実としての共産党リンチ事件、共産党内へのスパイ潜入、転向と自殺、銀行ギャング事件が、かくされている。

この小説の言語を文字通りに読みすすむと、これはヨーロッパ近代文学に模型をとった翻訳まがいの作品に見える。現に、そのように見たてた伊藤整のような文芸批評家もいた。しかし、眼をこらして、日本文学史を大きくとらえるならば、中世の世阿弥の能の表現方法を引くだけでなく、江戸時代の芭蕉の俳諧からもつよい影響をうけている。ただ、明治がはじまってからヨーロッパから影響をうけた日本の近代文学とはちがう作品である。石川啄木が「時代閉塞の現状」で明治末にひとりのべたように、田山花袋の「蒲団」など、日本の自然主義作品は、ヨーロッパの自然主義、たとえばゾラの作品のように、民衆の生活だけでなく民衆の上におおいかぶさってくる国家の動きを真正面から見ることをしなかった。『死霊』はそのような日本の近代文学からそれた、もうひとつの近代文学の道をひらいた作品である。

2

埴谷は、カントの『純粋理性批判』から、思索上、文体上の影響を受けた。先験的二律背反のところまできたとき、このどちらとも言えるという境界線上をこえて、どちらとも言える自分の妄想を、妄想と自覚しつつ押し進めてみようと決意した。それが『死霊』の文体である。

そのあとで読んだヴィンデルバントの哲学史は、哲学史には問題の回帰性があることを埴谷に教えた。問題学（アポレティク）として哲学をとらえる試みである。埴谷にひきつけて言えば、問題の回帰性である。このとらえかたは、すぐに問題を卒業することを特色とする大正・昭和の数ある日本の知識人の中で、埴谷をきわだたせる。

ヴィンデルバントに沿って西洋哲学史をさかのぼると、最初の問題の出し手としてのソクラテス前派にゆきあたる。この親近性を、埴谷は、生涯の最後まで忘れない。岩波書店版のソクラテス前派翻訳叢書の月報に埴谷の寄せた短い文章は、彼の最後の文章のひとつとなった。

埴谷は、現代に生きる最後のソクラテス前派として文章を書いた。この場合、最後とは、「最近の」という意味をふくむ。

そのような身ぶりを保って、今度は西洋哲学史を下ってゆくと、中世のキリスト教神学の中にも、埴谷に示唆をあたえる言葉がある。埴谷の悪魔学は、このような道草によってもたらされた。パラケルサスによると、キリスト教のまったき信者は、よいことをするのにも常に来世での報いをあてにするから欲得目あての行為となり、善行はできない。テルトリニウスは、「不合理ゆえに吾信ず」という言葉に要約される（ウルフソンの『中世初期の神父たち』によると、その言葉どおりではない）有力な系列の著作をのこした。

哲学史だけでなく、文学史においても、埴谷の作品は、ヨーロッパの現代以前の作品と親しい関係にある。十八世紀のマルキ・ド・サドの作品は、性についてほしいままに観念の論議にふける点で、埴谷の『死霊』に近い。このことは、社会学者作田啓一に教えられた。十九世紀のドストエフスキーの『悪霊』は、革命運動の魔力を描く点で、『死霊』につよい影響をもった。二十世紀に入ると、ナチスの収容所をくぐって、かろうじて生きのびたヘルマン・ブロッホの『ヴェルギリウスの死』は、これをおそらく埴谷は読んでいないと思われるが、同時代の体験を共有するという点で、『死霊』と親しい。ブロッホの長篇は、二千年をさかのぼってみずからの体験からローマの詩人を造型した。他にも埴谷の読まなかった作品との親縁関係をたどるなら、『死霊』は、南アメリカのボルヘス、さらにマルケスと近しい関係にあり、決して世界の文学史で孤立する仕事ではない。埴谷の愛読した作品の中ではエドガー・アラン・ポーの『渦潮』と『ユリイカ』は、『死霊』の構想に刺激をあたえている。

3

植民地、独房、結核の病室にひとりいて夢をつむぎつづけた埴谷は、やがて人間だけでなく地球を遠くから眺める見方を育てた。夢想の費用は、彼を低く評価しつつ彼を愛した父の残した財産によってまかなわれた。

獄外に出てから、しばらく小康を得ていた年月もあり、そのあいだ彼は、戦時下の経済雑誌の記者として暮らした。大づかみに同時代をとらえる力は、この時代に発揮される。

ヒットラーのナチス・ドイツによるオーストリア併合（アンシュルス）は、当時の日本人にとって小さな事件として報じられたが、経済記者埴谷はこの事件を見のがさない。エミール・レンギルによる適切な文献を見つけて、抄訳を「血のダニューブ」と題して雑誌『改造』にのせた。ここで彼は、オーストリアという小国の変動を、スラヴ民族の全体主義国家とゲルマン民族の全体主義国家の衝突としてとらえている。

埴谷の転向は、日本国の政治から眼をそらして、芸術批評と創作に逃げこむ行動ではなかった。共産党員としての活動に、かれは敗戦後ももどることはない。二十代から年月をおいて、彼が政治にふたたびかかわるのは、一九六〇年の安保反対の運動においてである。すでにその前年、日本共産党からはなれた学生運動の中で、これまであまり読まれることのなかった埴谷の著作は、はじめてひろく読まれるようになった。

この非共産党学生運動が分裂し、分裂した双方が互いに暴力をもって敵対したとき、埴谷は内ゲバに反対の声明を起草し、その立場を双方からの拒否にかかわりなく保ちつづける。

埴谷は、政治に不信の眼をむける。政治は、あれは敵だ、敵を倒せというスローガンに集約されると彼は考える。しかし、そのように政治を集約して言明することは、すでにひとつの政治行動だった。

埴谷雄高の文学を考えることは、世界文学の中で、日本文学を考えることである。直接にお互いの作品を知ることを越えて、紫式部―マルセル・プルースト。世阿弥―アーサー・ウェイリー、W・B・イェイツ、ベルトルト・ブレヒト。立川流―マルキ・ド・サド、井原西鶴―埴谷雄高。そのさまざまの系が見える。埴谷死後の現在について言えば、松尾芭蕉―オクタヴィオ・パス、大岡信、谷川俊太郎という流れも見える。詩の朗読は、宮沢賢治―ゲイリー・スナイダー―谷川俊太郎という流れをつくる。これまで日本文学にとってまれだったが、こういう系は世界ではあらわれていた。たとえば、エドガー・アラン・ポーへの評価は、英語になじまないフランスのボードレールを通って、アメリカにふたたび伝えられた。

戦争という、今では世界を巻きこむ運動について、アメリカの文学史家アルフレッド・ケイジンは、南北戦争についてはスティーヴン・クレインの『赤い武勲章』、第一次世界大戦についてはE・E・カミングズ『巨大な部屋』、ジョン・ドス・パソス『北緯四十二度』、アーネスト・ヘミングウェイ『武器よさらば』が現れたが、第二次世界大戦、ヴェトナム戦争については、未だ現れていないと言う。

日本文学は、明治・大正・昭和を通じて、自国のおこした戦争について自分本位の像をつくって日本国内の人びとに送りつづけた。日本語を読む台湾、朝鮮の人びとが、それらの作品に納得したはずはない。しかし、そのあとがある。

4

一九四五年の敗戦は、日本文学の新しいはじまりとなった。大岡昇平『レイテ戦記』は、その戦争が戦われた土地、そこに住むフィリピン人、そこで戦う日本人とアメリカ人を描く。日本文学として新しい小説であるだけでなく、この戦争の勝者米国が、半世紀後の今日、未だにつくることのできない戦争像である。

二十世紀は、戦争と革命の時代である。この時代の革命を、自分のもつ希望にもとづいて描くのではなく、幻想と反省をこめて描く埴谷雄高の『死霊』は、アメリカにもソヴィエトロシアにもあらわれていない一つの作品である。

『死霊』が完結したかどうか。それには諸説ある。作者自身は、早くから、この作品を完結できるかどうかにうたがいをもっていた。そのうたがいがきざすころから、彼は対談に重点を移した。特に大岡昇平との長篇対談『二つの同時代史』はこの世紀の二つの主題、戦争と革命についてのそれぞれの奇想、幻想をそそぎこむ一つの器となって、死に近い両者の思いがそそぎこまれている。この対談は『死霊』外伝ともいうべき著作となった。

六十年前、はじめてこの作品に出会ったとき、『死霊』は、私にとって、とらえようのない作品だった。長い年月をへて、ふりかえってみると、『死霊』でくりひろげられた妄想の中に私自身が一つの浮島としてあるという感想をもつ。

対談

『死霊』の新しさ

高橋源一郎／鶴見俊輔

日本語の「公」と「私」

高橋　鶴見さんが最近出された、『読んだ本はどこへいったか』を読んで、本当におもしろくて、いろいろ考えるところがありました。鶴見さんは、その中で、読んだ本がどのくらい自分の中に残っているのかと書かれていました。そして、そのことが決定的に重要だと書かれていたと思います。

そして、僕の場合、読んだ本はどこに行っただろうかと考えたんです。僕はいま五十二歳ですけれど、もちろん残っている本、残っていない本があります。いや、乱暴にいうと、「私とは何か」というと、「私とは読んだ本、そして残った本のことである」といえるんじゃないかと思うんですね。

しかも、ただ読んだ本ではなくて、十四歳から十七歳ぐらいにかけて読んだ本でできているんじゃないかという気が最近してきたんです。つまり、十四歳以前の自分は、今から考えてみても、ほとんど何も考えていなかったに等しい。十八歳ぐらいからは、悲しいことに今とほとんど変わっていないように思います。

僕がデビューしたのは三十歳になってからですけれども、十八、九歳ぐらいに書いたものが残っていて、それを読んでみると、よくいえば変わっていないし、悪くいえば進歩がない。やはり十四歳から十七歳にかけて読んだ本で僕というものの中身ができているんじゃないかという気がして、ぞっとすると同時に、ホッともしたのです。

では、十四歳から十七歳に何を読んでいたんだろう。僕は五一年生まれなので、六五年から六八年ぐらいにかけて読んだ本から、考える時のスタイルとか、モラルとか、感受性について大きな影響を受けていると思うんですが、ではどんな本かというと、恐ろしいことに、数人の名前で足りてしまうかもしれないんですね。

それは吉本隆明、谷川雁、埴谷雄高、そして、鶴見俊輔といった名前です。もちろんほかにも、浴びるように読書をしていたわけだし、読むジャンルも手当り次第でした。けれど、その時期を潜り抜け、我に返り、一人になって、なにかを書いたり、考えはじめようとした時、頼ったのは、「読んだ本」の中で出会った、限られた著者のものだったような気がします。

それが谷川雁であり、埴谷雄高であり、吉本隆明だったわけです。政治というものとどう付き合うのか、政治と詩の近さと遠さをどう感じ、どう向い合うのか、あるいは文学として言葉を選ぶときどんなモラルを立てればいいのか。そんなことは、みんな多分彼らの本を通過しながら学んでいったことだと思うんです。ただ、そういった言葉のつくり手の多くは、今から考えてみると、かたい言葉を使っていました。他に適当な言葉が見つからないのですが、その「かたさ」もまた魅力だったことは事実です。

その中にあって、鶴見さんは例外的にやわらかい言葉づかいをされていて、そのことがとても新鮮だったのです。たとえば、鶴見さんが関わった大きな仕事の一つに、『共同研究　転向』という大きな本があります。僕は高一のときに読み、ショックを受けた覚えがあります。もちろん「転向」に関しては、その前に吉本さんが書かれたものを読んでいたので、それが単なる政治的姿勢の変更ではないということはわかっていました。しかし、あの『共同研究　転向』はそのプロセスをものすごく丁寧に追っていて、ある事件なり事象なりを説明し、証明していくためにはフェアでなければならないことを言外に語っていたように思えます。そのあり方は、言葉に対する取り組み方の一つとして、鶴見さんが書いたものに直結するものとして僕にはあったのです。そして、その部分はいまも僕の中に「読んだ本」として確かに残っています。

そういうわけですから、僕の中に、残っている部分をつくった人の前に出るのは妙な感じなんですね。「読んだ本はどこへいったか」というと、ここにあるのですが、その本の著者が目の前にいらっしゃるわけで（笑）。

かわる部分に関してです。

ところで、僕は、「読んだ本」の結果として、一人の作家になったわけです。そして、今、そういう自分を少しずつ変化させたいと思っています。それは、特に、公の言論にかかわる部分に関してです。

簡単にいうと、日本文学では、いや、そういう大雑把な言い方ではなく、ここしばらくはとしておきますが、我々作家は主として「私」について書くべきであるとされていました。そうでなければ物語を書くべきだとされていました。そして、「公」については、避けて通るべきものだと考えられてきました。しかし、「公」を切り捨てた言葉は不完全です。「公」の言葉とどう切り結ぶか、この百年、作家たちはずっと悩んできたわけです。その問いをどうにかして解いていきたいと思うようになった。そういう時期に鶴見さんとお会いするからには、やはりそこのところからお話を聞いていきたいなと思います。

鶴見　その問題はおもしろいですね。「公」の言葉をしゃべるときに、幾ら分解しても方解石みたいに「公」の形が出てきて、幾らたたき割って小さくしても「公」しか出てこない人、つまり、その人の血液に「公」だけしか流れていないと思われる人がいるんだよ。これはちょっと話しにくいなという感じがある。「公」で何かいっているときに、後ろの方で「私」的なものの支えがある人は、耳を傾けるに足るという感じがある。

そういう人は議会では少ないし、官僚制度の中で少ないわけね。

教育制度は明治五年からですから、大体百三十年ですね。これは効率が相当高いのよ。

これがそういう日本国民をつくっちゃったんだ。

斎藤隆夫は、翼賛会の中から除名されて、ほうり出されて、もう一遍、今度は平気で非翼賛で出てきて、戦争が終わったときに議会の中に坐っていたんだからね。ああいう人間は、今の議会から出てこないと思う。思想というものが偏見ともうろくに支えられているとすれば——これは「私」的なものでしょう、公のものじゃないな——あの千人足らずの中に、私は一人も認めないね。支えは右も左もない。そういう人間になっちゃっているんだから、選別されてそうなっているんだ。官僚の中にも、大体いないと思う。官僚は途中でやめるひともいるし、おもしろいやつもいるんだけれども。

優等生は無限の転向を繰り返す

高橋　鶴見さんは、「公」の言葉に関してずっといろんな書き方をされていますが、強く印象に残っているのは、べ平連の活動をなさっていたとき、アメリカ兵四人の脱走にかかわって、鶴見さんが驚いたと書かれていたことです。アメリカ兵といっても、十九、二十歳ぐらいの田舎の、ちゃらんぽらんなおにいちゃんなんですね。だから、そんな連中に何かしゃべらせてもばかなことをいうんじゃないかという危惧を持っていたら、そのアメリカ兵たちが、自分と「公」、つまりアメリカとの関係がどうあって、本来どうあるべきだから、そのかかわり方において自分は内なるアメリカを裏切れないから脱走するという言い方を、はっきりとしたので驚いた、と。

僕もそれを読んだとき驚きました。確かに鶴見さんが驚かれたように、僕たちのこの国では、公についてどんなに知識があってもうまくいえない。というか、言い方を知らないというところがあるんじゃないでしょうか。

鶴見　脱走兵の中には、小学校、中学校、高校で一番になるやつはいないんだよ。日本の官僚は大体どこかで一番なんだ。

谷川雁が、よく私の家に来たんだ。いつでも威張っている。「谷川さんはどう思うか」「そうだね、鶴見君」という調子なんだ。私より一つ下なんだよ。「谷川さん、学校で一番だっただろう」といったら、そのときには変に横を向いて顔を赤くしているんだ。「田舎の学校だったからね」といったんだ。それが谷川に対して一本取った、ただ一回だよ。彼は一番であることを恥じることを知っていた。

死んだ後、谷川の遺稿が出たでしょう。それは自伝的なんだけど、彼は水俣で、一番で級長だった。それをひそかに恥じているんだ。恥じるだけの能力というか資質はあったんだね。

一番という問題が、埴谷を論じるときに大変重要なんだ。

というのは、私のおやじがずっと一番なんだよ。一高英法科一番なんだよ。食卓でいつでもその話をする。ところが、私の息子が史学者で、ほかのことを調べていて官報をひっくり返していたら、偶然高文（高等文官試験）の成績が出ていた。私のおやじは二番なんだ。そのことは決して食卓で話題にしないんだ。気の小さい男だな。

私は長く家を出ていたんだけど、おやじが倒れてからしばらく世話をしたことがあって、金庫をあけたら遺言が出てきた。それは昭和十一年の遺言で、二・二六だ。その遺言が最後だった。つまり、昭和十一年まではやる気があったんだよ。殺されてもやろうと。あそこで終わっちゃったんだ。それが彼の人生を非常によくあらわしている。結局、翼賛会で、東京を爆撃したアメリカの航空兵を死刑にしようとか、そういうところまでいっちゃうんだから、一番は当てにならない。

なぜ一番は当てにならないかというと、明治五年にかかわるんだけれども、先生にただ一つの答えがあるという信仰を教えられたことなんだ。問題を先生が与えると、そのただ一つの正しい答えは先生の心の中にある。そうすると、「はい、はい」と手を挙げる人間は、大体学者犬の集団になるんだよ。学者犬は、三百六十五たす三百七十三というとパッと当てる。それは調教師の顔を見ているから、答えがちゃんと書いてあって、それで当てる。似たようなことで、教師がそこにいると、正しい答えを念写する習慣なんだ（笑）。

高橋　超能力を教わるわけですね（笑）。

鶴見　一年生のときから、それが東大を出るまでずっと続くと、その間に教師がかわるから、転向また転向、無限の転向を繰り返す。転向が体の習慣になっちゃっているから、不思議と思わないんだよ。転向するのが本当の自分なんだから。

官僚になって高文に行くでしょう。大正時代だったら、美濃部憲法で通るんだ。今度はナチスがヨーロッパに出てきたから、カール・シュミットの法学とか何かが入っちゃって、美濃部さんは国法に反すると裁くんだ。美濃部憲法で上がった人間が、美濃部さんを裁くんだ。美濃部達吉にとっては相当屈辱だよ。

ところが、美濃部の自伝の中に出ているけれども、昔の先生だから、調べが終わったら鰻丼をとってくれた。つまり、先生がウナギを好きだということは知っているんだ。そのウナギを食べてほっとしたと美濃部さんは書いている。その気合だね。

つまり、それが問題なんだ。ウナギは食べさせるだろう。しかし、美濃部憲法で通った人間がこれを裁くことが平気でできる、一種のサイボーグになっちゃっている。それが一九三〇年代でしょう。

で、負ける。アメリカにぐっと変わる。それまでにずっと修練ができているから、平気なんだ。だから、日本の指導者の養成ということについては、何も変わっていない。マッカーサーの占領は、ひびを入れただけなんだ。

「国体」に「虚体」をぶつける

高橋　鶴見さんのその転向論は、吉本さんの『転向論』とはかなり違いますね。

鶴見　新しい知見です。進歩しているんだよ（笑）。もともとの転向論は、食卓で私がおやじと対峙していることから得た勘なんだ。それを見ていて、そこから実感させられているので。

高橋　それを転向とはいわなかったわけですね。

鶴見　その転向のもとの型は教育制度そのものにある。だから、一番は危ない。

高橋　そうか。教育というものは、無限の転向のすすめでもあるわけなんだ。

鶴見　埴谷雄高は、まさにそれに背を向けた男なんだよ。埴谷の新しさというのが「群像」から課せられた問題なんだけれども、今、引きこもりが多くなって、教室が保てなくなっているわけでしょう。その時代に埴谷を読むやつがいるんだよ。埴谷は、そこから見るときに恥ずかしくない男なんだ。谷川雁でさえ恥じて、「一番だったろう」といったら横を向いて顔を赤くしちゃったんだけど、埴谷はそういうときに横を向きもしないし、顔を赤くもしない。まっすぐ見ているよ。

彼がどうしてそうなったかというのは、台湾育ちだからだね。私は、埴谷に聞いてびっくりしたんだけど、彼の家に私のおやじの書いた『母』という小説があったんだよ。埴谷のお母さんは、おやじの書いた理想小説『母』に似た人だった。埴谷にものすごく尽くしてくれた。

ところが、台湾でしょう。一歩外に出ると、人力車や何かがいる。それに対して、自分にこれだけ優しいお母さんが優しくないんだ。そのことに非常に早く、変だなという感じを持った。

中学のときに、内地に来るでしょう。自分で本を読む癖がついちゃっているから、読んだのはゴンチャロフの『オブローモフ』なんだ。川西政明さんが、お父さんの日記をちゃんと見ているけれども、いつでもおろおろのろのろ、息子の愛読している本を読んでみたら、『オブローモフ』だった。愛読している本がそういう怠け者の本だから、これはしょうがないなと思うんだけれども、長男をものすごく愛しているんだ。だから、結局、埴谷さんがずっとのろのろおろおろしながら、日本の国家を向こうに回せたというのは、おやじの遺産によるんだ。

『オブローモフ』の他にイプセンの『ペール・ギュント』なんだ。それを帝国劇場の丸山定夫の演技で見るんだよ。「のっぺらぼう」が出てくる。それと丸山定夫が格闘する場面を見ているんだ。これがものすごいイメージを植えつけるんだね。

高橋　「のっぺらぼう」は、そこからも影響を受けているんですね。

鶴見　文庫本（講談社文芸文庫『死霊Ⅰ』）の小川国夫の解説（『《死霊》の一面、夢魔について』）はいいよ。埴谷さんが発明したものは、「のっぺらぼう」、これに日本の国体というものを対抗させるんだね。日本の国体は、本来キリスト教神学の変な模造なんだよ。岩倉ミッションがつくるんだけれども、国体という観念はキリスト教の系列なんだ。法王無謬説（インファリビリズム）だ。

高橋　じゃ、輸入品なんだ。

鶴見　だから、岩倉ミッションが行かなきゃ、あんなものは出てこないんだよ。国体に対して、埴谷さんはもう一つの「虚体」をぶつける。それは台湾から来ていて、丸山定夫の名演技で、イプセンの中に出てくるものなんだね。それは現代にアピールしますよ。

「吉本千年、埴谷万年」

高橋　鶴見さんは、随分早い時期に『死霊』を読まれていますが、僕が、埴谷さんの『死霊』を最初に見たのは、たしか十四歳のときで、神戸で一番大きい古本屋のウィンドウの一番前に真善美社の『死霊』が飾ってありました。確か、当時で二万円ぐらいしたと思います。もちろん、眺めるだけで（笑）、だれも買えませんでした。

二年ぐらい待って、『現代文学の発見』というシリーズが出て、やっと手にとって読むことができた。それまでみんな埴谷さんの本は、『幻視のなかの政治』や『虚空』や『不合理ゆえに吾信ず』とか、未来社で出ていた、『垂鉛と弾機』や『濠渠と風車』といったシリーズは読んでいたけれども、この『死霊』はなかなか読めなくて、いつか読みたいと思ってたんですね。僕にとっての最初の「幻の本」ですね。

鶴見　それがついに千四百円か（笑）。

高橋　これは、今から考えると非常に不思議なことで、埴谷さんが、六〇年代にブームのように受け入れられたときは、マルクス主義自体がリバイバルしたような時期でもありましたね。いわゆる新左翼という形で、古い左翼思想でないものが受け入れられていった。埴谷雄高を読みとることはその一環でもあったけれど、それから三十年近くたって、世界が変わり、マルクス主義の力も地に落ち、というか、共産主義国家がほとんど消滅してしまった中で、今読むとまた不思議な気持ちがするんです。『死霊』は当時も孤立していました。というのは、この本の中にはいろんなメッセージを読むことができるんだけれども、一番極端なものは、その非政治性ですね。極端な政治性を突き詰めていくと非政治性になってしまう。大体、埴谷さんの本を読みながらマジメに政治活動なんかできないじゃないですか。つまり、ここにあるのは究極の概念であって、現実までおりていけないわけでしょう。

当時、僕たちは、夜は、一人部屋の中にこもって埴谷さんを読み、昼間になったら、そのことは忘れて政治的な場所に赴きました。彼を引きずったままでは出られなかった。その緊張感というか、虚空からの目でにらまれているというか、何かしようと思うと、いやいや、こんなばかなことはやっちゃいられないなという声が聞こえてきたのです。

例えば、僕たちはしょっちゅう、埴谷さんの得意とする「ぷふい！」という不思議なフレーズを使いました。どんな真剣な話の最中であっても、「ぷふい！」の一言でその場所は、たちまち笑いで凍りついてしまいました。まったくおかしな言葉ですよね。しかし、その言葉はただおかしいのではなく、ぞっとするようなおかしさでした。

埴谷さんがよく使う「虚体」という概念の向こうにあるのは、一種の死者の目ですね。僕たちは、そのとき、そのことを直接意識することはありませんでしたが、直観的に、変なことはできないと思ったのです。埴谷雄高の目を通して、さらにその向こうにある一種独得の峻厳なものにじっと見られているという感じがあったのです。

埴谷さんが書いていた言葉は、「虚体」であったり、「自同律の不快」であったりするけれども、本来、それはどれも全部現実的な力になり得ないものです。空虚な観念をもてあそんでいるだけのようにも見えます。だから、現実に近づこうとしていた僕たちには遠いもののはずでした。しかし、実際のところ、昼間僕たちがなにか行動しようとするときには、一旦思索から離れなければいけないわけです。そんなとき、机を離れ、手さぐりしながら、ただ体を動かしていた僕たちに、一番遠くから、彼の「政治は危ないよ」というメッセージが聞こえていたような気がするのです。

そういう種類のメッセージは、ありそうで、実はありませんでした。例えば谷川雁のメッセージにもそういう性質が含まれていたかもしれません。しかし、それはまた極端で、埴谷さんのメッセージが現実的な運動とか組織を一切つくらないようにできているのに、近いはずの谷川雁の政治的メッセージは、当時、奇妙な現実性を以て受け入れられていたようにも思います。それはやはりすごく不思議な対照でした。

鶴見 あのころの学生大衆は、「吉本千年、埴谷万年」といってデモをやったとどこかに書いてあったけれども、やっぱり勘でわかっていた。万年なんだ。すごいと思うよ。

「公」と「私」を超越する埴谷雄高

高橋 小熊英二さんという方は、日本の政治あるいは日本について、今一番積極的に発言されている学者の一人だと思うんですが、『〈民主〉と〈愛国〉』という新しい本の中で鶴見さんについても論じられています。

彼は僕よりも若い世代ですけれども、要するに、「公」の言論をどうやって回復すればいいのかというモチーフを扱っているように見えます。

とても論理的だし、その対象を理解した上で批判しようという姿勢も好ましく思います。しかし、個々の例では、疑問に感じるところもあるのです。例えば吉本隆明について。簡単にいってしまうと、吉本さんは、最終的に「公」の言論と「私」の言論との対立において、「私」の言論の優位性に行ってしまったと批判する。つまり、吉本さんなんかの考え方を徹底していくと、「私」性が優勢でないような「公」の言論はだめだということになる。結局どうなるかというと、「公」について何も語らない、「私」こそが大事とする立場の理論的根拠になったという批判なんですね。確かに、書かれたものを、つないで読んでいくと、そういう評価になってしまう。しかし、そうだろうかという気がするんです。そうも読める、しかし、僕はそう読んではきませんでした。なぜなら、どんな思想家も、たくさんの矛盾した発言をしていて、それが「生きている思想」の魅力になっている。たとえばポーランドの自主管理労組「連帯」について書いている吉本さんは、あの「公」を全面的に支持しています。というか、彼はなにより詩人であった人ですね。文学もまた「私」を「公」につなげることがなにより優先しています。小熊さんは確かに、吉本さんの「矛盾」から、多くの人たちが「私」の優位を最終的に引き出したと書いていましたが、結局のところ、それは受け取る側の責任ではないでしょうか。

それはともかく、鶴見さんの場合は、「公」にかかわる部分と「私」にかかわる言葉の関係については、いつも明瞭で自由であったと小熊さんは書いていて、それには僕も同感します。結局、小熊さんの結論は、鶴見さんたちが六〇年代になさったようなことの延長線上に、「公」について語ることの可能性を見出しているような気がします。

しかし、その中に埴谷雄高は入ってこないんですね。つまり、民主や愛国という形で「公」の言論を考えていったら、埴谷さんがいっているようなことは何も入らなくなってしまう。民主や愛国は、百年や二百年の、もしかしたら千年の言論かもしれないけれども、埴谷さんは万年の言論だから（笑）、なにしろ、射程が国家死滅の後にまで及んでいるわけですから。そうなってしまったら、それはもう「公」なんて水準ではないんですね。

鶴見　話が飛ぶようだけれども、今の日本で組織の長のいえないことがあると思うんだよ。医者にもいえないことと同じなんだ。「もう二分したら、あなたは死にますよ」とはいえないでしょう。組織の長は、どうしても進歩、進歩を目指していくんですね。

戦争中の陸軍省は、一味違って、おもしろい考えを出した。それは戦争が文明の母という。これは相当当たっているような気がする。今ブッシュのやっていることを見ると、確かにあれが文明だとかたく信じてやっているんだ。だから、幾らやったって、戦争は文明の母でどんどんいくわけだけど、日本の陸軍省はなかなかいいことをいったと思うよ。

もう一ついったのは、百年戦争を戦い抜く。これもいいことをいった。まだ百年たっていないんだよ。

高橋　まだ戦争が続いてるんですね。

鶴見　あと四十年あるんだよ。いいことといったな。あの声明はいただきたいね。あと四十年、私は生きていないから、陸軍省のパンフレットの内部に生きているといっていい。
　これは、今の日本政府は余りいわないいんだ。自衛隊もいわない。その精神はアメリカに伝染しちゃった。幽霊みたいにずっと行って、ヘーゲルの「世界精神」みたいなもので、日本から抜けて、アメリカの方に行っちゃったんだ。

高橋　日本の病気がうつったわけですね。

鶴見　そうそう。だから、進歩は戦争を通して。だけど、埴谷はそれと全く違った虚像を立てた。というのは、埴谷は進歩の必要はないんだ。明治以後の日本国家は進歩、進歩、常に進歩を、丸山眞男さんの好きな福沢諭吉でさえ、進歩、進歩なんだ。日本国家の中でつくられた明治以後の日本文学は、やっぱり進歩なんだ。だから、そういう人には、この百三十年の中で、埴谷の文学とは全く特異なものだ。
　埴谷の縁者としてどういうのがいるかというと、昭和の初めの死なう団だ。死なう団は、プラットフォームか何かで腹を刺して、「死のう！　死のう！」といったんでしょう。死なないで、病院で助かっちゃって、また「死のう！　死のう！」とやるわけだ。あれは、ある意味で埴谷文学と重なっている。
　ほかに文学者でいるかというと、同時代の中でいえば、死なう団を別にすれば、原民喜だな。「びいどろ学士」が出てくる短篇『氷花』とか『心願の国』とか、ああいうものだ。�谷のところによく遊びに来て、黙って座っているんだね。「黙狂」みたいに、知らないうちに埴谷の家に入ってきちゃった。ドアをあけるのもわからないんだって。ふわっと来ちゃって、そばにいる。

あとは、埴谷と余り交渉はないけれども、深沢七郎。埴谷と近いところでいうと、椎名麟三だね。関西の私鉄の車掌をしていたでしょう。そういう仲間から出てくるわけで、埴谷に一番近いのは『美しい女』で、あれを読み解く人が少なかった。

椎名があれを「中央公論」に連載した後に、私が新年のあいさつに行った嶋中鵬二の家に、偶然堀田善衞がやってきた。堀田の縁で、服部という男がいたんでしょう。

高橋 服部達ですか。

鶴見 それが山の中で行方不明になって、遺体が出てくるまで、一緒に待っていたんだ。待ち時間が長いんだ。堀田はいろんな話をして、「中央公論」で連載している『美しい女』は、どう考えてみても反動文学だというんだよ。こんなもの、進歩的文学じゃないという。私は、それは納得できたね。ついに左翼から出てきた椎名麟三が反動文学を書いた。私は『美しい女』はとても好きなんだよ。

高橋 その反動という言葉は、ネガティブな意味でいったのか、それとも肯定的な意味でいったのか。堀田さんはどっちだったんでしょうね。

鶴見 それは堀田善衞論になっていく。今は十分に考えていないから、即答は避けたい。

堀田論はまだちゃんと出ていないんだよ。すごい人だと思うんだけど、堀田は埴谷に回収されない別のものだ。

『美しい女』で一番好きなのは、細君が、初めはめちゃめちゃにだんなを批判するんだ。共産党が行き詰まって、美しい共産党の幻を追っているのが、ガクッとだめになってくる。そうすると、掌を返したように、自分の亭主がそれに対して一歩引いていたから、亭主を崇拝するわけ。そのときになって、亭主がものすごく怒るんだ。今や亭主を崇拝するようになって、巻き寿司をつくってくれたんだよ。それに手をつけないで、バッと出ちゃって、中書島らしき遊郭に行くんだ。

何日もたって帰ってくると、その巻き寿司は完全に腐敗しているんだ。とりあげてみると、人さし指がズブッと入る。私はここが好きなのよ(笑)。恍惚とするほど、この小説に心をとらえられたんだ。やっぱりそういうのは本格の反動だよ。椎名の中にそういうものがあって、巻き寿司が腐敗するまでほうっておいて、摑むとズブッという。これは埴谷文学にないよ。

埴谷さんはいいお母さんに育てられて、いい細君に献身を受けて来ているから、巻き寿司をつくってもらったら食うよ(笑)。

中上健次との比較

高橋　『死霊』を最初から最後まで通して読んだのは今回が初めてだったんです。ずっと以前に三章まで読んで、五章を単独で読んで、とばらばらと読んできたから、通して最後まで読んだのは初めてで、ずいぶん違った印象を受けました。まず一つは、思っていたとおり、非常に現代的な小説だということ、そして一番考えたのは、これ自身が日本近代文学に対する「虚体」であるということですね。

実は、『死霊』を読みながら同時に別の用事があって、中上健次の全集をずっと読んでいたんです。

鶴見　すごいね。

高橋　中上さんと埴谷さんは大げんかしたこともありますが、本当に対照的なんですね。つまり、中上健次という作家は、ある意味で、明治以降の日本近代文学の集大成です。彼の中には私小説も自然主義も物語もあって、それらをもとに明治以降の日本文学を反復しつつ、極限まで推し進めていくという作業をやった。

私小説と自然主義と物語は、埴谷さんにないものばかりです。つまり、埴谷雄高と中上健次は、共存する場所が全然ないのです。

鶴見　それはおもしろいね。

高橋　中上健次の作品でどれが一番素晴しいかという問いはおいておくとして、少くとも、完成度の高さでは、『枯木灘』が抜きん出ている作品だと思うんです。これは日本近代文学の夢を実現したような、つまり、私小説と自然主義と家族の物語が完璧な形で融合した作品です。そして、ほとんど詩に近い部分さえある。もしかしたら、作家が一生に一回しか書けない種類の作品かもしれません。

この作品でクライマックスのシーンになると出てくる繰り返しのフレーズがあるんですね。それは「おれはここに在る」というフレーズです。そして、そのフレーズは大体、主人公の秋幸が土方をしているシーンで出てきます。自然の中でつるはしを振るいながら、感極まって「おれはおれだ」「おれはここに在る」と何回も叫ぶ。

自然の中で体を動かし、できるだけ頭の中を空っぽにした時、喜びと共に自分の存在を肯定できる。中上健次はまた「おれ」は、周りの「風や木や草や土」なのだとも書いています。「おれ」と書きはじめて、それを受けとめる「おれ」を発見するわけですね。

それに対して、埴谷さんの『死霊』は、簡単にいうと、「おれは存在しない」ということをいうために書かれた作品だった。それはとても興味深いことです。恐らく小説というものは「私」を描く形式を探して進化してきたのです。自然主義文学は明治二十年ぐらいに始まり、「私」と書けるようになったんですが、それは、要するに、たかだか百年少し前にできた特製の「私」です。時代や場所を問わない「私」ではなく、たまたま明治二十年代にできた、なんとなく日本人に合った、成績一番の人間も、庶民も、この「私」だと何となくやりやすいと感じて利用してきた、時代と場所と言葉を限定した「私」なんですね。ただ、起源が忘れられて、普遍的な「私」という幻想を生んできた。ただそれだけのことです。

ところが、この「私」は人工的なものだから、使っている側に時々疑問が生ずるわけです。つまり、この「私」でいいのか。それで本当に「私」が表現できるのか。それはみんな薄々思っていることです。

埴谷さんが『死霊』を中心にしてやろうとしたのはそのことだったんですね。その「私」は私の「私」じゃないよねと。「私」と書いたとき、その「私」は自己意識の「私」もあるだろう、あるいは、日本近代文学の作家が「私」と書いたときの主語の「私」かもしれない。埴谷さんはそのことを徹底して考えていった。ある意味でそれは日本の作家の宿命なのかもしれません。

中上健次の「私」で、もっとも成功している、つまり「私」が自分についてもっとも実在感を抱いている作品は『枯木灘』です。そして不思議なことにこの小説は、三人称で書かれているんですね。他の作品の、登場人物たちは、「私」を「私」とするのがどんどん難しくなっていったような気がします。

鶴見　それは、ポパイが夫婦げんかをするときのせりふに似ている。ポパイがオリーブと夫婦げんかするとき、ポパイの最後の牙城は「おれはおれだ！」なんです。オリーブの方が論理的だから追い詰められちゃうんですね。ポパイは筋肉の人だから、中上健次みたいに。

高橋　中上健次はそれを突き詰めていくわけですね。『枯木灘』以降は、「おれはおれだ」とだんだんいえなくなっていった。あるいは、「おれは××だ」と自信をもっていえなくなってきた。自分を定義できなくなっていくわけですね。では、どうすればいいのか。彼はいろんな方向に行くわけです。

例えば『奇蹟』という小説があります。これはすごく変な小説で、一種の幻想小説なんです。視点が一つじゃない。まず、この小説の直接の語り手がいる。それから、オリュウノオバという、中上さんの小説によく出てきて、その舞台となっている路地の歴史を何でも知っている超越的なおばあさんの語り手で、もう死んじゃっている。そしてもう一人、トモノオジという、精神病院に入っている老人です。この小説は、精神病院に入っている老人が死んだ老婆と話して、出てきた話なわけです。要するに、ここには、確かなものがなにもない。「おれはここに在る」とか「おれはおれ」といえる人間はどこにもいない。

なにしろ、狂人と死人しか語る人間がいないのですから。

そして、奇怪なことに、中上健次と対照的な作家である埴谷さんの小説の中には、まさに狂人と死者が登場しているのです。

自然主義文学が完全には自信を持っていうことができなかった「おれ」を、見事に実在させた中上健次がやがて、「おれ」も「私」も不分明な世界にたどり着いてしまう。普通の作家は、そこまでいかないのです。それ以上いくと、「おれ」が「おれ」でなくなってしまう。いや、どんな根拠があって「私」を書いていいかわからなくなる。だから、作家として身の危険を感じて、途中までやめてしまうんです。

それに対して、埴谷さんは最初から、「おれ」は「おれ」ではないといっていた。「おれは……」と書いたところで立ちどまって、「……である」というまでの間に、途方もない量の言葉をしゃべり続けた。要するに、しゃべり終わった途端に、「である」といわなければならず、そのことを避けるために、『死霊』を完成させなかったという感じですね。

鶴見　じゃ、『死霊』が完成しなかったのは、偶然じゃないのね。

高橋　完成させた途端に、たとえば死者について「おれ」がなにかをいい終わる、そんなことは作品の論理的要請としてできなかった。だから、『死霊』は永遠に未完成で終わるべき作品だったように思えます。

同時代の作家・夢野久作

鶴見　話が飛びますが、イギリスで『ケンブリッジ版イギリス文学史』、日本語の翻訳も出ているけれども、ああいうのは手分けして書いているんだよ。そうすると、みんなケンブリッジで成績が相当いい、一番を集めて、手分けして書いたもので、そうじゃないのがアントニー・バージェスの書いた『バージェスの文学史』だ。これは倒叙なんだ。一人で書いているから、こちらの方がずっとおもしろいんだよ。しかも、一番を集めたものは、しばしば公正を欠くんだよ。そのときの流行で見ているから、例えばイシャウッドを出たときだけで評価するとか、そういうふうなやり方で、イシャウッドはずっとおもしろいものを書いているんだけど、評価できないんだ。つまり、一番はそのときの頂上で見る。日本はひどいと私は思っているんだけど、イギリスでもその傾向がここにあらわれていると思うんだ。

ケンブリッジ大学のイギリス文学はそういうものなんだけども、アントニー・バージェスのは違うんだ。これは倒叙で、埴谷さんの『死霊』はある意味で文学史なんだね。これは倒叙でもないんだ。ひしゃげているんだよ。ギューーッギューーッと、どこからどこに行くかわからない。ある意味で、高橋さんの『日本文学盛衰史』に似ているんだよ。

高橋さんの『日本文学盛衰史』は、種は伊藤整からとったんでしょう。だけど、伊藤整はものすごく勉強する学生だったんだ。変則的だけど、常に一番に上がっていく人で。

伊藤整がポーを訳しているけれども、ポーの『ユーレカ』の持っている歪める宇宙というものが伊藤の中に入っているかどうか疑問だよ。最後にそれを思わせるのが『変容』だな。『変容』を見ていると、ひしゃげる形が出てくるけれども、『日本文壇史』では、まだひしゃげた形ではないんだ。倒叙でもない。ひしゃげた形というのは、伊藤整でいえば『変容』なんだけれども、むしろ埴谷さんの同時代でいうと、夢野久作なんだよ。

夢野久作の『ドグラ・マグラ』が、まさにひしゃげた形で、何が何をいっているのかさっぱりわからない。だけど、あれを埴谷さんはリアルタイムでおもしろいと思った。それは慧眼で、夢野久作の父親杉山茂丸が『ドグラ・マグラ』を自費出版で一生懸命出してくれるんだけれども、探偵小説仲間はあれを全然認めないんだよ。夢野久作『ドグラ・マグラ』の人類史がひしゃげた形が、埴谷さんの頭の中にどこか残っていたのだろうか。

高橋　あれは胎児の夢みたいなものですからね。

鶴見　人類史がひしゃげる。胎児の夢だから、生物史をゆがめる。それだけじゃなくて、存在史をゆがめる。宇宙史をゆがめるという別の枠組みをつくっているわけね。その枠組みがゆがんでいるんだ。ゆがんだ中で表現しようという、やっぱりおもしろいものなんだよ。

そのことになかなか気がつかないし、最初の「近代文学」同人は戦争中にみずからの節を守って国家と対峙した埴谷さんを含めて七人なんだけれども、それでも埴谷さんが何をいっているのか、全然見当がつかないんだよ。「近代文学」はまじめだからな。

高橋　さっき鶴見さんがおっしゃったように、通常日本の近代文学史と呼ばれるものは、あるいは文学者といわれる存在は、ケンブリッジの英文学史みたいなものなんですね。その時代に一対一で対応して生きていこうと思ったら、のべつまくなしに転向していかないといけない。一対一対応とはそういうことですね。ある事件に対してはこういう言葉を差し向ける、でも、時代が変わってその言葉が必要がなくなったら、なし崩し的に変えていく。時代に合わせて変わっていくということです。それが自然だと思っている。いや、現実的だと信じている。

ところが、『死霊』もそうだし、夢野久作の『ドグラ・マグラ』も、一番批判されるところは、現実性がないということじゃないですか。いったいそれはどこにあるのかと。このとき、一番問題になるのは、現実という感覚です。現実という感覚が何かというときの日本自然主義文学は、結局、肉体労働している体の「このおれ」という感覚が現実だというところにいき着いてしまう。

そこに基準があって、自然主義文学が成り立っているんです。鶴見さんもよくご存じのように、日本の近代的散文は小説家がつくり出しつつ、同時に教育制度の根っこを支えるものとなった。だから、読まれている小説の数よりも、近代的散文は実際の役に立っているわけですね。しっかり足をつけた現実らしきものを提供する。そのための言葉だったんですね。

日本語の連続性

鶴見　あるとき、私が鵠沼の林達夫の家を訪ねたんだ。ドアをあけたら林達夫が出てきて、まずいった言葉が「君、柳田国男は秀才だけど、折口信夫は天才だね」。私が行った用事とは何も関係がないんだよ（笑）。つまり、そのとき、林達夫の心を占領していたのは、それなんだ。戦争中、林達夫はずっと柳田を読んでいたんだ。だから、小さい文章を業界新聞とかに書いているんだけれども、柳田をよりどころにしていろんなものを書いていたんだ。折口はちゃんと読んでいなかった。

戦後になって、あるときに折口をずっと読んだときに、あっと思った。なぜびっくりしたかというと、林達夫は早くからルネッサンスの研究者だったので、イタリア語を勉強していた。ヴィコに当たっているんだ。ヴィコはルネッサンス以後の中で特異な位置を占める人で、言語というものは特別のものなんだ、つまり、考古学とかなんとかいうものと違って、言語そのものに聞き入ると、言語の持っている一番先までぐっとさかのぼれる、ものすごく先までさかのぼれるということをいった人なんだ。だから、その意味で、人文科学は自然科学と違うということをいっている。ルネッサンス以後の科学の中の一つの特異点なんだ。

それに似たようなことを折口はやっているんだよ。山の中をでたらめに、計画なく、歩いて歩いてとか、そういうことなんだ。彼のよりどころは、言語に対する感覚なので、その言語は『万葉集』からずっと来ているわけでしょう。あの言語なんだ。つまり、自分の使っている言語。このやり方に、林達夫はびっくりした。ヴィコがいっていることをやっているやつがいたんだ。しかも、自分がよく知っていると思っている日本民俗学の中にいた。びっくりしちゃったんだね。

それは、恐らく林達夫にとっては二度目のショックなんだ。林達夫は京都一中に行った。それはものすごくできたでしょう。一番かどうか知らないけれども、大変な上位にいたと思う。あるとき、休みの日に京都府立図書館に行った。そうしたら、同級生が一人いて、夢中になって本を読んでいる。だれかと思ったら、同級生のびりっけつの男、村山槐多だった（笑）。

びりっけつと思っている。成績順で人を見るのはあるからね。「何を読んでいるんだ」、プラトンの『共和国』だった。「これはおもしろい」と。

高橋　よくできた話ですね。

鶴見　そのときにショックを受けたんだ。成績なんかで人を見るものじゃない。それはやがて、林達夫にとって効いてくる。一高に入ってからおやじとけんかして、一高を出ないでやめちゃうんだから。あれは京大選科なんだ。その最初のパンチは村山槐多で、次のパンチが折口信夫だ。これは戦後なんだよ。林達夫は知識人だけどさ。

そういう問題を日本文学の中にぐっと入れてみると、日本語はものすごく長い歴史がある。我々が『万葉集』を読んでわかるんだから。「田子の浦ゆうちいでて見れば真白にぞ富士の高嶺に雪は降りける」、これが入ってくるんだからね。

『ケンブリッジ版イギリス文学史』に返ると、この序文でいっているのは、イギリス文学は、ヨーロッパ文学の中で特異な位置を占める。というのは、イギリス語が長い間一貫しているから、『ベーオウルフ』からずっと来て、『カンタベリー・テールズ』を書いたチョーサーを通って現代。

チョーサーはちょっと修正しないと読めないんだ。例えばフィロソーフといったり、プアというのをポールとかなんとかいうんだ。とにかく、聞いてわかるんだ。

『ベーオウルフ』からチョーサーを通って今日まで。これがあるのは、ヨーロッパは至るところでそういう文学があるように見えるけれども、例えば『ドン・キホーテ』は重大なものだけれども、スペイン語は連続していない。フランス語とイギリス語、この二つだけだという。これは、私が悪口をいっている『ケンブリッジ版イギリス文学史』の序文に書いてあるんだ。

それを見て、日本語はどうかなと思ったら、日本語は、断然イギリス語、フランス語の上に行くんだ。

高橋　千年以上ですからね。

鶴見　大変なものなんだ。その当時の日本人は、中国の文章と一緒に並べていたから、卑下して「はあはあ」といっているんだけれども、ヨーロッパの文学史と比べてみれば、胸を張ってどうだといえるようなものなんだ。だから、こいつが入れば、日本文学史は、明治国家の中で醸し出された文学とは全然違う可能性を持っている。折口は、そこに向かって突出した人ではあるんだ。

埴谷もそう。というのは、『死霊』第一回は一九四五年にもう出ているんだが、私は埴谷を初めて読んだとき、よくわからなかったんだ。何だか変なものだ。伊藤整にもわからなかった。的はずれの評論を書いているじゃないの。この雑誌（「近代文学」）は初めの方は重大なことをいっているみたいだけれども、終わりの方を見たら、奉行所で足軽がおいちょかぶか何かをやっているところみたいで、全く高校生そのものじゃないかと書いている。これは伊藤整の珍しい読み違えなんだ。

私が手がかりを得たのは、『即席演説』が「綜合文化」に出た。これに丸山定夫ののっぺらぼうとの格闘が出てくる。あのときに、あっと思ったんだ。そこから入り込むことができたんだけれども、私より前に、武田泰淳は眼力があった。武田泰淳は「〝あっは〟と〝ぷふい〟」というのを書いて、これは日本文学の伝統が影をさしている、一つは芭蕉の俳諧、そして、その前に室町時代の夢幻能の系統だという。

泰淳は、批評家として驚くべき人物だ。彼は、東大も中退だし、決して一番にはならなかったと思うんだけれども、やっぱりすごい眼力だ。埴谷は日本文学の伝統の影響を受けているか？　今になってみると、答えはイエスなんだ。

高橋　僕も、それにはちょっと驚いたんですよ。能に似ているとか、芭蕉の俳諧に影響を受けているという部分は、いままで気がつかなかったんですね。確かに、月夜の怪しい雰囲気の中で、登場人物たちは会話を続けています。どうして気づかなかったかというと、はじめて読んだ頃は、まだ十代、二十代で、近代文学史を刷り込まれていたからかもしれない。ドストエフスキーに似ているとか、一種の特異な政治小説だというふうに見ちゃうと、何となくわかった気がしていた。ただ、何となくわかった気はするんだけど、どうもすっきりしないなという気分はずっとあったんですけれど。

でも、今読んでみると、さっき鶴見さんが折口信夫のこともおっしゃいましたけれども、折口だって、クレージーなんですね。『死者の書』なんて、全くわけがわからない。だいたい僕たちがふだん使っている散文脈の中に全然入ってこない。同じ民俗学でも、柳田国男はもっと明晰な言葉づかいをしています。田山花袋のような日本の近代散文をつくった連中と近かったから、そういう散文に対しては親和性があったと思うんですよ。彼は批判も持っていましたけれどもね。それに対して、折口の言葉はどこから来ているかわからない。千年、二千年の日本の言葉の来歴が、彼の中にすんなり入ってるんですね。だから、読んでいて、この確信はどこから来るのだろうと思ってしまいます。日本の作家は常にそういう問題を抱えていて、まず、非常に透明な散文に習熟するところからはじめるわけです。でも、さっき中上健次のところでもいったけれども、そこから先どうするかで困ってしまう。その先、どんな言葉で書いたらいいのか。中上健次も古いところに、たとえば、謡曲の方へ行っちゃったり、谷崎潤一郎を超えて、もっと古い和文脈の中に戻って行こうとしたりするわけですね。

折口信夫だったら、彼の感覚は、千数百年の日本の言葉の中で生きていけるものだったろうけれども、それ以後の作家は、中上健次でも、僕でも、古い言葉の文脈の中に居つくことができなかった。「おれはおれだ」「おれはここに在る」と書いた後、新しい悩みが生まれるように、現在の日本語で書いて、行き着いて、いったん、古い日本語に戻っても、やっぱりいづらい。居場所がないような感じがするのです。では、どこへ行けばいいのか。

その時、僕が思うのは、埴谷さんの『死霊』を中心とした日本語には、鶴見さんがおっしゃったように、ただ即物的な近代の散文だけじゃない部分もまじっていることですね。夢野久作の『ドグラ・マグラ』も同じですけれども、その孤絶した空間、その中での問答の繰り返し、無限の言葉を吐き続けること。一ヵ所に停滞して、どこにも行かない、しかし同時に過剰でもあるような言葉遣いはいま読むと、妙にしっくりきます。

これが不思議なところで、今よく読まれている現代風ミステリーの言葉は、埴谷さんの小説に近いんじゃないかと思うんです。幽霊と死者、そして、孤立した部屋の中で殺人。実際、埴谷雄高の小説中で殺人事件も起こっている。いろんな意味でとてもよく似ている。

我々は、埴谷雄高を政治というフィルター、近代文学というフィルターを通して見てきた。「政治的な死」とか「政治と文学」といった形で切りとって読んでいたけれども、そういうフィルターが失効した現在になって、読めないものになってしまったかというと全然そんなことはない。それどころか、今書いている若い作家たちの小説の中に、『死霊』の日本語のつくり方とか感じ方に似ているものが出てきた。これは驚くべきことかもしれません。

鶴見　その変化のもとの媒体は、案外携帯かもしれない。携帯電話は何とも変な、自我とも何ともいえないものでしょう。こういう集団的主体になっちゃっているんだから。つまり、赤ん坊とお母さんの対話は、主体も何もあったものではないでしょう。お母さんの方がその赤ん坊にとって自我以前の自我であって、先住民族なんだから、携帯は非常に似ている。行き交う集団的自我なんだ。

高橋　それからもう一つ、埴谷雄高の小説の世界は、どう見てもインターネット的なんですね。

鶴見　そうそう、そのまま。だって、「黙狂」が「黙狂」と対話するんだから、埴谷が後に続く者を信ず、それと自分が交感しているというのは、それですよ。

高橋　それにも驚いたんです。ここに出てくる登場人物は、考えてみたら、今でいう引きこもりですよ。それは、僕らは政治という経路を通って考えていたけれども、その部分をとって、各人にパソコンを渡したら、そのまま現在の小説になっちゃいますね。

鶴見　「黙狂」に一番近い実在の人物は、埴谷にとっては原民喜だった。ふわっと家の中にいるんだから。ただじっとしている。あれも細君が死んじゃってからは、本当に「黙狂」だね。すさまじい生涯だったと思うよ。世界の文学の中で一つの場所を持っている珍しい日本の作家だな。だから、原民喜に対する尊敬を埴谷は持っているし、遠藤周作も持っているね。やっぱりそれだけの人だったと思うんだ。

埴谷雄高の過剰と欠落、そして現在性

鶴見　埴谷さんに欠けているものは何かという問題なんだけれども、私は、ある意味では、日本の近代文学の正統は超えていると思うんだ。それは、埴谷雄高の芥川龍之介についての感想があるでしょう。芥川は人間のことにかかわり過ぎた。もし芥川が、草とか、木とか、石に関心を持っていたとしたら、乗り越えられたんじゃないか。あれは鋭いと思

ったね。

だから、芥川に非常に近い、つき合いのあった室生犀星がものすごいことをいろいろ乗り越えて、最期に近いところで書いたのが、『われはうたへどもやぶれかぶれ』（初出は「われはうたへどやぶれかぶれ」）でしょう。あれは傑作だよ。

高橋　あの小説はすごいですね。徹底してるというか、ぶっこわれてるというか。

鶴見　すごい人だと思うね、室生犀星は。芥川に一番近いところに室生犀星がいて、芥川は犀星から学ぶことがなかったんだね。ここが芥川のぐあいの悪いところだと、埴谷は指摘しているんだ。それを考えるとね。

高橋　埴谷さんという人は、まさに思考を徹底することによって作品をつくってはいるんだけど、人間への関心が薄いという面は否めませんね。とりわけ女性へのかかわりについては、何もないというか、断念の仕方がすごい。

今回読んで気づいたのは、『死霊』は『ハムレット』にも似てるんですね。しかも、複数のハムレットと複数のオフェーリアの登場する『ハムレット』です。津田夫人を除けば女性は全員オフェーリアで、男のために自己犠牲も顧みない。男にとって都合のいい存在ですよね。

確か「未出現の存在」を巡る話のところで、主人公の存在についての重要なモラルについて語りながら、子供をつくらないというモラルがいきなり出てきます。全宇宙史的なことを語っている文脈の中に、子供をつくらないということがいきなり出てくる唐突さもすごいですね。普通で考えると、何の関係があるんだと思ってしまう。

彼の極端な思考は、現実を完全に迂回することで成り立っているんだけれども、ただ、へその緒はついていて、それは彼の現実生活から来ていると思うんですよ。子供をつくらないと決めて、埴谷雄高は生涯を暮らしますね。その掟がちゃんと『死霊』の中に出てくるのが不思議なというか、全く空中に浮いているようなこの小説が、その一点だけで彼の弱点とつながっているような気がするんです。

鶴見　埴谷さんは、友達に非常に誠実なんだ。驚くべき人なんだ。私は、埴谷さんとつき合いはなかった。ところが、京都から行くから、そんなに何度も行けないんだけれども、竹内好が臨終間近のときに京都から行くと、竹内好が時計を見て「もうすぐ埴谷が来る」という。あらわれるんだよ。埴谷は、毎日歩いて来るんだ。いろんなことをやって、「よくなる」とか、ちゃらんぽらんなことをいっている。いろんな話をするんだ。

一緒に病室の敷居を出たら途端に、私に葬式の相談をするんだよ。この人は完全な二重人格だ。それで、家まで来てくれというんだ。歩いて家まで行った。それまで私は、埴谷さんとつき合いがないんだよ。初めて家に行った。上がったら、「君は寿司というものを食いますかね」といったんだ。それがいかにも存在論的な問題を投げかけられたと思ったね。寿司というものの存在を知っているか、それを食べるという行為をするか、そういう質問なんだよ。驚いたね。本当に驚いた（笑）。「あ、あ」という感じだった。

要するに、その問題はプラクティカルなんだよ。葬式の万端とかどういうふうにしてやるかという問題なんだ。だれに弔辞を読んでもらうか。完全な二重人格だ。

友人に対して、物すごく誠実なんだよ。平野謙の臨終のときも毎日行っている。竹内の臨終のときも毎日行っている。その二重人格はすさまじいものだよ。

高橋　過剰な部分を一杯抱えていたんですね。僕が一番驚くのは、埴谷さんはいろんなものを書いているけれども、帯と推薦文が異常に多いでしょう。どうかと思うようなものまで宇宙的にほめるわけです（笑）。だから、僕たちは高校生ぐらいのときに埴谷さんの推薦文を読んでは笑ってたんですね。埴谷さん、これ絶対読まないで書いてるって（笑）。それは、人とのかかわり合いを、どうでもいいと思っているのか、その逆で過剰に神経をつかっているのか、どっちだろうねと思っていました。

鶴見　埴谷さん、自分で反省はしているんだよ。まずかったのは、いろんな人について推薦文や何か書いたことと、自分で書いているんだ（笑）。

埴谷さんが死んだとき、私は葬式に行ったんだ。葬式で初めて会った人がいるんだよ。それは、今までつき合いは全然ない。葬式に行ったら、座って待っていて、声をかけてくれたのが、小川国夫と鈴木六林男だ。埴谷さんが死によって結びつけてくれた人と、埴谷さんの葬式以来、私はずっとつき合っている。埴谷に共感をもつ点のような人が同時代にいたんだよ。
　死んでからも、埴谷さんによって結びつけられた人でもう一人は、山下道也という人物だ。これはサークル雑誌をやっている。埴谷さんをしのぶ会に行ったら、先に待っていて、向こうが自己紹介してくれた。彼は、非常に早くから埴谷さんに感心していて、自分の知り合いの鹿児島出身の西常雄という彫刻家に、埴谷さんの彫像をつくってくれと頼んで、それがある。これなんだ（と雑誌「渾沌」の表紙の写真を見せる）。なかなかいい出来だと思うんだ。

高橋　本当だ。よく似ている。

鶴見　日本国家に対して、はっきり対峙している堂々たる埴谷さんが見えるんだ。この彫刻家は文章がうまいんだよ。今九十二歳だ。「三つの犬の死」というのを書いているけれども、やっぱり埴谷さんをわかる人だね。

高橋　これは終刊号なんですね。

鶴見　裏にもある。これはなかなかいいものですよ。この山下道也も埴谷さんをしのぶ会で初めて会ったんだから、三人の人を、埴谷さんは死によって私に結びつけた。彼らはとてもいい人で、日本の中にある点なんだ。
　何が点かというと、私は、埴谷さんは、明治国家ができてからの非国民の文学だと思うんだ。国民文学ではない（笑）。この三人は非国民だ。日本の一億三千万人の中の非国民三人を、埴谷さんは死によって私に紹介してくれたんだ。私は、それをとてもありがたいと思っている。生きているうちに、私は、埴谷さんとほとんどつき合いはないんだよ。

高橋　本当にそう思います。近代文学というと言い方はきれいだけれども、実体は国民文学であるわけですね。近代文学が成立したというと何となく格好よさそうだけれども、要するに、明治の国民国家の成立に合わせて、それに合うような人材をつくるために言葉が必要だったわけで、それに役立っただけです。たまたま作家の要望と国の要望が合致した。

　漱石のことを国民作家といいますが、それは漱石がただ作家として秀れていたからではなく国民作家としての役割をちゃんと果たしていたからなんですね。

鶴見　漱石、鷗外、露伴には、江戸時代がかぶっているんだ。そこにすごみがある。だけど、日本で大学というのは、国家ができて、国家がつくった大学なんだよ。問題は、このことを大学教授はわかっていないんだ。結局、何でも国家を弁護するようなところに行くようにつくられているんだ。だけど、ヨーロッパはそうじゃないし、若い国のアメリカでさえそうじゃないんだ。アメリカでハーバード大学ができたのは一六三六年だ。

高橋　建国の前ですね。

鶴見　私は、ハーバード大学にいたんだけれども、二年半しか学校に通っていない。捕まって牢屋に入っちゃったものだから。二年半しかいなかったにもかかわらず、牢屋に入っている私に、卒業証書をくれた。それがアメリカの大学の特色だった、今はどうか知らぬけれども。

そういうものを日本の大学は欠いているんだ。私はもちろん小学校で首になっているぐらいだから、大学には行けないんだけれども、万が一大学に入ったとして、二年半で牢屋に入ったら、卒業証書くれるわけないでしょう。

私が大学生だったときに、「君はどうして小学校しか出ていないの」と聞かれたことは一度もありませんよ。日本の大学だったら聞かれるでしょう。入れてくれないよ。そこのところが、日本の大学教授はわかっていないんだよ。近代とかなんとかいっているけれども、文学者もわかっていないんだ。

その外にスティックアウトしたのが気の狂った人だけで、フーコーが通常の人間との境界線を取っ払ったのはむべなるかな。だから、折口信夫であり、夢野久作であり、埴谷雄高なんだよ。今や大動乱の中で、そういう生徒が少し出てきている。

高橋　今、埴谷さんの『死霊』がよく売れているそうです。さっきも言いましたが、今読んでも、違和感が全然ありません。『死霊』は、まず政治小説として読まれましたね。同時に、哲学小説ではあるんだけれども、四〇年代後半、五〇年代、六〇年代と、背後には、政治と文学があって読まれました。今の読者は、そういう読み方はしません。そして、その読みの変化に堪えられるところが『死霊』のすごさでしょう。

よく読んでみれば、五章以外には、政治に関して、ほとんど直接書いていないのです。そこでリンチのことが出てくるだけで、考えてみれば、これは、単に頭のおかしい引きこもりたちがずっと会話をしているだけの小説ですからね（笑）。それも日常語ではなく、変な言葉で。

鶴見　携帯なんだ。携帯文学。

非国民への羽ばたきというか、あがきが、今の日本にあるんだ。それだと思う。それは本当に未来的なものですよ。

高橋　それは後藤繁雄さんの『独特老人』のインタビューに答えて、鶴見さんがおっしゃったことにつながってくることですね。読んだとき、僕はとても感動したんですね、この国が滅ぶことが私の希望という鶴見さんのメッセージに（笑）。

大阪夏の陣

真夜中に近づくと
老いたる小説家は
急に元気になって、
「ぼくたちには
眞田の六文銭があるから」
と言った。

問いかえしたい
と一瞬おもったが
すぐにわかった。

難解をもってなるこの作家は
ドストエフスキーとも
キエルケゴールとも
テルトリアヌスとも言わず
立川文庫にもどっていった。

こどものころの読書よ！
ことばはただちに稲妻をよび
雲はむくむくとふくれて
まぶたにのこるその輝きと自由。
眞田幸村は六文銭の旗をたてて
かえらぬ旅へとたちさってゆく。

単行本解説　六文銭のゆくえ——埴谷雄高と鶴見俊輔

加藤典洋

1

埴谷さんが亡くなるまで、埴谷さんが鶴見さんにとり、これほど大きな存在だということがわからなかった。

一九九四年だったたか。鶴見さんは、大きな病気で入院した。それ以後、自分はある一定の枚数以上の文章は当分書かないと、周囲の人間にもらされた。当初は、二枚、それから三枚、と少しずつ枚数を増やしていく。増やしてはゆくが、当分は、十枚くらい以上の長さの原稿は、体力的に無理である、という判断が働いていた。

そのため、一九九七年の二月に埴谷さんが亡くなってからしばらくしたころ、どうも鶴見さんが長い原稿にとりかかろうとしているらしいという話が聞こえてきて、それが埴谷の『死霊』にまつわる論だということがわかったときには、意外の感にうたれた。どうも体力を顧みないで没頭している、身体を壊すのではないか、と周囲の人々が懸念しているという風説も伝わってきた。事実、擱筆後は、寝込まれたとも聞いている。

しかし、大患後の身体はその後も順調で、なぜか、続いて、さらに数編、五十枚を越えるような長さの埴谷論が企てられた。こうして書きためられたイノチガケで書かれた数編と、それ以前に書かれたこれも吟味されつくした数編とを集めて、この本はできている。

この本は鶴見俊輔と埴谷雄高に関し、新しい風景を開く。本の中央に、関ヶ原のような荒野がひろがっている。入り口があり、そこからむこうへ抜けてゆくと、剣の刃先のふれる音、また、どこから、いずれが発しているのか、「あっは」、「ぷふい」という間投詞が聞こえてくる。

2

まず、解説者の役目を果たそう。

埴谷、鶴見、二人の関係には、鶴見のほうから見るとき、二つの要素と、三つの段階があった。二つの要素とは、二人の相似と両者間のはっきりした相違ということであり、三つの段階とは、鶴見が埴谷に言及した、この本の中身を分ける三つの時期のことである。

後のほうの話から言うと、この本には鶴見の書いた埴谷に関する文章が執筆時期順に並んでいる。このうち、一九五九年に書かれた「虚無主義の形成――埴谷雄高」と、一九七一年に埴谷の作品集解説として書かれた「埴谷雄高の政治観」の二本は、それぞれ、鶴見の埴谷に対する親和の側面と疑念の側面とを述べている。そこでいうべきことはすべて、いわれている。そしてこの二つとも、埴谷はしっかりと受けとめたと思われる。ここで、余人は知らず、互いに深い信頼をわかつ両者の関係は定まったのである。

この関係に動きをもたらしているのが、この本の中央近くに収まる一九九〇年に実現した「未完の大作『死霊』は宇宙人へのメッセージ」と題する座談会である。このとき、埴谷は八十歳、鶴見は六十八歳。もう一人の座談者は、当時六十二歳の河合隼雄氏だが、これがいわゆる座談会、対談を含め、両者にとり、はじめての誌紙上面談の機会だったというから驚く。二人の間には、親和と深い差異があり、うかつに会っても動きがとれないことを、両者はよく知っていたのだと思われる。

座談会は雑誌に二度に分けて掲載されている。話は生動に富む。このときの会話で、鶴見の中で何かがむくむくと動く。二人の関係がにわかに色づく。鶴見は、およそ一年半後、埴谷にむけて「手紙にならない手紙」と題する公開書簡を書いているが、そこには、座談会の親和の残映が生き生きと描写され、おだやかに、しかし忌憚なく、鶴見からの鋭い疑念がふたたび提示されている。この短い文章は、

御元気で

自問自答で、これでは手紙になりません。

と終わっている。これが鶴見の生前の埴谷にむけて語った、最後のことばとなった。

五年後、九章まで書かれた『死霊』を未完のまま残し、埴谷が死ぬ。その直前には鶴見も大患を経験している。鶴見にもまた、自分の死を覚悟した瞬間が、あったかもしれない。『死霊』という、構想から六十年、執筆されて五十年もの間書きつがれた戦後の代表的作品が、完成を見ず、見ようによっては中途半端なまま、目の前に遺棄されている。

そのことの意味は何なのか。

もしそのことに希望があるなら、それをどのようにいうべきか。

たぶん、『死霊』が完成されていたなら、鶴見が晩年、これについて書くことはなかっただろう。若い人々が大勢、それについて書くだろうから。

鶴見のなかで、彼を駆りたてたのは、右のような問いだったと私は考える。

3

相似とは、こうである。

この二人は似ている。

むろん違うところもあるが、互いに相手が自分にごくごく近い存在であることを、彼らは、その交渉の起点から知っていた。

鶴見が埴谷に言及したはじめての文章は、一九五九年に『共同研究　転向』上巻に発表される「虚無主義の形成――埴谷雄高」だが、この文章は、ある奇妙な印象で読む者をとまどわせる。なにゆえ、書き手がそうであると推論しているかの材料が、読み手に与えられないままに、記述は断定調に進む。そのため、読む者はなぜ書き手はこうも自信たっぷりに断定できるのか、不思議な読後感をもつ。

たとえば「幅が四尺五寸、奥行きが九尺ほどの灰色の壁に囲まれた」、いまも「色が褪せかかつてはいるもののなお輪郭を喪つていない一枚の古い絵のように、遠い向うに薄光をはなつて沈んでいる」、埴谷の独房生活の回想の一文を引いた後のくだり。

この豊多摩刑務所の未決囚の独房に二十二歳から二十三歳にかけての一年半をおくったこと（中略）が、彼にとっての思考のスタイルを決定した。

もう一つ、加えておかなければならぬことがある。それは病気だ。未決監にいたときにも、肺結核で病室にいれられているが、釈放されて後にも、病室が彼にとっての想像力のはたらく孤独の場所となり、〈洞窟〉や〈蜘蛛の巣のかかった部屋〉となった。病気は、カリエス、心臓病、精神分裂質の症状と、さまざまの種目でおとずれる。

病室における思索は、独房における思索とちがって、「坐る」という行為よりも「寝る」、「横臥する」、「不眠」、「夜ひとりさめている」という行為の形をとり、独房における思索の成功が壁をこえての「透視」という形でえられるのに対して、病室における思索の成功は、「安静」、「ねむり」そして「ねはん」の形でえられる。このようにして思索の目標に何種類かができる。

読む者は思う。何だかこれでは、自分のことを書いているようではないかと。でも、ある意味で、これは自分のことを書いた文でもある。この文章の発表時、鶴見は三十七歳。そのしばらく前、八、九年前にあたる一九五〇年に、彼は重いうつ病にかかっている。桑原武夫、多田道太郎らと、漫才研究をはじめたころだ。

……一九五〇年の秋のことだった。私は千本劇場で取っていた（漫才の――引用者）ノートを披露したんです。しかし、しばらくして鬱病になってしまった。こんなことやっていて、いつでも笑われている感じがしてきた。自分は京都大学の助教授だというが、まわりから笑われている感じ。ある家に生まれたからこういう肩書きになった。自分の能力を過信したって、この肩書きは遺伝によるハプニングにすぎない。どんどん屈辱が深まり、自分で射った矢がすべて私に返って、もう自分の名前を書くのが嫌になってねぇ。そこで漫才の研究が終わったんです。（『期待と回想』下巻）

鶴見は年譜を残さないが、どうやらそのころ一度目の精神病棟への入院をしている。暗幕をめぐらした部屋でこんこんと眠る。睡眠療法。結局、京都大学をやめ、東京に移り、病がいえた後、東京工業大学で教えはじめる。そこではじまるのが、「虚無主義の形成――埴谷雄高」をうむ、学生をまきこんでの転向研究である。

その共同研究で、鶴見は「後期新人会員」、「翼賛運動の設計者」、「翼賛運動の学問論」、「軍人の転向」、「転向論の展望」などとともに、この「虚無主義の形成」を執筆している。他の論考にくらべ、埴谷雄高を扱うこの文章にきわだつのが、右に述べる、あたかもある個所など自分のことを書いているのではと思われるほどの、パブリックな論考の中にかいま見られる、「自問自答」めいた、パーソナルなことばの響きである。

埴谷にはおもしろいエピソードが少なからずあるが、そのうち、もっともチャーミングなものに次のものがある。「埴谷は昭和七年から八年にかけ豊多摩刑務所に収監されるが、そこで一度気が違った。しかし出てきた時には直っていたので、誰もそのことを知らない」。

その出所を私は知らなかった。でも、本書収録の座談会での発言で、埴谷が鶴見に、「あなたがひじょうにいいことを言ったのは、埴谷は刑務所にいるとき気が違ったんじゃなかろうかという洞察です」と述べているのは、この挿話の出所が、鶴見のこの、「虚無主義の形成――埴谷雄高」である、ということなのかもしれない。

たしかにそうなんですよ。気が違ったのかもしれない。しかしだれもわからない。本

人はなおさらわからない。（座談会「未完の大作『死霊』は宇宙人へのメッセージ」での埴谷発言）

ここに漂う親近感は、ふだんから「気が違う」境域に生きている人の、いわば同好の士に対するものである。

思い出す。

一九七九年秋にカナダのモントリオールで鶴見と会ったとき、私はこの高名なリベラル哲学者のよい読者ではなかった。当地の友人とともに空港に迎えに出たが、きっといかにも「リベラル」な温厚で聡明な紳士が、到着ロビーに現れるのだろうと思っていた。そのとき、ひめやかなあきらめめいた軽侮の念が少しはまじっていたことを白状したい。しかしやってきたのは、「温厚な紳士」ではなかった。それどころではなかった。数ヵ月後、気づくのだが、この人は、リベラルどころではない、キチガイなのだ。ただ、そのことを一般人を前に恥じ、正気なふりをしている……。

埴谷雄高の『死霊』は、一九四五年の末に『近代文学』の創刊号に掲載されたとき、だれにも理解されなかったといわれている。その意味をはじめて世に知らしめたのは、友人武田泰淳による一九四八年のエッセイ「『あっは』と『ぷふい』」だというのが通り相場である。一方、鶴見は、当時だれもその意味を受けとることのできなかった夢野久作の奇書

『ドグラ・マグラ』の意味をはじめて取りだした評者として世に知られる。その『ドグラ・マグラ』論は一九六二年に『思想の科学』に書かれている(「ドグラ・マグラの世界」)。しかし、ある意味で、鶴見は、『死霊』がどのような小説であるのかを、より本格的な考究という意味では、やはりはじめて、誰よりも早く、世に示しているのではないだろうか。「『あっは』と『ぷふい』」は『不合理ゆえに吾信ず』にはふれていない。誰が最初かなどということがいいたいのではない。五〇年代の前半の、一つの部屋を思い浮かべよう。鶴見は暗い精神病棟の闇の底で目をとじている。そうしてそこで何日も何日も過ごす。その場所からは、『不合理ゆえに吾信ず』の世界が見え、そして『死霊』の世界が見え、また、『ドグラ・マグラ』の世界が見える。

4

さて、ここから先は、何から書こう。

迷うが、適当にいく。

「虚無主義の形成――埴谷雄高」(一九五九年一月発表)は、このような観点からいうなら、吉本隆明の「転向論」(一九五八年十一月発表)と一対の関係にある。

吉本が、戦前の転向した左翼文学者の中から特に一九三五年の中野重治の経験を取りだし、その独自の意義をあきらかにするように、ここで鶴見は、一九三三年の埴谷雄高の経験を取りだし、その特異な意味をあきらかにしている。

この二つの論は、一九五八年から一九五九年にかけ、踵を接する形で世に現れている。吉本の論が二ヵ月早いが、鶴見の論は、一九五九年一月十日刊行の思想の科学研究会編『共同研究　転向』上巻所載の形で発表されている。この大部な本が約二十名に及ぶ集団的な作業の成果として出ていることを考えると、原稿執筆は少なくとも半年以上前になされていたはずであり、この論考の執筆が吉本の「転向論」発表と独立してなされていたことは、明らかだからである。

二つの論は、独立して、並行的に執筆され、二人の戦前の左翼文学者の転向について、その可能性を考究しているのである。

吉本は、転向を三つのタイプに分ける。一つは、宮本顕治や蔵原惟人ら日本共産党指導部中の主流派の非転向組で、彼らは、一九三二年から三三年にかけて逮捕された後、非転向を貫き、戦後、出獄するまで獄中にあった。二つ目は、佐野学、鍋山貞親ら日本共産党指導部中の非主流派の転向組で、彼らは、三三年六月に獄中から「共同被告同志に告ぐる書」と題する転向声明文を出し、その後の集団転向のさきがけとなる。これに対し、三つ目にあげられるのが、一九三五年、転向をへた後、「村の家」を発表し、転向した者の前に横たわる問題に形を与えた中野重治のケースで、そこで吉本は、日本のような外国からの思想の移植によって新しい課題にめざめる非西洋型の後進性社会にあっては、転向が、現実との最終的な対決の場となり、そこから、核心的な思想的課題がつかまえられうることをあきらかにした。

吉本にとっては、第一の非転向組は、獄中にあって、現実とのつながりを切断し、観念的に信奉するモダニズム思想（マルクス主義思想）に閉じこもることで自分の信念をまげずにすんだケースにすぎず、評価できない。第二の共同転向組は、獄中にあって、伝統的な日本思想の深遠さに一驚を喫し、また大衆からの孤立に耐えきれず、現実に復帰した伝統回帰のケースであり、これも評価されない。こうして、転向によってむしろすぐれたというべき日本社会古来の考え方、感じ方とは対立する別個の地点に、それとの対立を通じて、そのほんとうなら連帯すべき相手には理解されにくい新しい考え方の拠点を築くという課題を発見した、第三のケースが、転向のありうべき可能性を示すものとして称揚される。

この吉本の転向論は、これまでだれにも否定できなかった戦後の非転向の日本共産党指導部の政治倫理的優位性を、そんな信念への忠誠には何の思想的な価値もない、と一言のもとに切って捨てた点で、当時として画期的な意味をもつ。それは、日本共産党とは違うところに日本の共産主義運動、革命運動の立脚点を定位できるという世の若い学生の確信に根拠を与えた。そして、以後の非日本共産党系左翼集団の出現にみちすじをつけた。

これに対し、鶴見の「虚無主義の形成」は、埴谷雄高の転向に着目して、吉本とは違う、また別種の転向の可能性の像を描く。それは、あくまで現実に背を向けたまま、マルクス主義からの転向後、いわば中空にとどまり続ける、永遠転向者としての像である。

埴谷の特異さはどこにあるか。

彼はアナーキズムから共産主義に入り、逮捕後、獄中にあってその共産主義から転向し、ふたたびこの世にない場所としてのアナーキズムに復帰するが、以後、その中空の場所を、離れない。精緻な国家廃絶への道筋を示すレーニンの『国家と革命』の理論がどちらかといえば論理性にとぼしいアナーキズムから彼を共産主義へと連れだす。しかしそのレーニンの理論とは裏腹の共産主義運動の実態が、獄中でカントの論理に震撼されたこととあいまって、彼を共産主義運動から撤退させ、ふたたび政治思想的にはアナーキズムと分類されうる中空の場所に引き戻す。しかしその「どこにもない場所」は、いまや理論と論理と体験に凍結された不動の中空にある。人はそんな場所にどうしてとどまれるのか。この問いを引きうけつつ、そこが、それから六十余年におよぶ埴谷の、永遠転向者としての文学的思想的な立脚点となるのである。

　多くの転向者、水野成夫、浅野晃、林房雄、佐野学、鍋山貞親などをふくめてすべてが、転向のまっただなかにあっては実にすぐれたことをいっていることは、別の節（『転向』上巻）に見られるとおりである。かれらのするどい指摘は、日本共産党の欠陥を見事についており、国際共産党の欠陥をも見事についているのだが、そのするどくそして正しい意見が、やがて見忘れられ、たんに国家権力に身をすりよせる運動の中に姿を没してしまう。転向のまっただなかにおいては、直観のひらめきとして見事に手の中にとらえられていた新しい真理と正義が、転向のサイクルの完了、転向後の視点の形成と同時にわすれられてしまう。つまり、これらの人々の欠陥は、転向そのものから早く離脱してしまうという思考法に由来している。(中略)埴谷の思想的生産性は、かれが転向から早く離脱しようと努力せず、転向過程のまっただなかにすわりこむことをとおして、転向以前の思想(共産主義)にたいする批判を体系化するということにあった。

(「虚無主義の形成——埴谷雄高」)

このもう一つの転向の可能性の像は、日本共産党に対しては批判の観点を保ちながら、それと対立しつつ、同時にそれと併走、同伴するという、以後、埴谷の『近代文学』、鶴見の『思想の科学』に共通するリベラルな左翼、革新のあり方に道をひらく。

しかしここでの両者の対位のポイントは、じつは別のことにある。

中野の転向を他の転向者から隔てている核心はどこか。

吉本はその一点を、中野が獄中で転向を余儀なくされるにあたり、こう考えた点に見出している。私は転向する。これは人間的に美しくない誤りであるが、自分としてはギリギりのところで行う誤りである。たしかにここで正義を貫き通す少数者がいるかもしれない。しかし百名中九十九名は、耐えられずこの一線から脱落するだろう。このことは何を意味するか。この自分の誤りに私は最後の最後のところで「動かしがたさ」を見る。むしろ百名中九十九名が脱落せざるをえないような革命運動は、運動として、問題がある。これを、個人の人間的弱さの問題にしてしまうと、この問題が見えなくなってしまう。この「誤り」にはそこから新しくものごとを考えていく立脚点、「動かしがたさ」がある。ここから私は日本の革命的な運動に対する革命的な批判の道へと進みたい。（中野重治「『文学者に就て』について」）

これに対し、同じように、埴谷の永遠転向へと続く転向を、他の哲学派の転向から隔てる核心をあげるとすれば、どうなるか、と問うことができる。鶴見が埴谷に見たのは、いわば論理の果ての果てで埴谷がぶつかったであろう、非論理の、しかし彼以外の何にも解消されない、「くねくね」したもの、未成の衝動の存在であった。

本書の最後に小さな詩が載っている。

題して、「大阪夏の陣」。

鶴見が一九九〇年の埴谷とのはじめての座談会の後で、その時の印象を記したものであるという。よほど印象が強かったのか。でも何が。

真夜中に近づくと
老いたる小説家は
急に元気になって、
「ぼくたちには
眞田の六文銭があるから」
と言った。

問いかえしたい
と一瞬おもったが
すぐにわかった。

難解をもってなるこの作家は
ドストエフスキーとも
キエルケゴールとも
テルトリアヌスとも言わず
立川文庫にもどっていった。

右の執筆時期の推定が正しければ、この「眞田の六文銭」と「立川文庫」は、座談会における、次の埴谷のことばの掛詞である。

ぼくは驚いたんですが、鶴見さんは『転向』でぼくを論ずるのに『不合理ゆえに吾信ず』を土台にしている。あれは『死霊』の原型なんです。（中略）鶴見さんはやっているんですね。「『薔薇、屈辱、自同律』——手裏剣をなげるようにして三つの単語で定着した体験」と書いている。（座談会「未完の大作『死霊』は宇宙人へのメッセージ」）

埴谷は自分の転向の体験を「——薔薇、屈辱、自同律——つづめて云へば、俺はこれだけ。」と書き、鶴見はこれを、「手裏剣をなげるようにして三つの単語で定着した」と受ける。

永遠転向者としての埴谷は、立川文庫の猿飛佐助直伝の「手裏剣」さばきの「早業」と、カントの『純粋理性批判』直伝の「持久力」のたまものとして、ここに生まれていると、鶴見は見た。

猿飛佐助は　猿になって飛んだ

霧隠才蔵は　霧になってかくれた
それは　こどものころの夢で
今では　不思議と思えない

変身　それをなしとげて　今があり
それをなしとげて　ここを去る

私が猿になり　霧になる
というよりも　霧が私になり
石が私になって　今いるので
この私が　変幻

ここをはなれては
われらは　たがいに知らず
私は私に
会う時もない

（鶴見俊輔「忍術はめずらしくなくなった」）

鶴見は、一九四六年、はじめて『近代文学』創刊号に「死霊」を見たとき、その意味がわからなかった、と書いている。彼に理解の端緒を与えたのは、その後読んだ、一九四八年の「即席演説」という一文である。

その一文に、こうあった。イプセンの劇『ペール・ギュント』に、「ボイグ」というのっぺらぼうの入道が出てくる。それと主人公のペール・ギュントが格闘する。そのとき、その劇を見ていた埴谷は、「しっかりやれ、ボイグ」と、妖怪ボイグのほうを、応援した――。

鶴見は、その一節、埴谷が論理的な主人公ペール・ギュントをではなく、非論理的不合理的妖怪ボイグを応援した、というくだりに接し、「これだ!」、埴谷を一挙に理解できたと、感じるのである。

その後、ボイグは埴谷の中にへんてこな分身となって住まう。

一九四八年、「即席演説」文中での、西田幾多郎『自覚に於ける直観と反省』をめぐる、埴谷と分身「くねくね入道」ボイグとの対話。

ボイグ――そして、このひと(西田)のは、意識せざる、善良なハッタリなのですね。

わたくし――そう、真面目だ。

ボイグ――どうも淋し過ぎるなあ。

わたくし——そう、淋し過ぎる。

おもしろいのは、埴谷がここでボイグを「くねくね入道」と呼んでいることである。ボイグは、つかみどころがない。

このボイグが、当然、一九九〇年の座談会でも主役となる。鶴見はこの話を出す。埴谷は答える。

鶴見　『ペール・ギュント』はほんとに見られたんですか。

埴谷　『ペール・ギュント』をやったのは丸山定夫という築地小劇場では有名な役者で、広島にいて原爆で亡くなった人です。帝劇でぼくは見たのですけれども、この人がひじょうにうまくてね。真っ暗闇です。ペールは何ものかと格闘しているんですよ。何も見えぬ舞台で棹の先へランプをつけて下へやったり上へやったりすると、丸く光った目玉がつぎつぎに消えたり点いたりするんです。「おまえは誰だっ」（押し殺したような声で）「おれはおれだ」。「おまえは誰だっ」（同）「おれはおれだ」。ボイグの目が闇のなかをあっちへ行ったりこっちへ行ったりすごい効果をもった場面でした。これにもぼくは拍手しましたね（笑）。（座談会「未完の大作『死霊』は宇宙人へのメッセージ」）

ボイグは深く十代の埴谷のからだに入った。それからボイグは眠りこむ。埴谷のからだの奥深くでボイグがふたたび目覚めるのは、二十代の前半、埴谷が獄中、転向の「屈辱」に存在を震撼されるときのことである。埴谷は、一方で凍結した論理の魔となり、他方で、「くねくね」と自分の闇のなかを「目玉」となって浮遊するボイグを自分の中に育てる。「あっは」と「ぷふい」が、会話の中をとびかう間投詞であることに注意しよう。会話があること。間投詞が飛び交うこと。それが救いである。ボイグがいなければ、「あっは」と「ぷふい」もないだろう。「お前は誰だっ」「おれはおれだ」。そんな自同律をめぐるやりとりも、ないだろう。

なぜ「くねくね入道」なのか。

さて、この「くねくね入道」には、立川文庫の真田十勇士の雄、清海・伊三の三好入道兄弟の残映が、漂っているというのが、私の見立てである。

二十代で、「屈辱」で存在を震撼されたとき、埴谷をささえているのは、カントでもドストエフスキーでもなく、十代のおりに経験した、屈辱の身体の底から湧いてくるような、絶望的な鼓舞の身ぶりである。「しっかりやれ、ボイグ」。そしてそれは、もっと以前、台湾で植民地の少年として読んだ立川文庫の「眞田の六文銭」の身体的な記憶にまで、つながっている。その「屈辱」と、そこを耐えた身体的な記憶が、彼にボイグ＝小説という分身をもたらし、それが彼の身内に「くねくね入道」となって立ちあがってくるのである。

鶴見に「手裏剣」と書かせているのは、無意識裡のものであれ、その直観だったのではないか。

一九九〇年、埴谷にその自分のことば――「手裏剣」――を引用されてみて、鶴見は、ボイグのさらに淵源に、「くねくね入道」の仲間である猿飛佐助、霧隠才蔵の記憶が沈んでいたことに気づいている。

「大阪夏の陣」。

そう、西田幾多郎は埴谷と同じところから以後大東亜戦争の思想宣言を起草するところまでいく。三木清はマルクス主義からふたたび西田哲学に戻り、西田哲学ぐるみ超国家主義へとそれる。埴谷の転向を西田幾多郎や三木清から隔てているのは、カント理解の違いなどではない。違いは一つ、そこに、くねくね入道がいるかいないかだというのが鶴見の見出す、埴谷の特異点なのである。

5

埴谷雄高という透徹した文学者、思想家が、いま私たちに残している問題とは、何だろうか。

死滅した目。

国家の廃絶。

私はあるときから、こうした埴谷の考え方に疑問を感じるようになった。

一九八五年、埴谷は吉本隆明に批判をなげかける。吉本がコム・デ・ギャルソンの服を着てマガジンハウスの女性向け雑誌「アンアン」に登場したのを受けて、もしこれを東南アジアの青年が見たらどう思うか、と彼は書く。これに吉本が反論を加え、「政治と文学」をめぐり、二人の間でこのようなものとしては最初で最後の論争が起こる。この論争の淵源をたどれば一九八二年の反核運動までさかのぼる。ヨーロッパを戦場に想定する米国による中距離弾道ミサイルの配備をめぐり、ドイツを中心に核戦争に対する危惧と反対の機運が広まる。そしてそれに呼応する形で日本でも文学者の署名運動が大半の文学者に賛同をうる形で推進される。この「核戦争の危機を訴える文学者の声明」に、埴谷は大半の文学者とともに署名した。これに、吉本がソ連を利する近視眼的運動であるとして、強い批判を加えたのが、この反核問題ともいうべき対立である。

このときの吉本のこうした動きに対する不審が、たぶん三年後、一九八五年、デザイナーズ・ブランドに身を包んだ吉本の写真を見て、埴谷をうごかす。

当時の私には、それほどすぐにはピンとこなかったが、この後私が埴谷に対して感じることになる疑問は、このあたりからはじまっている。なぜ吉本がこれほど激しく埴谷の批判に反応したのかも、当時はよくわからなかった。でも、いまならよくわかる。

それをこんなふうにいってみよう。

一九七九年、村上春樹という若い小説家がある文芸雑誌の新人賞を受賞する。そこで彼は戦後の左翼文化に一つのさよならの挨拶をする。その小説『風の歌を聴け』で、村上は、『気分が良くて何が悪い？』という好きな小説家のエッセイ集を愛読する主人公が、「金持ちなんて・みんな・糞くらえさ。」という比較的金持ちの家に育った、いわば六〇年代（左翼）風の感性を持つ友人が没落していくのを、深い哀惜のまなざしで見送る物語を書いた。「気分が良くて何が悪い？」しかし飢えた子どもたちがいる世界の中で「気分が良い」ことは、それまでなら、「悪い？」とはいわないまでも、「後ろめたい」ことだった。それはまともな人間なら、ほんの少しは、良心の呵責をおぼえろよ、といわれるようなことだったのだ。

しかし、ムイシュキン公爵がイッポリートに「私たちの幸福を見逃してください」といったように、私たちは、よその世界に飢えた子どもたちがいることを知ってはいるが、「気分が良い」ことを恥じないようにしないと、ものごとをもっと堅固には考えられないのではないだろうか。私たちのすぐ隣りで、「気分が良い」ことをしている人々を、私たちは、そのもっと遠いところでは人々が飢えているのを知っているとしても、その「気分の良さ」に対しては、祝福したほうがよいのではないだろうか。

なぜなら、そのように「気分が良いこと」、幸せであることを、求め、めざして、いま飢えている人を含め、広くすべての人は、生きているのだから。

私にこの村上の直観は、左翼性から離れても、人が他人のことを思いやり、社会のことを考え、まともに生きられる、そんな考え方の道筋を作らなければ、これからやってくる社会には対応できない、という予言として受けとられる。

左翼性は必ずしも人がこの世界とこの世界に生きる人々のことを考える上で、必須の条件ではない。それは歴史的な産物なのだ。「国家の廃絶」という究極の目標もしかり。大事なことは、その未来の極点に立つ「死者」たちの目、死滅した目から現在を見はるかし、その善悪を判定することではなく、いま現在の誤りにみちた「生者」の場所から、どのようにそのゴールをめざし、スタートを切れるか、その可能性の原理をたしかめることではないか。いまいるスタート地点からどう一歩を進められるかという命題のほうが、「国家の廃絶」というゴールが実現可能かどうかという命題よりも、重いのではないか。

いま私は、そう考えている。

私の見るところ、一九八五年の吉本の主張は、この一九七九年の村上の直観を延長した先にくる。彼は、埴谷に、「気分の良さ」「すてきなこと」の追求は断じて擁護されなくてはならない、といっているのである。

鶴見は、むろん私以上にこのようなことは身体でよくわかっているはずである。しかし軟弱な私とは違い、このような現状に妥協的と見える考えには、反対だろう。鶴見は埴谷同様、現代日本の弛緩に批判的である。彼は書いている。

今はひらたい時代に入っているように私には感じられます。そのひらたい感じは、日露戦争以後の大正時代にもあったように思えます。(「手紙にならない手紙」)

あるいは、

この一枚の布(『死霊』のこと——引用者)は新しく染めかえられることなく、第二次大戦後の高度成長の日本をもくぐりぬけた。(「『死霊』再読」)

6

しかし、鶴見の埴谷に対する批判のポイントは、不思議なほど、私があげた、先の点に重なっている。埴谷生前に最後に書かれた「手紙にならない手紙」の最深のメッセージも、やはりこの疑念である。

まずこの手紙に、鶴見は自分と埴谷の接点について記す。

私が埴谷さんにお目にかかったのは、(中略)両三度にすぎません。読者としては、敗戦の翌年の正月に、「近代文学」創刊号で『死霊』のはじまりを読んで以来です。この時にはわかりませんでした。自分の心にふれるものに出会ったのは、「綜合文化」に「即席演説」を書かれた、その中で、『ペール・ギュント』の芝居を見た折にふれて、のっぺらぼうのボイグに応援するくだりでした。

くねくね入道のボイグと主人公のペール・ギュント(丸山定夫)が格闘する。その格闘を観客として見て、ボイグに肩入れするその姿に感動しました。その時に、おたがいの領域が交錯することを感じました。(「手紙にならない手紙」)

しかし後段にいたると、疑念が示される。あなたの『闇のなかの黒い馬』を読むと、そこにある「自分の存在のうらにある非存在の感覚」に「親しいものを感じ」る。しかし宇宙の闇をかける黒い馬というイメージは私からかけはなれている。「私にとっては馬は乗るもの」だからである。

思索の風景の中の抽象的な馬を、自分のものとして感じることができません。ここのところで埴谷さんとちがって、私は日常につかって生きていることを感じます。宇宙の果てまでかけぬけることに興味をもたず、ただここにいるだけです。(「手紙にならない手紙」)

しかも、これらの疑問は、すべて、いち早く一九七一年の「埴谷雄高の政治観」に書かれていた。曰く、

埴谷はつねに、「社会主義とは何か」、「革命とは何か」についての定義を構築する(中略)。この方法には、決定論のしっぽがくっついている。現実の諸力がたがいにぶつかりあう時の偶然の役割、その時に生じる意外なものの出現について、埴谷は(中略)あまり関心を示さない。(「埴谷雄高の政治観」)

また、「すべてを、上下関係のない宇宙空間へひきゆく未来から見よ。」というよく知られた埴谷のテーゼにふれて、

この場合、未来とは、過去から現在にいたる時間の流れをさらにまっすぐにのばした先に一点としてあらわれるものか。そうではなく、現在においていだかれている夢であ

り、時間の外に逸脱しているもう一つの時間であろう。(同前)

鶴見が指摘し、私が後に感じるようになった問題点を、埴谷はもっていた。しかしそのことは、埴谷は知らず、埴谷から示唆と勇気を受けとる私たちにとっては、希望であろう。ここが私たちと埴谷の未来の関係の、入り口になるのだから。

7

一九九八年以降、大患後の鶴見を『死霊』再読に駆りたてたのは、その前年、埴谷が『死霊』を完成せずに没したことだったのではないかと、先に私は書いた。未完のまま、破れ目を見せて残る『死霊』に、もし鶴見が言及しないなら、信奉者以外の誰が、目を向けるだろう。その破れ目に、余人は知らず、ボイグは、立ちどまるのである。

曰く、「未完の『死霊』は、どんな意味をもつのか」。

一九九八年の「『死霊』再読」で、鶴見はまず、この作品が時代にしっかりととらえられていること、そのうえで時代から隔絶して中空に浮かぶ作品なのであることを、示そうとしている。

このような動機の背後に、次のような事実が控えているだろう。

『近代文学』は一九四五年十二月創刊、一九六四年八月に終刊している。『死霊』はこの創刊号から連載開始され、一九四九年に中断した後、母体の雑誌が終刊した後も、ひそかに時代を耐えて書きつがれ、一九七五年に約二十六年ぶりに五章「夢魔の世界」を発表、以後、章を重ねて一九九五年十一月の九章「《虚体》論―大宇宙の夢」で、未完のまま、擱筆される。ところでこれは、鶴見が『近代文学』に踵を接する形で四六年五月に創刊した『思想の科学』が、第八次の更新を重ね、ちょうど五十一年目にあたる一九九六年五月を期して休刊となるまでの歩みと、まったく同じである。この二つの雑誌は、ともに創立同人は七人。鶴見が『思想の科学』創立同人中最年少でありつつ、この雑誌の実質上の中核存在だったように、埴谷は『近代文学』創立同人七人のなかにあって、年長の三人（山室静、平野謙、本多秋五）と年少の三人（荒正人、佐々木基一、小田切秀雄）をつなぎとめる、やはりこの雑誌にあって中核的な存在だった。二人はこの意味でも戦後の五十年を併走した、「同好の士」だった。

鶴見は、第一に、埴谷の『死霊』の文体が一九〇三年に「巌頭の感」を書いて華厳の滝に投身した一高生藤村操以来の「旧制高校」の流れにあることを指摘する。ドイツ観念論を骨格とするそのことばは「大正時代の中学生だった埴谷雄高の思索の背景となるものであり、いわば彼の母語」でもある。その意味では、『死霊』は、黒岩涙香の『天人論』に連なる作品であり、「風俗小説であると言うこともできる」。そのうえで、この作品を一般の風俗小説から分け隔てるのは、この「旧制高校の文体」を作者が意図的に統括し続けたことだ、という。

この観点は、この文体が、文体としては持続しながら、五章、六章と続くにしたがい、女性の登場人物（津田夫人）の日常会話をまじえた独白体等の闖入や野外シーンの登場により、独房での構想時の路線から大きく外れ、別種のものに破れを見せていく、という指摘を導く。六章の隅田川のボート転覆のシーンにふれ、

このあたりの文体は、独房の構想からおおきくはみだしており、この章全体の場景そのものが、敗戦直後の事実上の落筆当時にも著者の心中にあったとは思えない。（「『死霊』再読」）

また、第二に、『死霊』の中心命題をなす「自同律の不快」が、新たに植民地に生まれ育った埴谷の出自との連関の上におかれ、再吟味される。

「自同律の不快」とは何か。それはかつて、次のように見事に鶴見のことばで説明されたことがある。鶴見は埴谷の政治思想が予定調和的な「幸福な結末」への期待をもたないことにふれ、一九七一年、こう書いている。

幸福な結末への期待をもたないことは、埴谷雄高の精神の故郷ともいうべきもので、

おさない時から、彼は自分が自分であることのおちつかなさを感じていた。自分が自分としてここにあるということが、何としてもおちつかないことだという肉体的直観があった。だから、この仮の状態をすてて、真の自分になることを考えたことも、あったかもしれない。しかし、そういう時は、しばらくの逸脱として終ったようである。やがて彼は自分の本来のエレメントにかえった。その本来のエレメントというのが、「真の自分」などというものではなくて、「自分」というものの中ではおちつきがわるいという自覚である。(「埴谷雄高の政治観」)

しかしそのことが「『死霊』再読」では、先の座談会での「自同律の不快」は「一種の自己語」だという埴谷の発言に導かれ、別種の光のもとにおかれる。その説明によれば、自同律の不快の出発点は、偶然彼が「台湾という植民地に生れた」という事実である。さて、そのことに関し、埴谷は、座談会ではこう述べていた。

台湾人が野菜を売りにきて「奥さん、これ十銭よ」と言うと、日本人のおばさんが「いや八銭、八銭」と言って八銭しか払わないんですよ。日ごろはいいおばさんが植民地の体系のなかに入ってしまうと、自分のしていることの非道さがわからない。(座談会「未完の大作『死霊』は宇宙人へのメッセージ」)

また、

人間にはいろいろな面があって、そのおばさんは、工場の仲間からみればひじょうにやさしいおばさんだけども、台湾人からみればひどい人、人道を外れている人なんです。（同前）

そして、この挿話はいま、この「『死霊』再読」という埴谷死後の鶴見の文章で、「自分にやさしくする父と母が、台湾人の車夫や物売りにむごいあしらいを」した、と語られる個所に接続するのだが、この個所は、こうも考えられる、といま、私は感じる。この座談会での「おばさん」は、埴谷が少年の時見聞した近所の「おばさん」ではなく、じつは「お母さん」なのではないであろうか。その話を座談会で埴谷は、どこかの「おばさん」として、語っているのではないであろうか。なぜ私がこんなことをいうかというと、ここで埴谷が「自同律の不快」を「自己語」だという意味は、自分は植民地で日本人の嫌なところばかり見ているうち日本人であることがすっかりイヤになった、自分は日本人であることを否定する日本人になった、——その日本人であることを否定する、しかし、その否定する自分が日本人だということがタマラなかった——ということだろうからだ。そこには身をよじるような矛盾と苦悶がある。埴谷が台湾新竹で、どのように日本人の子どもであることの絶望を味わわなければならなかったか、そう考えると、私には、ついこんな「言い換え」をする埴谷の二重人格ぶりが、思い浮かぶのである。

こうして、かつては難解をもって知られた「自同律の不快」は、ひとりの台湾に生まれ、父母に愛され、特権的な待遇のうちにおかれた少年の「自同律の不快」の像と結びつく。それは、その少年のものだ。と同時に、あいかわらずたとえばこう書く、小説家埴谷雄高のものである。

> すべて主張は偽りである。或るものをその同一のものとしてなにか他のものから表白するのは正しいことではない。（『不合理ゆえに吾信ず』）

「『死霊』再読」の第三の焦点は、『死霊』の物語の中心をなす革命にまつわる小集団内の事件と現実のリンチ事件との生々しいまでの近接性に、光をあてることである。埴谷は逮捕される前に大泉兼蔵という同志を知っていた。この人物は警察のスパイだった。後に党幹部となったこの人物には熊沢光子という名古屋出身の若い女性がハウスキーパーとしてつく。熊沢は、大泉がスパイであることが判明した後、ともに査問を受け、大泉とともに自殺する決意をして遺書を書く。

その遺書が鶴見の手で引かれている。

私達が出来得る党に対する最後の奉仕として公然たる死を選んでしかばねをプロレタリアの前にさらしましょう、一ヶ月以上も洗ったことのない体ですが、どうか御免下さい、どうか灰にしてください。

しかし大泉と熊沢は、自殺決行日を前にして大泉の逃走計画に呼応したのか、警察の手にとらわれることとなり、大泉は逃げおおせる。一年後、熊沢は、獄中で「日本手ぬぐいを小窓の鉄わくにむすびつけて、首をくくって死」ぬ。享年二十三歳。鶴見によれば「その遺書は、父母にあて、肉親の情にあふれるもの」だった。

熊沢光子は彼女の出身地名古屋では伝説の女性だったようだ。伝説の女性というのは、強い、輝くような印象を人に与えたということだろう。彼女の自殺は名古屋の左翼の青年に衝撃を与える。その衝撃のなかにあった青年の一人に八高出身の平野謙があり、平野は最晩年、このリンチ事件と熊沢光子について書く（「『リンチ共産党事件』の思い出」一九七六年）。

ところで、「実際に埴谷夫人はスパイ大泉にハウスキーパーになれと言われたことがあ」った。時期からいって埴谷が獄中にあったころのことだろう。すなわち「熊沢光子の役を埴谷夫人がになう」こともありえたことになる。鶴見は、この身近なリンチ事件の「なまなましい記憶」が、『死霊』を構想する二十代後半の埴谷を、転向の場所につなぎとめた一つの力だったと、推測している。

この事件を下敷きにしたと思われる場面は『死霊』の八章「月光のなかで」に出てくる。三輪与志の兄高志の愛人の妹である尾木恒子が、高志とは別人の人物（「一角犀」）と姉の心中死体を屋根裏の姉の部屋に見つけるのである。この挿話は、心に残る。

この八章が一九八六年に発表されていることと、ここで鶴見の参看している熊沢光子についての詳細にわたる文献（山下智恵子『幻の塔——ハウスキーパー熊沢光子の場合』）が前年の一九八五年に刊行されていることの関係が、どうなのかは、手元に材料がないため、わからない。しかし、八章を書く際、埴谷がかつての自分の記憶に加え、平野の「『リンチ共産党事件』の思い出」に重ね、この新しい女性の書き手の著作を目にしただろうことは、疑いがないように思う。

鶴見はここで、『死霊』が「日本の同時代とかかわりなく、天からふったようにあらわれた作品」ではないことを示そうとしている。そのことが押さえられなければ、この作品が「中空に浮かんでいる」ことの意味は、見えないから。そのうえで、この「中空」に浮かぶ作品が、時代の中で当初の構想から「おおきくはみだし」ていく、その破れについて描こうと考えた。

8

「『死霊』再読」に続く晩年の二つの埴谷論をささえているのは、これまでの重厚な埴谷像に代わる、別個の、いわば「破れ」た埴谷像を再提示しようという、鶴見の「ボイグ」めいた希望である。

鶴見は、先の「『死霊』再読」の最後を、『死霊』の作者埴谷への不足の指摘で終えている。

曰く、『死霊』を哲学小説として受けとってみよう。するとそこには次のような不足がある。

一つ、科学を方法としてではなく、結果としてのみとらえている。

一つ、全体として敗戦直後の明晰このみの流れ（近代主義）におしまけている。

曖昧《あいまい》をイカがスミをふいて逃げる手段と考えなくともよいではないか。（中略）「あっは」と「ぷふい」に託されるメッセージに自分の思いを託しきる姿勢がほしい。（「『死霊』再読」）

鶴見は、未完に終わってなお『死霊』は十分に壊れていないといっている。もっともっと破れること。そこに未完の『死霊』と埴谷の可能性はあると、彼は、いうのである。晩年の十余年におよぶ内的対話の果て、最後の最後になって、鶴見の底から声が出る。

埴谷雄高は、石川三四郎の「ディナミック」の購読者だった。（中略）そこからマルクス主義の側に転じ、共産党員として活動する。（中略）この同じ時代にどうして埴谷は石川三四郎とのつながりを断つことができたのか、という疑いをもった。

埴谷の戦後の政治についての発言が、どこかにマルクス主義のもつ決定論の尻尾を残していることへの疑惑が私の中に残った。

それほど、未来の先の先まで予測できるものではない。しかも、おなじひとつの価値の尺度をあてはめて。ゆらぐ埴谷、それが敗戦直後の埴谷に対して私の求めるものだった。（「状況の内と外」傍点引用者）

「ゆらぐ埴谷」は、どこからくるか。

『死霊』完成の暁、その最後のシーンがどのようなものになるかは、先に埴谷によって語られていた。そしてその「かつて長篇『死霊』の終わりにおくことを考えていた問答では、彼（埴谷——引用者）はヨーロッパの伝統からはなれようとしていた」と、鶴見は見ている。〔「晩年の埴谷雄高」〕古代インド。汚れたこの世のすべてを拒否せよというジャイナ教が国中に広まり、信徒たちが呼吸することさえ拒んで次から次に死んでいく。しかし不思議なことにその教えの始祖大雄だけが死なない。その話を聞いたシャカは大雄の住まう山を登る。中途は死者にみちている。山頂にいたり、大雄と対座し、最後の問答がはじまる。その「問答において、大雄はシャカを追いつめるが、その大雄の幻影は、問答に勝利を得たかに見えた後に、こなごなにくだけて、砂となって散乱する」。問いつめられ、瞑目したままのシャカの耳に、かすかな音が聞こえてくる。目をあげると、眼前の大雄が、砂と化し、さらさらと崩れていくのである。

しかし、未完のまま終わった『死霊』はそのシーンまでいたらなかった。ではそれはいま、どんな形で私たちのもとにあるのか。

晩年に入って、埴谷雄高に、もうろくのきざしが見えた。

そのもうろくは、これまで自分自身におこったことをつとめて書かないようにしてきたいましめを、ゆるくする。（「晩年の埴谷雄高」）

こう書くとき、八十歳の鶴見は、彼自身自分のもうろくの中にいる。彼は翌年（二〇〇三年）初の詩集を刊行するが、そのタイトルは、『もうろくの春』と題される。

埴谷と鶴見、二人の老人のもうろくの合作として、新しい埴谷の可能性がとりだされる。それはいう。埴谷は当初、十五章の『死霊』を構想した。『死霊』は五日間の話として構想された。しかし小説は九章まで、そして話は三日間で打ち切られた。ところでその未完成性は、『死霊』とその作者に、どのような新しい性格を付与したか。

『死霊』をいったん完成したことにして、出版社に渡した。このとき埴谷雄高は、一九三三年に獄中でこの作品にむかってふみだしてから、自分の中でつみあげてきた膨大な記憶から解放された。それまでの著作とはおもむきをことにした、肩の力をぬいた埴谷雄高が、そこからあらわれて、それは、安心してもうろくする埴谷である。(同前)

また、

からぶりする埴谷雄高。水をつかんでいないオールの動きがそこに見える。離陸する前の人力飛行機と言ってもいい。(同前)

そして、ついに、こんな問いが、鶴見に訪れる。
いったいいつ、埴谷は『死霊』が自分の構想どおりには、もはや完成できないと、あきらめたのか。そしてそのあきらめは彼に、何をもたらしているのか。

自分の内部の対話に専念していた独房、家に戻っての結核療養期をすぎて、埴谷は少しずつ他人と話すようになる。ことに自分が考えたとおりに長篇『死霊』を完成できないと思いあきらめてから、他人との対話に活気がこもってくる。(「状況の内と外」)

埴谷は話す。なぜ、どのようなところからこのような隔絶した精神が生まれてきたのか。彼は隔絶している。その中空に浮かぶ城と地べたの私たちの間に橋がかかる。

しかし、もう終わろう。

この本には、鶴見から流れてくる川と埴谷から流れてくる川が合流し、一つにとけあう場所がある。そこで両者は、見分けがつかない。そこで語られているのは、埴谷であり、語っているのは、鶴見である。だが、たとえその関係が逆だとしても、そのままに読めてしまう、そういう読み手の場所があるかもしれない。

そういう場所で聞く、たとえば、こんなメッセージには、現代の若い読者の多くが、共感することだろう。

『死霊』の登場人物たちについて。

三輪家の子どもたちが、嫡出子と婚外子の区別なく共有するものは、うまれてこないほうがよかったという気分である。そのなかで主人公三輪与志は、しかしうまれた以上、あたらしい生をみずからつくることなく、すでにうまれたものを殺すことなく、自分をおわりまで味わってみよう、という考え方にむかう。すくなくとも、そう考える途上にあるようだ。その過程で、生きることにともなう不快を味わうことを、自分が生きる原動力にしたいと思っている。(「『死霊』再読」)

文庫版解説

くねくねしたものは、死なない。
――「六文銭のゆくえ」付記

加藤典洋

今年、二〇一五年の七月にこの本の著者である鶴見俊輔は亡くなった。行年九三歳。その鶴見が書いた埴谷雄高が亡くなったのは、さらにその先、一九九七年二月のことである。行年八七歳。

その間、一八年。

その時期にはさまざまなことがあった。二〇〇一年九月の同時多発テロ、二〇〇三年のイラク戦争勃発、二〇〇七年の世界金融危機、二〇〇九年の日本初の本格的な政権交代、二〇一一年の東日本大震災・福島第一原発事故、そしてその後の亡国的な自民党政権の再登場と、日本の政治的な危機。また、ＩＳの登場に代表される世界の新たな危機。

そのような世界と日本の激動のなかで、二〇〇五年、この本は著者の鶴見が八二歳のときに、老年の鶴見による、八年前に亡くなった埴谷の老年の「破れ」の可能性をめぐる追究の書として、世に出た。

いまになってみると、『死霊』の最後の場面、釈迦とジャイナ教の教祖大雄の対面の場面がついに書かれずに終わった、その代わりに実現した現代日本の二人の賢者の対話、対面、対決の書だったようにも見える。

あるとき、埴谷が『死霊』の完成を断念する。そのときから、埴谷がゆるむ。そして自由になる。その自由とは何か。

鶴見はそのことを発見し、そしてそれを追究している。

主題は衰微。力がなくなること、その広がりである。

この本を読む人は感じるだろうが、この本は、少しも古びていない。そういってよいのではないだろうか。

単行本解説に、一九三二年から三三年にかけて、一年半のあいだ、当時二十代前半の埴谷が豊多摩刑務所の未決囚独房に収監されたとき、「そこで一度気が違った。しかし出てきた時には直っていたので、誰もそのことを知らない」という話が出てくる。

そこで埴谷は一度死んだが、その後生き返ったので、誰もそのことに気づかなかった、というのである。

人は死ぬ。しかし、死ぬことではじめて、次が生まれてくる。

破れ目から、芽が出るのだ。

「しっかりやれ、ボイグ」。

虚無とともにこの言葉が、二人を結びつけた。

——埴谷さんとは一時期、よく吉祥寺のお宅に伺う時期があった。二人きりで話し込み、帰りが深夜の午前二時ほどにもなり、タクシーを呼んでもらうこともあった。一九九七年、亡くなったときには、フランスにいた。ブダペストに行ったときに購った、埴谷さんの好きなトカイワインを、日本に帰る知人にもっていってもらった。そのワインはお通夜の席で出席者の卓に供されたと聞いている。

——鶴見さんには、一九七九年、最初にカナダでお会いしてからいろんなことを教えてもらった。足かけ三六年、と思い返すと、信じられない思いがする。いまも戸口にかかる方形の表札には転居したときに墨で書いていただいた家族四人の名が記してある。さまざまな場面でご一緒しているとき、自分が果たしてどんな様子でそこにいたのか、覚えがない。すべてがひとときの夢だったような気がしている。

くねくねしたものは、死なない。

お二人のことを思いだすと、浮かんでくるのは、この言葉である。

戦前について、戦争期について、戦後について、いま、そんなことがいえるようだと、私はひそかに考えている。

二〇一五年一一月

埴谷雄高
1993年11月、「群像」対談にて

著者、鶴見俊輔
1999年5月、「群像」対談にて

略年譜

鶴見俊輔

一九二二年（大正一一年）

六月二五日、父・鶴見祐輔、母・愛子の長男として、東京市麻布区三軒家町五三番地に生まれる。父は官僚で後に衆議院議員、母は後藤新平の長女。姉は四歳年上の和子。

一九二九年（昭和四年）　七歳

四月、東京高等師範学校附属小学校に入学。同級生に永井道雄（社会学者）、嶋中鵬二（中央公論社社長）など。『講談全集』『落語全集』を読破し、『少年倶楽部』で大佛次郎、吉川英治、佐藤紅緑などを熱中して読む。

一九三二年（昭和七年）　一〇歳

小学校三年のとき近隣の中学生たちと万引団を組み、学校一の不良少年として名を馳せる。一日の大半を読書で過ごし、春陽堂文庫の大衆文学を濫読、ほかに江戸川乱歩、中里介山、森鷗外、樋口一葉、夏目漱石、黒岩涙香、徳冨蘆花、高山樗牛などを読む。

一九三五年（昭和一〇年）　一三歳

四月、東京府立高等学校尋常科入学。トルストイ、ゴーゴリ、ドストエフスキー、チェーホフ、ゴーリキー、柳宗悦、司馬遷などを読む。

一九三六年（昭和一一年）　一四歳

七月、同校を退学処分となる。九月、東京府立第五中学校に編入。この頃より、春陽堂文庫から改造文庫、岩波文庫に読書の軸足が移る。
一九三七年（昭和一二年）　一五歳
五月、府立五中も退学となる。無力感の中、芥川龍之介、中勘助、佐藤春夫、ラフカディオ・ハーン、内村鑑三、内田百閒、北條民雄、夢野久作、石川啄木などを読む。一二月、渡米し、都留重人に出会う。
一九三八年（昭和一三年）　一六歳
再度、単身渡米。九月、マサチューセッツ州コンコードのミドルセックス・スクールに入学。寄宿舎生活を送る。
一九三九年（昭和一四年）　一七歳
六月、カレッジボード試験（大学共通試験）に合格。九月、ハーバード大学に入学、哲学を専攻。ホワイトヘッド、ラッセル、クワイン、カルナップなどに学ぶ。
一九四二年（昭和一七年）　二〇歳
三月、アナーキスト容疑でＦＢＩに連行される。東ボストン移民局の留置所内で卒業論文を執筆、受理されてハーバード大学を卒業。六月、日米交換船に乗船し、ポルトガル領東アフリカのロレンソ・マルケス（現マプト）での交換を経て、八月二〇日に横浜港に到着。帰国から五日後、徴兵検査に合格。
一九四三年（昭和一八年）　二一歳
海軍軍属の通訳としてジャカルタに着任。
一九四四年（昭和一九年）　二二歳
胸部カリエスで二度手術を受ける。シンガポール勤務を経て、一二月に帰国。
一九四五年（昭和二〇年）　二三歳
横浜市日吉の海軍司令部に勤務し、六月より休職。熱海で敗戦を迎える。
一九四六年（昭和二一年）　二四歳
五月、雑誌『思想の科学』創刊。同人は鶴見、渡辺慧、武谷三男、都留重人、丸山眞男、武田清子、鶴見和子の七名。
一九四八年（昭和二三年）　二六歳
桑原武夫に招かれ京都大学嘱託講師となる。

一九四九年（昭和二四年）　二七歳
京都大学人文科学研究所の助教授に就任。
一九五〇年（昭和二五年）　二八歳
著書『アメリカ哲学』（世界評論社）でパースを初めて日本に紹介。
一九五一年（昭和二六年）　二九歳
スタンフォード大学に客員研究員として招かれるが、ビザが取得できず中止となる。鬱病で京都大学を一年間休職。
一九五四年（昭和二九年）　三二歳
一二月、東京工業大学助教授に就任。思想の科学研究会のメンバーを中心に「転向研究会」を発足。
一九五六年（昭和三一年）　三四歳
五月、母・愛子が死去（六〇歳）。
一九五九年（昭和三四年）　三七歳
『共同研究　転向』全三巻（平凡社）刊行開始（〜一九六二年）。
一九六〇年（昭和三五年）　三八歳
五月、日米安保条約改定の強行採決に抗議して、東京工業大学を辞職。一一月、横山貞子と結婚。鬱病で約一年間ひきこもる。
一九六一年（昭和三六年）　三九歳
九月、同志社大学文学部教授に就任。一二月、『思想の科学』天皇制特集号が中央公論社によって発売中止、断裁処分となる。
一九六二年（昭和三七年）　四〇歳
思想の科学社を創立し、『思想の科学』が自主刊行となる。
一九六五年（昭和四〇年）　四三歳
「ベ平連」（ベトナムに平和を！市民連合）を小田実、高畠通敏らと発足。長男・太郎誕生。
一九七〇年（昭和四五年）　四八歳
大学紛争で大学が機動隊を導入したことに抗議し、同志社大学を辞職。
一九七二年（昭和四七年）　五〇歳
九月、メキシコのエル・コレヒオ・デ・メヒコの客員教授に就任（〜一九七三年六月）。

一九七三年（昭和四八年）　五一歳
一一月、父・祐輔死去（八八歳）。

一九七五年（昭和五〇年）　五三歳
『鶴見俊輔著作集』全五巻（筑摩書房）刊行開始（〜一九七六年）。

一九七六年（昭和五一年）　五四歳
九月、「現代風俗研究会」発足に参加。

一九七九年（昭和五四年）　五七歳
九月からカナダのモントリオール市マッギル大学で講義（〜一九八〇年三月）。

一九八二年（昭和五七年）　六〇歳
一〇月、『戦時期日本の精神史』（岩波書店）で第九回大佛次郎賞受賞

一九八三年（昭和五八年）　六一歳
雑誌『朝鮮人』発行を、飯沼二郎から引き継ぐ（一九九一年終刊）。

一九九〇年（平成二年）　六八歳
五月、『夢野久作』（リブロポート）で第四三回日本推理作家協会賞（評論その他の部門）受賞。

一九九一年（平成三年）　六九歳
『鶴見俊輔集』全一二巻（筑摩書房）刊行開始（〜一九九二年）。

一九九四年（平成六年）　七二歳
一月、朝日賞受賞。この年、大腸がん手術を受ける。

一九九六年（平成八年）　七四歳
『鶴見俊輔座談』全一〇巻（晶文社）刊行。

二〇〇〇年（平成一二年）　七八歳
『鶴見俊輔集・続』全五巻（筑摩書房）刊行開始（〜二〇〇一年）。

二〇〇四年（平成一六年）　八二歳
六月、小田実、大江健三郎、加藤周一らと「九条の会」を発足。

二〇〇六年（平成一八年）　八四歳
七月、姉・和子死去（八八歳）。

二〇〇八年（平成二〇年）　八六歳

一月、『鶴見俊輔書評集成』全三巻(みすず書房)で第六回毎日書評賞受賞。

二〇一五年(平成二七年) 九三歳

七月二〇日、肺炎のため死去。

略年譜作成にあたって、『鶴見俊輔著作集』第五巻(筑摩書房)、『再読』(編集工房ノア)、『期待と回想』(晶文社)、『不逞老人』(河出書房新社)、『考える人・鶴見俊輔』(弦書房)、『現代思想』二〇一五年一〇月臨時増刊号・総特集鶴見俊輔(青土社)を主に参照した。

(作成/編集部)

●初出一覧

虚無主義の形成――埴谷雄高（『共同研究　転向』上巻、平凡社、一九五九年）

埴谷雄高の政治観（『埴谷雄高作品集3』、河出書房新社、一九七一年）

座談会　未完の大作『死霊』は宇宙人へのメッセージ（「潮」一九九〇年十月、十一月号）

手紙にならない手紙（「太陽」一九九二年六月号）

『死霊』再読（「群像」一九九八年三月号）

晩年の埴谷雄高――観念の培養地（「群像」二〇〇二年二月号）

埴谷雄高――状況の内と外（「群像」二〇〇二年八月号）

世界文学の中の『死霊』（講談社文芸文庫『死霊Ⅱ』解説、二〇〇三年）

対談　『死霊』の新しさ（「群像」二〇〇三年五月号）

大阪夏の陣（詩集『もうろくの春』所収、編集グループ〈SURE〉工房、二〇〇三年）

本書は二〇〇五年二月刊行の単行本『埴谷雄高』（鶴見俊輔著・講談社刊）を底本としました。

埴《はに》谷《や》雄《ゆ》高《たか》
鶴《つる》見《み》俊《しゅん》輔《すけ》

二〇一六年一月八日第一刷発行
二〇二二年五月一九日第二刷発行

発行者――鈴木章一
発行所――株式会社 講談社
東京都文京区音羽2・12・21 〒112-8001
電話 編集（03）5395・3513
販売（03）5395・5817
業務（03）5395・3615

デザイン――菊地信義
印刷――株式会社KPSプロダクツ
製本――株式会社国宝社
本文データ制作――講談社デジタル製作

定価はカバーに表示してあります。

講談社文芸文庫

ISBN978-4-06-290298-4

講談社文芸文庫

青木淳選	建築文学傑作選	青木 淳——解
青山二郎	眼の哲学｜利休伝ノート	森 孝一——人／森 孝一——年
阿川弘之	舷燈	岡田 睦——解／進藤純孝——案
阿川弘之	鮎の宿	岡田 睦——年
阿川弘之	論語知らずの論語読み	高島俊男——解／岡田 睦——年
阿川弘之	亡き母や	小山鉄郎——解／岡田 睦——年
秋山 駿	小林秀雄と中原中也	井口時男——解／著者他——年
芥川龍之介	上海游記｜江南游記	伊藤桂一——解／藤本寿彦——年
芥川龍之介 谷崎潤一郎	文芸的な、余りに文芸的な｜饒舌録ほか 芥川vs.谷崎論争 千葉俊二編	千葉俊二——解
安部公房	砂漠の思想	沼野充義——人／谷 真介——年
安部公房	終りし道の標べに	リービ英雄—解／谷 真介——案
安部ヨリミ	スフィンクスは笑う	三浦雅士——解
有吉佐和子	地唄｜三婆 有吉佐和子作品集	宮内淳子——解／宮内淳子——年
有吉佐和子	有田川	半田美永——解／宮内淳子——年
安藤礼二	光の曼陀羅 日本文学論	大江健三郎賞選評—解／著者——年
李 良枝	由熙｜ナビ・タリョン	渡部直己——解／編集部——年
石川 淳	紫苑物語	立石 伯——解／鈴木貞美——案
石川 淳	黄金伝説｜雪のイヴ	立石 伯——解／日高昭二——案
石川 淳	普賢｜佳人	立石 伯——解／石和 鷹——案
石川 淳	焼跡のイエス｜善財	立石 伯——解／立石 伯——年
石川啄木	雲は天才である	関川夏央——解／佐藤清文——年
石坂洋次郎	乳母車｜最後の女 石坂洋次郎傑作短編選	三浦雅士——解／森 英一——年
石原吉郎	石原吉郎詩文集	佐々木幹郎—解／小柳玲子——年
石牟礼道子	妣たちの国 石牟礼道子詩歌文集	伊藤比呂美—解／渡辺京二——年
石牟礼道子	西南役伝説	赤坂憲雄——解／渡辺京二——年
磯﨑憲一郎	鳥獣戯画｜我が人生最悪の時	乗代雄介——解／著者——年
伊藤桂一	静かなノモンハン	勝又 浩——解／久米 勲——年
伊藤痴遊	隠れたる事実 明治裏面史	木村 洋——解
稲垣足穂	稲垣足穂詩文集	高橋孝次——解／高橋孝次——年
井上ひさし	京伝店の烟草入れ 井上ひさし江戸小説集	野口武彦——解／渡辺昭夫——年
井上 靖	補陀落渡海記 井上靖短篇名作集	曾根博義——解／曾根博義——年
井上 靖	本覚坊遺文	高橋英夫——解／曾根博義——年
井上 靖	崑崙の玉｜漂流 井上靖歴史小説傑作選	島内景二——解／曾根博義——年

▶解=解説 案=作家案内 人=人と作品 年=年譜を示す。 2022年5月現在

講談社文芸文庫

井伏鱒二	還暦の鯉	庄野潤三——人／松本武夫——年
井伏鱒二	厄除け詩集	河盛好蔵——人／松本武夫——年
井伏鱒二	夜ふけと梅の花|山椒魚	秋山 駿——解／松本武夫——年
井伏鱒二	鞆ノ津茶会記	加藤典洋——解／寺横武夫——年
井伏鱒二	釣師・釣場	夢枕 獏——解／寺横武夫——年
色川武大	生家へ	平岡篤頼——解／著者——年
色川武大	狂人日記	佐伯一麦——解／著者——年
色川武大	小さな部屋|明日泣く	内藤 誠——解／著者——年
岩阪恵子	木山さん、捷平さん	蜂飼 耳——解／著者——年
内田百閒	百間随筆 Ⅱ 池内紀編	池内 紀——解／佐藤 聖——年
内田百閒	[ワイド版]百間随筆 Ⅰ 池内紀編	池内 紀——解
宇野浩二	思い川|枯木のある風景|蔵の中	水上 勉——解／柳沢孝子——案
梅崎春生	桜島|日の果て|幻化	川村 湊——解／古林 尚——案
梅崎春生	ボロ家の春秋	菅野昭正——解／編集部——年
梅崎春生	狂い凧	戸塚麻子——解／編集部——年
梅崎春生	悪酒の時代 猫のことなど —梅崎春生随筆集—	外岡秀俊——解／編集部——年
江藤 淳	成熟と喪失 —"母"の崩壊—	上野千鶴子—解／平岡敏夫——案
江藤 淳	考えるよろこび	田中和生——解／武藤康史——年
江藤 淳	旅の話・犬の夢	富岡幸一郎—解／武藤康史——年
江藤 淳	海舟余波 わが読史余滴	武藤康史——解／武藤康史——年
江藤 淳 蓮實重彥	オールド・ファッション 普通の会話	高橋源一郎—解
遠藤周作	青い小さな葡萄	上総英郎——解／古屋健三——案
遠藤周作	白い人|黄色い人	若林 真——解／広石廉二——年
遠藤周作	遠藤周作短篇名作選	加藤宗哉——解／加藤宗哉——年
遠藤周作	『深い河』創作日記	加藤宗哉——解／加藤宗哉——年
遠藤周作	[ワイド版]哀歌	上総英郎——解／高山鉄男——案
大江健三郎	万延元年のフットボール	加藤典洋——解／古林 尚——案
大江健三郎	叫び声	新井敏記——解／井口時男——案
大江健三郎	みずから我が涙をぬぐいたまう日	渡辺広士——解／高田知波——案
大江健三郎	懐かしい年への手紙	小森陽一——解／黒古一夫——案
大江健三郎	静かな生活	伊丹十三——解／栗坪良樹——案
大江健三郎	僕が本当に若かった頃	井口時男——解／中島国彦——案
大江健三郎	新しい人よ眼ざめよ	リービ英雄—解／編集部——年

大岡昇平 ― 中原中也　粟津則雄 ― 解／佐々木幹郎 ― 案
大岡昇平 ― 花影　小谷野 敦 ― 解／吉田凞生 ― 年
大岡信 ― 私の万葉集一　東 直子 ― 解
大岡信 ― 私の万葉集二　丸谷才一 ― 解
大岡信 ― 私の万葉集三　嵐山光三郎 ― 解
大岡信 ― 私の万葉集四　正岡子規 ― 附
大岡信 ― 私の万葉集五　高橋順子 ― 解
大岡信 ― 現代詩試論｜詩人の設計図　三浦雅士 ― 解
大澤真幸 ― 〈自由〉の条件
大澤真幸 ― 〈世界史〉の哲学 1　古代篇　山本貴光 ― 解
大原富枝 ― 婉という女｜正妻　高橋英夫 ― 解／福江泰太 ― 年
岡田睦 ― 明日なき身　富岡幸一郎 ― 解／編集部 ― 年
岡本かの子 ― 食魔 岡本かの子食文学傑作選 大久保喬樹編　大久保喬樹 ― 解／小松邦宏 ― 年
岡本太郎 ― 原色の呪文 現代の芸術精神　安藤礼二 ― 解／岡本太郎記念館 ― 年
小川国夫 ― アポロンの島　森川達也 ― 解／山本恵一郎 ― 年
小川国夫 ― 試みの岸　長谷川郁夫 ― 解／山本恵一郎 ― 年
奥泉 光 ― 石の来歴｜浪漫的な行軍の記録　前田 塁 ― 解／著者 ― 年
奥泉 光・群像編集部 編 ― 戦後文学を読む
大佛次郎 ― 旅の誘い 大佛次郎随筆集　福島行一 ― 解／福島行一 ― 年
織田作之助 ― 夫婦善哉　種村季弘 ― 解／矢島道弘 ― 年
織田作之助 ― 世相｜競馬　稲垣眞美 ― 解／矢島道弘 ― 年
小田実 ― オモニ太平記　金 石 範 ― 解／編集部 ― 年
小沼丹 ― 懐中時計　秋山 駿 ― 解／中村 明 ― 案
小沼丹 ― 小さな手袋　中村 明 ― 人／中村 明 ― 年
小沼丹 ― 村のエトランジェ　長谷川郁夫 ― 解／中村 明 ― 年
小沼丹 ― 珈琲挽き　清水良典 ― 解／中村 明 ― 年
小沼丹 ― 木菟燈籠　堀江敏幸 ― 解／中村 明 ― 年
小沼丹 ― 藁屋根　佐々木 敦 ― 解／中村 明 ― 年
折口信夫 ― 折口信夫文芸論集 安藤礼二編　安藤礼二 ― 解／著者 ― 年
折口信夫 ― 折口信夫天皇論集 安藤礼二編　安藤礼二 ― 解
折口信夫 ― 折口信夫芸能論集 安藤礼二編　安藤礼二 ― 解
折口信夫 ― 折口信夫対話集 安藤礼二編　安藤礼二 ― 解／著者 ― 年
加賀乙彦 ― 帰らざる夏　リービ英雄 ― 解／金子昌夫 ― 案

講談社文芸文庫

葛西善蔵	哀しき父|椎の若葉	水上 勉――解／鎌田 慧――案
葛西善蔵	贋物|父の葬式	鎌田 慧――解
加藤典洋	アメリカの影	田中和生――解／著者――年
加藤典洋	戦後的思考	東 浩紀――解／著者――年
加藤典洋	完本 太宰と井伏 ふたつの戦後	與那覇 潤―解／著者――年
加藤典洋	テクストから遠く離れて	高橋源一郎―解／著者・編集部―年
加藤典洋	村上春樹の世界	マイケル・エメリック―解
金井美恵子	愛の生活|森のメリュジーヌ	芳川泰久――解／武藤康史――年
金井美恵子	ピクニック、その他の短篇	堀江敏幸――解／武藤康史――年
金井美恵子	砂の粒|孤独な場所で 金井美恵子自選短篇集	磯﨑憲一郎―解／前田晃一――年
金井美恵子	恋人たち|降誕祭の夜 金井美恵子自選短篇集	中原昌也――解／前田晃一――年
金井美恵子	エオンタ|自然の子供 金井美恵子自選短篇集	野田康文――解／前田晃一――年
金子光晴	絶望の精神史	伊藤信吉――人／中島可一郎―年
金子光晴	詩集「三人」	原 満三寿――解／編集部――年
鏑木清方	紫陽花舎随筆 山田肇選	鏑木清方記念美術館―年
嘉村礒多	業苦|崖の下	秋山 駿――解／太田静一――年
柄谷行人	意味という病	絓 秀実――解／曾根博義――案
柄谷行人	畏怖する人間	井口時男――解／三浦雅士――案
柄谷行人編	近代日本の批評 Ⅰ 昭和篇上	
柄谷行人編	近代日本の批評 Ⅱ 昭和篇下	
柄谷行人編	近代日本の批評 Ⅲ 明治・大正篇	
柄谷行人	坂口安吾と中上健次	井口時男――解／関井光男――年
柄谷行人	日本近代文学の起源 原本	関井光男――年
柄谷行人 中上健次	柄谷行人中上健次全対話	高澤秀次――解
柄谷行人	反文学論	池田雄一――解／関井光男――年
柄谷行人 蓮實重彥	柄谷行人蓮實重彥全対話	
柄谷行人	柄谷行人インタヴューズ1977-2001	
柄谷行人	柄谷行人インタヴューズ2002-2013	丸川哲史――解／関井光男――年
柄谷行人	[ワイド版]意味という病	絓 秀実――解／曾根博義――案
柄谷行人	内省と遡行	
柄谷行人 浅田彰	柄谷行人浅田彰全対話	

柄谷行人──柄谷行人対話篇Ⅰ 1970-83
柄谷行人──柄谷行人対話篇Ⅱ 1984-88
河井寛次郎-火の誓い　河井須也子─人／鷺 珠江──年
河井寛次郎-蝶が飛ぶ 葉っぱが飛ぶ　河井須也子─解／鷺 珠江──年
川喜田半泥子-随筆 泥仏堂日録　森 孝───解／森 孝───年
川崎長太郎-抹香町｜路傍　秋山 駿──解／保昌正夫─年
川崎長太郎-鳳仙花　川村二郎──解／保昌正夫─年
川崎長太郎-老残｜死に近く 川崎長太郎老境小説集　いしいしんじ-解／齋藤秀昭──年
川崎長太郎-泡｜裸木 川崎長太郎花街小説集　齋藤秀昭──解／齋藤秀昭──年
川崎長太郎-ひかげの宿｜山桜 川崎長太郎「抹香町」小説集　齋藤秀昭──解／齋藤秀昭──年
川端康成──一草一花　勝又 浩──人／川端香男里-年
川端康成──水晶幻想｜禽獣　高橋英夫──解／羽鳥徹哉──案
川端康成──反橋｜しぐれ｜たまゆら　竹西寛子──解／原 善───案
川端康成──たんぽぽ　秋山 駿──解／近藤裕子──案
川端康成──浅草紅団｜浅草祭　増田みず子─解／栗坪良樹──案
川端康成──文芸時評　羽鳥徹哉──解／川端香男里-年
川端康成──非常｜寒風｜雪国抄 川端康成傑作短篇再発見　富岡幸一郎-解／川端香男里-年
上林暁───聖ヨハネ病院にて｜大懺悔　富岡幸一郎-解／津久井 隆──年
木下杢太郎-木下杢太郎随筆集　岩阪恵子──解／柿谷浩一──年
木山捷平──氏神さま｜春雨｜耳学問　岩阪恵子──解／保昌正夫──案
木山捷平──鳴るは風鈴 木山捷平ユーモア小説選　坪内祐三──解／編集部───年
木山捷平──落葉｜回転窓 木山捷平純情小説選　岩阪恵子──解／編集部───年
木山捷平──新編 日本の旅あちこち　岡崎武志──解
木山捷平──酔いざめ日記
木山捷平──[ワイド版]長春五馬路　蜂飼 耳──解／編集部───年
清岡卓行──アカシヤの大連　宇佐美 斉─解／馬渡憲三郎-案
久坂葉子──幾度目かの最期 久坂葉子作品集　久坂部 羊─解／久米 勲───年
窪川鶴次郎-東京の散歩道　勝又 浩──解
倉橋由美子-蛇｜愛の陰画　小池真理子-解／古屋美登里-年
黒井千次──たまらん坂 武蔵野短篇集　辻井 喬──解／篠崎美生子-年
黒井千次選-「内向の世代」初期作品アンソロジー
黒島伝治──橇｜豚群　勝又 浩──人／戎居士郎──年
群像編集部編-群像短篇名作選 1946～1969
群像編集部編-群像短篇名作選 1970～1999

講談社文芸文庫